바람과

빛과

모래의

고향

타클라마칸

바람과

빛과

모래의

고향

사막 역사 인문기행
글과 사진 **김규만**

타클라마칸

What is it Major Lawrence, that attracts you personally to the desert? Lawrence: It I s clean!(원문 인용)

사막은 환상과 동경의 대상인가?

우리처럼 삼면이 바다이고 휴전선으로 갇혀 대륙과 단절된 섬 같은 반도에서 오래 살아온 사람들에게 사막은 아주 생소한 곳이다. 사막은 생텍쥐페리의 『어린 왕자』나 데이비드 린 감독의 『아라비아의 로렌스(Lawrence of Arabia)』 같은 영화를 통해서 낭만적이고 피상적이며 드라마틱하게 다가왔다.

사람 냄새가 나는 사막의 잠언(箴言)을 많이 남겼던 비행사이자 행동주의 작가인 생텍쥐페리는 어른과 아이들 모두에게 유명한 동화 『어린 왕자』의 주인공을 통해서 에둘러 이야기하고 있다.

"사막이 아름다운 것은 그것이 어딘가에 샘을 감추고 있기 때문이야!"

우리에게 소설 『25시』의 작가로 잘 알려진 게오르규도 이렇게 말했다.

"사막엔 인간의 욕망이나 호기심을 끌어당길 자연이나 인공의 사물들이 없기 때문에 영원을 관조하는 데 방해할 것이 없다."

그의 말처럼 사막은 영원을 관조하게 한다.

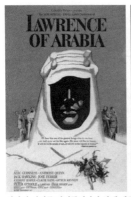

사막의 실체를 어렴풋이나마 알게 해준 영화『아라비아의 로렌스』

서구인들의 영화산업이 만들어낸『아라비아의 로렌스』의 거대한 스크린을 통해서 본 사막은 때때로 분노하고 질식하도록 포효하지만 만행(蠻行)을 끝내고나면 고요하고 단정하며, 깨끗하고 깔끔하며, 텅 비어있고 끝내는 아름다워 보인다.『아라비아의 로렌스』에 나오는 대사가 기억난다. 미국인기자 벤틀리가 영국의 T.E.로렌스 소령에게 물었다.

> Bentley: I was gonna ask, um, what is it, Major Lawrence, that attracts you
> personally to the desert?(내가 묻고 싶었었는데, 음, 로렌스 소령, 도대체 무엇이 개인적으로 당신을 사막에 매료하게 했습니까?)
> Lawrence: It's clean!(깨끗하니까!)

벤트리의 펑퍼짐한 우문(愚問)에 로렌스는 깡마른 선답(禪答)으로 응했다. "It is

clean!" 이 모두가 사막의 판타지이다. 멀리 있을 때 잘 알지 못할 때 그 환상적인 메타포가 감성의 정점을 점령해 버린다. 결국 우리가 대하는 사막은 비현실적인 환상일 경우가 대부분이다. 여기서는 서구인들의 제국주의와 거대 영화산업의 오리엔탈리즘(Oriental ism)에 대한 언급은 논외로 하겠다.

환상에서 실존으로

또 다시 영국이야기이다. 제국주의자들은 신세계 극지를 정복하는데 혈안이 되어 있었다. 1911년 북극점을 향해 배를 타고 나아가던 노르웨이의 아문젠(Roald Engelbregt Gravning Amundsen, 1872~1928)은 "미국의 피어리(Robert Edwin Peary, 1856~1920)가 처음으로 북극점(北極點)에 발을 내딛었다"는 소식을 전해 듣고 대

로알 아문센.
인류 최초로 남극점에
도달한 노르웨이의 탐험가

로버트 스콧.
아문센에게 남극점
첫 정복의 영예를 빼앗기고
순교한 영국의 탐험가

어니스트 섀클턴.
인듀어런스호 전원 무사귀환은 처절
했다. 그래서 사람들은 성공보다 '위
대한 실패'라고 했다.

1953년 5월 29일 에베레스트를 초등한 에드먼드 힐러리(1919~2008)와 텐징 노르게이(1914~1986). '에베레스트산, 너는 성장하지 못한다. 그러나 나는 성장할 것이다. 그리고 나는 성장해서 반드시 돌아올 것이다.'라고 한 힐러리는 키가 너무 커서 사실 더 성장할 필요가 없었다.

원들과 간단한 선상회의를 거친 후 뱃머리를 과감하게 남쪽으로 돌려 남극으로 향했다. 한편 전국민의 지지를 받은 영국의 국가대표팀인 스콧(Robert Falcon Scott, 1868~1912)의 남극원정대는 남극점(南極點)을 밟았지만 노르웨이 아문센에게 선두자리를 빼앗기고 돌아오다가 베이스캠프를 18km 남겨두고 전원 장렬하게 순교(殉敎)해 버린 애통한 사건이 있었다.

이런 슬픔을 극복하고자 어니스트 섀클턴(Sir Ernest Henry Shackleton, 1874~ 1922)의 원정대가 남극을 향해 떠났다. 그러나 그 원정대를 태운 두께가 80cm가 넘는 노르웨이 참나무와 전나무로 무장한 최고 험한 바다에서 물개잡이와 고래잡이 배로 건조된 전장 44m에 300톤짜리 당대에 최고 튼튼하고 최고 단단한 범선 '인듀어런스 호'가 웨들 호(湖)의 부빙(浮氷)에 갇혀 사방에서 조여 오는 강한 압력을 견디다 견디다 처참하게 부서지고 망가져서 침몰해버렸다.

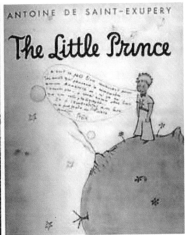

생텍쥐페리와 1943년 발간된 어린왕자 초판본

원정은 시도조차 못하고 오직 살아서 돌아오기 위해서만 기나긴 사투(死鬪)를 벌였다. 영국인들은 스콧에 이어 섀클턴마저 오합지졸이 되어 허둥대는 것을 보고 심히 부끄러워했다. 그러나 천신만고 끝에 한 명의 낙오자도 없이 대원 전원이 살아서 돌아온 것을 일컬어 '위대한 실패'라고 자위했다.

북극점은 미국의 '피어리', 남극점은 노르웨이 '아문센'에게 선두 자리를 내어준 영국은 '해가지는 나라'임을 쓸쓸하게 자인해야했다. 자연스럽게 영국인들의 관심은 마지막 남은 제3의 극지인 최고봉 '에베레스트'로 향했다. 1차 대전이 끝난 후 '영국알파인클럽'은 1921, 1922, 1924년에 원정대를 보냈다. 이때 폼생폼사하면서 분위기를 잡던 매력적인 인물이 조지 맬러리(George Mallory, 1886~1924)였다. 후원금을 모집하기 위해 순회했던 미국 필라델피아에서 한 신문기자가 물었다. 'Why do you want to climb the Mt. Everest?'

기자의 멍하고 단순한 우문(愚問)에 말로리는 군더더기 하나 없는 선답(禪答)으로 응했다. "Because it is there!" 이 말을 남기고 그는 최고봉 에베레스트가 있는 히말라야로 떠났다. 1924년 6월 8일 아주 짧은 순간 에베레스트 정상 능선에 2개의 검은 점이 움직이고 있다는 사실이 망원경으로 관찰된 후 그들은 곧 구름 속으로 사라져 버렸다. 그로부터 75년이 지난 1999년 북벽 8,230m 경사진 바위에 오래전부터 엎드려 누워있던 사나이를 발견했다. 얼굴을 알아볼 수 없을 정도로 손상됐지만 셔츠의 목깃 안에는 G.Mallory라고 쓰인 이름표가 있었다. "It is clean!"은 로렌스 소령의 영화 속의 대사였고, "Because it is there"는 말로리의 실존적 답변이었다.

탐험을 동경해서 1989년 동계 에베레스트를 등반한 적이 있었다. 그러나 거대한 사하라 사막이나 아라비아 사막은 엄두가 나지 않았다. 가깝고 쉽게 접근할 수 있는 곳을 찾았다. 모래바람을 헤치고 서역남로와 타클라마칸의 사막공로(沙漠公路) 정도는 자전거를 타고 달릴 수 있을 것 같았다. 이 글은 자전거를 타고 '사람의 무늬'(人文)를 찾아가는 미완성의 여행이었다. 물론 미완성인 나의 사색도 함께했다. 사막의 신기루처럼 몽환스러운 그 공간을 뚫고 모래바람이 부는 곳을 향해서 페달을 밟고 나아가고 싶었다.

메마르고 거친 환경만 있다면 얼마나 더 가슴을 쓸어내고 삭막해질까? 그러나 그런 곳에는 반드시 운명처럼 판타지와 신기루(mirage)가 존재한다. "나는 생각한다. 고로 나는 존재한다(Cogito, ergo sum)"는 데카르트(René Descartes, 1596~1650)의 말을 다양하게 패러디해보았다. "나는 존재한다. 고로 사유한다"는 말도 틀리지 않다. 여기에서는 "나는 달린다. 고로 존재한다"는 실천을 해보고 싶었다. 이 사막여행은 모험적인 요소보다는 자전거를 타고 다양한 사람(人)들의 삶의 흔적(文)인 인문(人文)의 현장을 찾아가는 것이었다.

서역남로의 옛 실크로드의 흔적은 흐르는 대유사(大流沙)에 의해서 수시로 묻히고 드러난다. 이곳은 생텍쥐페리의 말처럼 보이지 않는 것과 대화가 필요하다. 그래서 다른 어떤 곳보다 상상력을 많이 동원해야 했다. 사막은 단순하지만 오히려 느껴지는 것이 더 많은 겻은 판타지와 신기루가 있기 때문이었다. 이 원정에 고락을 함께했던 오인환, 임영주, 서성준 대원들의 우정과 노고에 감사드리고 일부 사진을 공유했음을 알려드린다.

2018년 가을, 김규만

1부

파미르고원에서
서역남로로

이슬람 상징인 초승달과 그 안을 채워줄 샛별을 기다리고 있다.

메카를 향한 기도, 베이징을 향한 저주

향기로운 빵과 이슬람의 훈훈한 형제애

이슬람의 형제들은 일출기도인 파즈르(Salat al-fajr), 정오기도인 주흐르(Salat al-dhuhr), 오후기도인 아스르(Asr), 일몰기도인 마그립(Magrib), 밤기도인 이샤(Isha)까지 하루에 다섯 번 메카를 향해서 기도한다. 멀리 사원의 첨탑(미나레트)에서 예배시간을 알리는 아잔(Azan) 소리가 경건하게 울려 퍼지면 저절로 마음이 여미어진다. 종교란 마음을 움직이게 하는 여러 가지 수단 형식과 의식또한 중요한 모양이다.

가장 큰 기도를 올리는 매주 금요일이면 낮 12시부터 오후 3시까지 모든 사람이 모스크로 간다. 그러므로 어느 동네를 가건 이 시간에는 텅 비어있다. 다섯 차례의 기도 중 정오 기도인 주흐르가 가장 큰 기도이다. 이슬람교를 믿는 지역을 여행할 때 간단하게나마 몇 마디 문장을 외워두면 화덕에서

구워진 향기로운 빵과 이슬람의 훈훈한 형제애를 만날 수 있다.

- **무슬림끼리 인사('앗'을 붙임)**

앗 살람 알라이쿰(السلام عليكم, 알라의 평안이 당신에게 있기를)

알라이쿰 앗 살람(السلام عليكم, 당신에게도 알라의 평안이 있기를)

- **비 무슬림끼리 인사('앗'을 뺌)**

살람 알라이쿰(평안이 당신에게 있기를)

알라이쿰 살람(당신에게도 평안이 있기를)

- **아랍의 IBM**

인샬라(Inshallah, 신의 뜻대로)

보크라(Boqra, 내일)

마알리쉬(Ma'alish, 유감스럽지만, 괜찮겠죠)

베이징을 향한 저주

특이하게도 사막을 감싸고 있는 척박한 환경에 사는 사람들이 믿는 종교가 주로 이슬람교이다. 타클라마칸 지역에 최초의 종교는 원시토착종교 마니교 조로아스터교 불교 등이 인연에 따라 건조한 땅에 뿌리를 내리고 있었다. 7세기 이후 이슬람교가 생긴 이래 초식성의 불교는 이슬람의 서쪽 하늘의 초승달(crescent)과 건조한 모래바람을 피해서 동쪽으로 또 동쪽으로 피해

이슬람의 성전(Mosque)건축은 경건하고 조형미가 넘친다. 우뚝선 미나레트(minaret, 尖塔, 하루에 5번씩 기도 소리[아잔]를 내보내는 탑)

이슬람 율법에 돼지는 금기다. 양이나 염소의 창자로 만든 순대

갔다. 사막의 메마르고 덥고 추운 것에 대한 내항성(耐抗性)이 강한 종교가 이슬람교이다.

위구르인들이 원주민으로 살고 있는 땅이지만 여기에도 한족(漢族)들이 많이 이주해 살고 있다. 중국의 서북공정은 여기서도 위력을 떨치고 있다. 서북공정(西北工程)은 중국의 서북지역 신장 위구르 지역 소수민족들이 회교권 국가로 독립하는 것을 막기 위한 중국화 작업이다. 이슬람 분리주의자들이 호시탐탐 독립을 꿈꾸는 위구르 지역에서는 가끔씩 화약 연기가 피어오르고 있다. 중국의 한 자치구로 전체 면적의 1/6을 차지하지만 인종, 민족, 종교적으로 중국과 전혀 이질적인 곳이다. 오랜 옛날부터 정치, 경제, 문화, 종교적 독자성을 지켜 와서 중화 문화권에 동화되기 어려운 곳이었다.

막대한 지하자원과 지정학적으로 구소련에서 분리 독립한 이슬람공화국들이 주위에 많아 땅 욕심 많은 중국 정부는 강력히 경계하고 있다. 신장 위구르 자치구 위구르인들은 '동투르키스탄 이슬람 운동(East Turkestan Islamic Movement)'을 막는 베이징 위정자들에게 저주의 눈길을 보내고 있다. 삭막하고 거칠고 생명체를 타들어 가게 하는 뜨거움과 메마름을 이겨내고 10세기 이전 가장 고등한 문명을 창조했다는 이슬람교도들이 20세기가 지나가면서 여기저기에서 왜 목숨을 건 테러리스트가 되었을까?

그들은 왜 테러리스트가 되었을까?

'동투르키스탄 이슬람 운동'은 '신장 위구르 자치구 위구르인'들과 '베이징 정권'의 대립과 투쟁이다. '아랍과 가장 적대적인 나라 이스라엘'과 관계를 타산지석(他山之石)으로 삼으며 조망(眺望)해 보려 한다. 중동전쟁은 이스라엘과 주변 아랍국가들 사이에 벌어진 전쟁을 말한다. 1차 1948년, 2차 1956년, 3차 1967년, 4차 1973년 4차례나 벌어졌지만 '하룻강아지 범 무서운지 모르는' 작은 꼬마에게 여러 명의 수염 난 어른들이 창피할 정도로 많이 얻어맞고 심지어 거품을 물고 쓰러지기도 했다. 남존여비의 권위가 저변에 깔린 자존심이 지존인 무슬림 남성들에게 죽고 싶을 만큼 견디기 힘든 치욕과 수치였다. 그들은 왜 테러리스트가 되었을까?

테러의 실제 원인은 미국과 유럽 등 선진국들의 기득권과 그들의 지원을 받은 이스라엘의 편파 차별 독선이 매우 부당하고 심한 데 있다. 아무리 하소연해도 편파 차별 독선은 계속되고 개선이 안 되니 억울하고 원통한 것이 농축돼 잠복해 있는 상태였다. 어떤 사건이 계기가 되어 끓어오르는 분노가 뇌관을 건드려 폭발한 것이 말하자면 중동전이었다.

바로 옆에 대대로 몇 천 년 살던 땅을 빼앗긴 팔레스타인과 수백 번도 넘게 국지전을 벌였다. 이 아랍 국가들은 세계의 패권을 거머쥔 골리앗의 든든한 후원을 받는 차돌 같이 작은 다윗 이스라엘을 절대 이길 수가 없었다. 이스라엘에 직접 살던 땅을 빼앗긴 팔레스타인은 절대로 이스라엘을 이길 수 없고 싸움만 하면 죽도록 맞고 수많은 사망자가 생겼지만 그래도 포기하지 않았다. 그래서 이들이 눈을 돌린 것이 치고 빠지는 게릴라전, 하이재킹, 폭발테러 등을 벌였다. 더 나아가 스스로 몸을 불태우고 산화하는 자살테러로 비하되는 성전(聖戰, Jihad)에 남자들이 나서고 어린이들까지 나섰다. 이제 수많은 남자들이 희생되고 없어 차도르와 히잡을 쓴 여인들까지 자살테러에 나서고 있다는 것은 그들의 원한과 분노와 억울함이 하늘을 찌르고 있다는 증거이다. '아버지를 죽인 원수는 용서할 수 있지만, 땅과 여자를 빼앗은 자는 용서할 수 없다'는 잠언이 잠시 기억난다.

어린 시절 1972년 뮌헨올림픽 선수촌에 침입해서 이스라엘 선수들에게 총격을 가한 '검은 9월단(Black September)' 사건은 내 기억 속에 강하게 각인되어 있다. 이스라엘은 '되로 받으면 반드시 말로 보복'을 했다. 시리아와 레바논의 팔레스타인 캠프를 무자비하게 폭격하면서 복수의 또 다른 악순환을 불러일으켰다.

힘으로 다스리는 세계경찰 미국의 정책과 전략

911테러를 주도한 오사마 빈 라덴, 작전명《Operation Neptune Spear》

2001년 커터(cutter)칼 하나로 비행기를 납치한 후 미국 자본주의의 상징 '뉴욕 세계무역센터'인 쌍둥이 빌딩을 부딪치고 순교(?)한 911테러가 생각난다. 이것은 자살테러라고 하지만 그들의 입장에서는 거룩한 성전(지하드)이었다. 미국은 이것을 빌미로 2001년 최고의 첩보와 최첨단 무기를 대량 투입해 아프가니스탄을 초토화시켰다. 아프칸에 들어간 미국의 전쟁비용은 이미 1조 달러를 훨씬 넘었다. 한편 이들의 추적은 계속되었다. 2011년 5월 인공위성을 동원한 최첨단 정보와 최정에 '미해군 특수임무부대(Navy's SEALS)를 투입해 파키스탄 아보타바드에 은거하는 한 남자를 찾았다. 새로운 밀레니엄의 전사(戰史)에 첫 번째로 기록된 불세출(不世出)의 남자 '오사마 빈 라덴'이었다. 작전명은《바다의 신'의 삼지창》이었다. 그의 시신은 인도양에 있는 미군 항공모함 칼빈슨호로 옮겨 검시(檢屍)한 후 수장시켰다. 그의 무덤이 이슬람의 새로운 성지(聖地)가 되는 것을 막기 위한 조처였다.

911테러를 주도한 '오사마 빈 라덴(Osama Bin Laden, 1957~2011)'과 미국 자본주의의 상징인 쌍둥이 빌딩으로 알려진 테러로 무너지는 세계무역센터.

이라크 전쟁, 작전명 《Operation Iraq Liberation》

아프간 포격의 여세를 몰아 이미 손에 피를 묻힌 양키(미국과 연합군)들은 《이라크—이란—북한》을 '악의 축'으로 규정하고 2003년 이라크전쟁(Iraq War)을 일으켰다. 아무 근거도 없이 '생화학무기'를 보유했다고 우기고 선언한 후 각종 첨단무기를 동원한 '전자전'으로 이라크를 초토화시키고 2006년 이라크의 사담 후세인을 생포한 후 무참하게 죽이고 그 정권을 무너뜨렸다.

아무튼 미국은 '이라크 해방'을 부르짖었지만 이라크의 원유 확보, 중동에서 친미 정치구도 세력 구축, 전쟁을 통한 미국 경제의 경기 회복 등이었다. 미국이 꼬투리를 잡고 빌미를 잡은 '생화학무기'는 어디에도 없었다. 이런 사실을 직시하는 것이 반미(反美)이고, 이런 것을 모르고 IS, 이라크, 리비아의 독재자들을 비난하면 친미(親美)라는 이분법은 비겁하고 야비한 짓이다. 미국에 협조한 국가들에 대한 각국의 비난이 쏟아졌다.

리비아 공습, 작전명《Operation Odyssey Dawn》

2011년 서방의 미 영 불 등 NATO군들은 최신예 무기를 동원하여 리비아 공습을 감행한 작전명은 '오디세이 새벽'이었다. 아프리카 비동맹회의의 큰 손이고 아프리카 통화를 만들고 석유 메이저에게 '오일머니 결제를 달러 대신 유로화로' 바꾸려던 독재자 무아마르 알 카다피(Muammar al-Qaddafi, 1942~2011)에 대한 골리앗의 참혹한 복수극이었다. NATO의 지원을 받은 시민군들은 고향에 은신하고 있는 그를 처참하게 죽이고 그 정권을 무너뜨렸다. 세계사에서 핵개발을 포기하고 비핵화를 한 유일한 독재자가 리비아의 카다피라고 한다. 국제사회 약속을 믿고 핵개발을 포기한 카다피의 최후를 목격한 북한은 뼈저린 교훈을 얻고 핵무기 개발에 박차를 가했다고 한다. 따라서 비핵화를 전제로 한 6자회담이 불가능한 현실이 되어버렸다. 당시 정권의 대북강경책과 북한붕괴론은 오히려 핵개발에 박차를 기하게 했다고 한다. 날카롭고 직설적인 분석 때문에 보수와 진보 진영 모두에게 비판을 받는 이례적인 북한 전문가로 유명한 '란코프 교수'의 분석이다.

카다피 정권하 리비아는 아프리카에서 가장 높은 생활수준을 자랑했다. 국민의료보험과 공교육 시행으로 문맹률이 낮았다. 유니세프(UNICEF)에 따르면 현재 2백만 리비아 아이들이 학교 교육을 받지 못하고 2015년 기준 인간개발지수는 27단계 하락했다고 당시 뉴스는 전한다.

카다피의 저주. 카다피의 죽음에 'We came, we saw, he died'이란 조사(弔辭)를 남긴 힐러리 클린턴은 2번의 대
권 도전에 모두 실패한다.

IS(Islam State)의 탄생

이라크에서 국가를 경영해 본 경험이 있는 후세인정부의 군인과 각료 위정
자들은 시리아로 도망가서 IS를 결성해서 지금 세계를 불안에 떨게 하고 있
다. 그들이 왜 이렇게 뜨겁고 잔인하며 급진적인지 그 근본적인 이유를 역
지사지(易地思之)해보면 반드시 원인이 있다. 조선 사대부 집안에 처녀가 애를
배도 자초지종 구구한 할 말과 사연이 있다. 팔레스타인인들이 왜 총을 들
고 목숨을 건 전사가 되어 게릴라전과 자살테러 등을 감행할까? 빈 라덴의
알카에다 조직, IS들의 탄생배경 생각과 이념도 들어봐야 한다. 최근 프랑
스 파리 등지에서 테러를 일으킨 IS의 활거를 보면서 이전에 이라크 전쟁에

참전한 연합국들을 기억해 본다. 모든 종교적 원리주의 또는 근본주의자들은 아주 단순한 만큼 잔인했지만 한편으로는 유치하고 순진한 면도 있다.

원리주의와 전쟁

'불신지옥(不信地獄, 믿지 않으면 지옥간다)'식의 종교적 원리주의는 인화성이 높고 화재나 폭발의 위험도 있어 자칫 나와 내 이웃을 살상할 수 있다. 중국의 양계초는 "이성적 근거 없이 종교를 믿는 것은 무조건 종교를 비판하는 것보다 훨씬 위험하다"고 했다. 불신지옥식 원리주의적인 믿음은 안 믿는 것 보다 훨씬 위험하다는 말이다.

원리주의보다 더 나쁜 것이 전쟁이다.

"복수는 또 다른 복수를 낳는다(Revenge makes another revenge)."

"We came, we saw, he died(왔노라, 보았노라, 그는 죽었노라)."

당시 미 국무장관이었던 힐러리 클린턴은 들뜨고 흥분한 목소리로 시저(Caesar)식 황당하고 악마적인 패러디를 남겨 구설에 올랐다. 힐러리는 남편 클린턴과 달린 이런 포악한 모습을 보인 것에 대한 '저주'가 민주당후보로 미국의 최초 여성대통령 자리를 바로 코 앞에 두고 낙선한 것이라고 한다. 아무튼 이기적인 목적을 전쟁을 통해 관철하고 생명을 살상하고 파괴하는 짓은 악마적이다. 전쟁은 인간의 모든 행위 중 최악의 행위이다.

전쟁의 경제학과 군산복합체, 그림자정부 죽음의 상인

기득권자들의 최고의 선은 자기 이권(사익) 추구에 있다. "모든 이권은 모든 이데올로기에 선행한다"는 말이다. 이 말은 3대 성인이 와도 뒤집기 힘든 잠언(箴言)이다. 그러나 세계경찰을 자임하는 미국의 세계경영 비용을 생각해본다. 아프간 전쟁 비용이 1조 달러를 상회했고 종국에는 2~3조 달러가 들어갈 것으로 예상한다. 군사 패권에 엄청난 돈을 쓰고 있다.

이들은 군부(군인), 의회(정치인), 군산복합체(military-industrial complex)가 제휴해서 일그러진 카르텔(Iron triangle)을 만들었다. 역대 미국 대통령들을 움직이는 군산복합체를 '그림자 정부', '죽음의 상인', '프리메이슨' 등으로 불린다. 군산복합체의 원조인 유태인들은 남북전쟁 때도 남군과 북군에 각각 무기를 팔았고, 동족인 유대인을 600만 명이나 학살한 나치 히틀러에게도 무기를 팔았다. 이들이 바로 그 유명한 로스차일드 가문, 록펠러 가문, 모건 가문 등으로 대표되는 유대인 재벌들이다. 악마적이지 않은가?

모든 금융, 영화, 방송, 대학, 위성, 통신, 원자력, 부동산, 석유, 무기 등 이권이 성성한 곳에는 반드시 이들이 있다. 뒤에서 조종하는 이들 세계 1%의 검은 재벌을 모르고서는 미국을 알 수 없을 뿐 아니라 복잡한 세계의 흐름도 이해할 수 없다고 한다.

미국의 비제이 메타(Vijay Mehta) 저 『전쟁의 경제학』에 의하면 '무기판매는 미국이 석유수입 대금을 마련하는 몇 안 되는 방법 중의 하나'라고 한다. 2010년 미국은 사우디아라비아에 600억 달러에 달하는 무기 판매를 했는데 이 금액은 미국이 사우디에서 수입하는 석유의 2년 치 양(7억 배럴)이라고 한다. 군산복합체의 글로벌 최첨담 방위산업은 아이러니컬하게 추악한 부정부패로 얼룩져 있다. 군산복합체는 전쟁이 일어나야 공장이 돌아간다. 그래서 세계 각국을 담당하는 전문 로비스트들이 있어 정계 관계 군부 실세와 교제하면서 인접국과 군사적 균형 운운하면서 무기를 팔아 엄청난 커미션을

챙기는 것이 공공연한 사실이다.

선진국 방위산업체는 개발도상국의 부패한 공직자와 결탁하여 무기매매를 조작해서 그 나라의 돈을 갈취한다. 심지어 인접국과 분쟁을 일으키고 국지전 또는 총격전을 일으키게 해서 무기를 수입할 동기를 만들어 준다. 제3세계 아프리카 동남아시아 중동 중남미 동구권 지역 등 후진국 개발도상국 그리고 지도자가 무능하고 부패하며 독재를 하는 나라가 주된 사냥감이다. 우리도 상황이 그러해서 엄청난 금액의 무기를 매년 구입해 오고 있다. 2015년 현재 무기수입을 최고 많이 한 나라라고 한다. 40년이 넘은 고철 대잠초계기(S-3B, Viking)를 대당 600억에 수입하고 관련 전체사업비가 1조3천5백만 원이나 된다.

더 기가 막힌 것은 38분밖에 날지 못하는 대잠 헬기(Wild cat)를 1조5천억 어치 구입했다(2016.10 신문 언론 참조). 전혀 합리적이지 않은 공군의 차세대전투기사업인 KFX(Korean Fighter eXperimental)에 천문학적인 금액이 들어가고 있다. 총알에 뚫리는 방탄복, 물에 가라앉지 않는 잠수함, 어군탐지기를 탑재한 얼간이 구조함, 격발하면 폭발하는 자동 소총들은 애교일까? 군대를 안 간 재벌 언론사주 국회의원 등 '노블리스 오블리제' 가 없는 부패한 기회주의자들이 득실거리면서 국익을 좀먹고 국가의 합리적 경영을 물고 늘어지는 나라! 이게 어느 나라 누구의 이야기일까?

'죽음의 상인', '프리메이슨'을 인류 모든 악의 근원이라고 평한다. '고양이 목에 방울달기'겠지만 전쟁비용을 평화적으로 전환하는 것은 미국은 물론 분쟁지역의 국가를 위해서도 천 번 만 번 바람직하다. 무엇보다 외로운 푸른 행성의 지속 가능한 자연과 사회를 위해서 '천사의 얼굴을 한 사탄'을 추방하는 것이 우리 모두의 큰 숙제이다. 이런 관점을 가지고 공존과 관용을 도모하고 작은 공감대를 모으면 '지속 가능한 사회'를 위한 연대가 가능할 것이다.

발상의 전환, 사막은 공사(工事)하기 제일 좋은 곳!

우리는 이슬람 국가들과 '다름'을 인정하고 시작했기 때문에 중동에 많은 한국기업이 진출하여 70년대 한국경제의 토대를 마련했다. 이곳에서 문명의 동력이 되는 원유를 수입해왔다. 사막과 이슬람교와 이슬람문명은 새로운 영역이다.

1945년 일제 36년을 마감하고 이 나라가 해방이 되었다. 일제의 압제와 폭정에서 해방이 된 것을 기념한 '해방둥이'들이 대거 태어났다. 1953년 한국전쟁이 끝나면서 수많은 '베이비부머'들이 태어났다. 5.16군사 쿠데타로 집권한 독재자는 1964년부터 월남전 해외파병에 '해방둥이'와 '전후베이비붐세대'들을 참전시켰다. 중동 진출은 '전후 베이비붐세대(baby boomer)'들이 군 제대를 하고 막내로서 참여하기도 했다.

월남전에 많은 한국 젊은이들이 참전했고 70년대에 중동 건설경기 붐이 일어나면서 수많은 산업역군들이 열사의 땅 사막으로 떠나 건설현장에서 구슬땀을 흘리면서 밤낮으로 일했지만 사막에 대해서 그들이 알고 있는 것은 일의 범주를 크게 벗어나지 못한 제한된 체험이었다.

고(故) 아산 정주영의 일화가 있었다. 1975년 박정희 대통령은 당시 정주영 현대건설 사장을 청와대로 불렀다. 2년 전인 1973년 오일쇼크로 세계국가들이 힘들었지만 중동 산유국들은 달러를 주체하지 못해 사회 인프라에 투자하고 싶어 했다. 그러나 너무 더워서 선뜻 나서서 공사해 주겠다는 나라가 없어 그들이 한국 건설회사에 일할 의사가 있는지 타진해 왔다고 한다. 그래서 당시 한국의 건설부 담당 관리들을 현지 조사차 보냈더니 돌아와서 하는 말이 '낮엔 기온이 50℃ 이상 올라가고, 무엇보다 건설현장에 꼭 필요한 물이 없어 공사가 불가능하다'고 답했다는 것이다. 달러를 벌어들일 좋은 기회라 꼭 사우디아라비아에 진출하고 싶은 데 정주영 사장이 중동에 다녀와서 안 된다고 하면 포기하겠다고 했단다.

정주영은 5일 후 중동을 다녀와서 박정희에게 보고했다. "중동은 이 세상에서 건설공사하기 제일 좋은 곳입니다. 비가 오지 않으니 1년 12달 내내 공사할 수 있습니다. 건설에 필요한 모래자갈이 지천에 깔려 있어 자재 조달이 너무 쉽습니다." 물이나 더위는 대한 질문에 "물은 차로 실어오면 되고, 너무 더우면 낮에 자고 밤에 일하면 됩니다"라고 보고했다. 정주영은 최악의 조건에서 최선의 조건을 찾았다. 그의 말대로 낮에는 자고, 밤에 횃불을 들고 일해서 세계인들을 놀라게 했다.

1976년 사우디아라비아가 발주한 '주베일 항만공사' 금액은 당시 우리나라 년 예산의 절반에 달하는 9억3000만$이었다. 참고로 1975년 당시에는 남북한 GNP가 북한 579$, 남한 573$로 북한이 근소한 차이로 앞서고 있었다. 그러나 3년 후 판도는 크게 바뀌었다. 1979년에는 남한 1,546$, 북한 701$로 짧은 기간에 2배 이상으로 따돌렸다. 이 사막의 전사들 덕분에 남한은 북한을 추월할 수 있었던 것이다.

현재 남한은 북한과 비교할 수 없는 경제규모로 년 예산이 400조를 넘고 1년 군사비용도 년 40조원 이상으로 북한보다 45배(2017년 국방부 국가보훈처 업무보고) 이상 된다. 북한의 1년 총 예산(GDP)은 40조 원 정도로 경제규모로 보면 비교가 안 될 정도다. 정주영 회장처럼 사막에 대한 발상의 전환을 통해서 국가를 부강하게 한 현실적인 측면도 있다.

카슈가르에서 Be the Red!

저녁 무렵 카슈가르 일요시장(Sunday Market)을 돌아보고 난 후에 'Be the Reds!' 라는 글자가 새겨진 빨갱이 티셔츠를 입은 젊은이를 우연히 만났다. 티셔츠에 'Be the Reds!'라는 발칙한 말이 찍혀 보편적인 개념이 되었다는 것은 정말 상전벽해에 일렁이는 파도 같았다. 분단 한국 대한민국에서 아주 오랫동안 금기의 언어이자 금기의 색깔인 Red가 나타났다. 그 젊은이는 여기에 여러 번 온 경험이 있어서 자신이 잘 아는 싸고 맛있는 식당으로 우리를 안내했다. 그가 이 먼 카슈가르에 씩씩하게 온 장도를 설명해 준다.

한국에서 몇 개월 열심히 일해서 목적한 금액만큼 돈이 모이면 인도의 뉴델리까지 ASIANA 비행기를 타고 온단다. 인디라 간디 공항에서 밤새 머물다 날이 밝으면 시내 뉴델리 터미널로 가서 PM 8시에 출발하는 버스를 타면 AM 6시에 국경도시 암리차르에 도착한단다. 파키스탄의 이민국(Immigration)은 9시에 업무를 시작하니 입국심사를 받고 국경을 통과해 버스를 타고 파키스탄에 입국한단다. 그리고 4번 버스를 타고 Lahor 시내 버스터미널로 가서 대우버스(한국산 대우 버스를 통칭)를 타고 이슬라마바드까지 들어가는데 하루 반이 걸린단다. 다시 이슬라마바드 터미널에서 길기트까지 버스를 타고 가면 24시간이 걸린단다.

그는 6~7개 정도 되는 많은 짐을 가지고 비행기를 타고 야간버스를 타며 국경을 넘어 장거리 버스를 거침없이 타고 다녔다. 이번에도 길기트 북쪽에 있는 훈자 왕국에서 장기간 머물고 다시 타시쿠르간에서 한동안 머물다가 카슈가르에 왔다고 한다. 여기 카슈가르에서 사진을 찍고 사진 작업을 하면서 몇 개월 머물 예정이라고 한다. 어려서 뇌수막염을 앓아 지체장애가 있음 에도 불구하고 가장 적은 비용으로 카슈가르에 오고 저렴하고 깨끗한 숙소와 싸고 맛있는 음식점을 잘 알고 있었다. 그는 샤이먼 호텔의 도미터리(Dormitory, 공동침실)에 머물고 있었다.

사막, 보이지 않는 것과의 대화!

동방은 하늘도 다 끝나고

비 한 방울 내리잖는 그 때에도

오히려 꽃은 빨갛게 피지 않는가.

내 목숨을 꾸며 쉬임 없는 날이여!

— 이육사, 〈꽃〉

쿤룬 산맥[ⓢ]의 모성애[위], 오아시스길 서역남로(ⓒ)~!

사막은 태고의 모습을 간직하고 있다. 그러나 사막은 모든 생명체를 말라 죽게 할 것 같지만 죽어있는 것이 아니고 성주괴공(成住壞空)을 계속하면서 끓임 없이 신진대사를 계속하고 있다. 그 자연에 기대어 사는 사람들도 할아버지가 살던 곳을 손자가 이어서 살다 할아버지가 되면 다시 그 손자가 삶을 이어갔다. 그리고 그렇게 옛날부터 삶을 엮고 짜고 꿰매고 매듭 지으며 살았던 사람들의 흔적은 아무 곳에서나 쉽사리 찾을 수 없지만 오랜 세월 마모되고 부서진 흙과 모래가 켜켜이 쌓인 완만한 지평선 아래에 나이테가 되어 남아 있다. 사막에서 과거와의 대화는 보이지 않고 들리지 않는 것과 대화일 수밖에 없다.

우리 중위도의 농경민족의 입장에서 보면 아무짝에도 쓸모없어 보이는 장애물이자 애물단지 같아 보이는 톈산[天山]산맥과 쿤룬[崑崙]산맥이 그나마 사막의 가장자리를 적셔주어서 옥토로 만들어 주고 있다. 상상을 초월하는 조화와 섭리를 여기에서 볼 수 있다. 톈산 산맥이나 쿤룬 산맥은 하얀 모자(만년설)를 쓰고 있다.

봄이 오고 바람이 불면서 고요한 사막을 뒤집어 놓기 시작한다. 온 세상에 모래먼지가 날리고 고산의 만년설에도 모래가 앉는다. 그리고 여름이 가까워지면 높은 산 위에 빙설(氷雪)이 조금씩 녹기 시작하여 산 아래로 물길을 만들어 흘러내린다. 이 물이 대지를 적셔서 나무와 식물, 곡식과 채소를 자라게 한다. 타클라마칸 사막에 오면 타산지석(他山之石)이 아니라 타산지수(他山之水)의 공덕을 온몸으로 느낄 수 있다.

이 지역에서는 산과 사막이 보이지 않게 공존하면서 초록의 생명을 만들어 나간다. 타클라마칸 주변에서는 한여름 백일(白日)이 가장 뜨겁게 내리비출 때 높은 산에 얼음과 눈이 녹아 강이 범람하고 홍수가 일어난다. 비 한 방울 내리지 않는 사막의 주변에서도 이렇게 톈산과 쿤룬 산맥의 은택을 입고 고달픈 삶을 쓸어안고 장하게 살아가고 있다.

『어린 왕자』에서 여우가 왕자에게 한 "가장 중요한 것은 눈에 보이지 않는다"란 말과 "오로지 마음으로만 보아야 보인다"는 말이 기억난다. 사막은 변화무쌍하고 무상하여 고정된 상이 없다. 바람은 건조한 흙과 모래를 날려 인간이 만들어 놓은 모든 흔적(人跡, 人文)을 다 묻어버리려 한다.

그래서 사막에서는 '시인의 상상력'과 '고고학자의 추리력'을 동원해야 과거와 대화를 할 수 있다. 서역의 대표적인 도시 카슈가르에서 가장 유서가 깊은 샤이먼[色滿] 호텔에서 하루를 묵고 서역남로를 따라서 간다.

잃어버린 실크로드를 찾아서

오래전 1980년대에 한국의 곳곳에 시위대 학생들의 돌멩이와 진압 전경의 최루탄이 서로를 향해 날아다녔다. 맑고 푸르던 하늘은 늘 뿌옇고 맵고 아프고 슬펐다. 그 시절 젊은이들은 허구한 날 눈물을 훔치면서 80년대를 서럽게 떠돌았다. 일본의 NHK 방송에서는 중국의 시안[西安]에서 로마까지 가는 30여 편의 대작 다큐멘터리를 제작했다. NHK 방송 관계자에 따르면 1972년 9월 일본 총리가 중국을 방문하였을 때 당시 중국 총리였던 저우언라이[朱思來]가 취재진을 초청한 자리에서 중국을 외부에 소개해 줄 것을 요청했다.

당시 NHK 관계자가 『실크로드』TV 프로그램을 구상하게 되었다고 한다. 그러나 그 실크로드 지역 출입허가가 나지 않았다. 1978년 10월 중국 덩샤오핑이 일본을 방문했을 때 촬영을 요청하여 중국과 일본 공동프로젝트가 시작되었다.

시안에서부터 파미르 고원까지 여정을 담은 1부의 방영은 20%라는 높은 시청률을 기록했다. 이에 고무되어 로마까지 실크로드 방영을 연장해달라는 요청이 많아 후속편이 제작되었다. 2부는 중앙아시아 소련의 위성국들을 지나가므로 소련의 협조를 얻어 터키에 이르는 여정을 취재해서 프로를 만들었다. 1988년 4월부터는 『바다의 실크로드』가 제작되어 12회가 방영되었다.

한국방송공사에서 1984년 4월부터 매주 30편이 방송되었다. 이때 비로소 말로만 듣던 실크로드의 실체를 구체적으로 알게 되었다. 실크로드를 따라서 중국과 중앙아시아를 담은 광대하고 웅장하며 아름다운 자연과 모래바람 속에서 사는 비장하고 끈질긴 삶의 애환을 영상으로 그려냈다. 장대한 경관과 비경 아래에서 모래언덕 너머에서 바람을 타고 들려오는 일본 뉴에이지 아티스트 '기타로[喜多郎]'의 음악을 들으면서 실크로드는 내 마음속으로 들어와서 폐포에 흡수되면서 세포 하나하나에 스며들었다. 아, 심금을 울리던 OST인 〈실크로드〉, 〈모래바람〉, 〈서쪽을 향하여〉, 〈석양〉, 〈끝없는 길〉, 〈카라반사라이〉, 〈시간여행〉, 〈서늘한 밤공기〉, 〈명멸하는 별빛들〉 등등~! 그 음악은 실크로드에 푹 취한 나에게 낭만과 환상을 안겨 주었다.

장발 히피풍의 세계적인(?) 음악가 키타로

사실 부끄러운 고백이지만 일본의 영화배우나 연예인, 가수 Musician들을 거의 알지 못했다. 일본 제국주의 치하 40년의 세월을 보내고 해방정국이었지만 친일파들이 정계 재계 학계 관계 등 온갖 요직에 득세하고 있었다. 친일청산이 거의 안 된 것이다. 정상적이고 상식 있는 국민이라면 대부분 반일과 극일 감정으로 펄펄 끓고 있었다. 이런 펄펄 끓는 온도에도 지독한 '친일 바이러스'들은 죽지 않고 오늘날까지 부귀영화를 누리며 전염시키고 있었다. 이런저런 부당하고 불공정한 현실 때문에 일본의 모든 것을 거부하고 부정하게 만들었다. 일본풍 음악은 물론 일본문화에 대해서도 아주 까다로웠다. 이런 일은 식민지 당시 죽도록 고통을 받고 피해를 받았던 사람들이 시퍼렇게 살아있어 모든 왜색풍(倭色風)을 부정하는 상황이었다. 심지어 음악평론가들은 당시 한국의 유행가 뽕짝이 엔카(演歌)에서 기원이 되었다고 예민하게 반응했다. 일본인들이 만든 일본식 단어조차 필요 이상 신경을 곤두세우고 지적하고 있었다.

일본에 대해서 과민하고 적대적인 것은 피해 당사자로서 당연한 일이다. 일본 정부와 일본국민이 독일과 독일국민처럼 진실로 참회하고 사과했다면 관대하게 용서할 수 있었을 것이다. 그들의 사과와 반성이 없는 것에 대해 분노하면서 일본 정부와 극우단체들의 치졸함을 저주하고 싶다. 그리고 상당 부분 그렇게 되도록 '첫 단추를 잘못 끼우고' 음으로 양으로 도와준 당시 한국 위정자들과 그에 추종하고 있는 친일파들을 보면 부끄럽고 참괴(慙愧)할 뿐이다.

이제 그 피해망상증에서 벗어나야 한다. 당연히 그래야 한다. 성공하고 더 나은 삶을 사는 것만큼 훌륭한 복수는 없다. 우리가 더 잘 살고 문화적인 식견을 높이면 복수는 눈 녹듯이 끝난다. 그런 분위기와 반감 때문에 일본의 뮤지션과 문화에 대해서 무지했다. 사실 아는 노래는 한 때 라디오에 흘러나오던 〈부루 라이또 요꼬하마(Blue Light Yokohama)〉 정도였으니 대중문화에 대해서는 더 이상 논할 말이 없다.

실크로드OST를 작곡 편곡한 일본의 Artist- KITARO

그러나 소설에 대해서는 관대했다. 노벨 문학상 작가로『설국(雪國)』을 쓴 가
와바타 야스나리(1968년 수상)나『만연 원년의 풋볼』을 쓴 오에 겐자부로(1994년
수상)는 우리 젊은 날의 작가로 우리 말로 번역된 책을 읽을 수 있었다.
실크로드 다큐멘터리에 일본의 세계적인(?) 음악가 기타로가 만든 여러 편
OST(original sound track)는 장엄하고 신비로운 실크로드의 환상에 빠져들게 했
다. 실크로드는 사막의 푸른 섬(Oasis)을 이어주는 길이다. 그 푸른 섬에는 녹
색의 생명의 숲과 물이 있는 곳이다. 모든 식물은 뿌리에서 물을 흡수하여
줄기를 통하여 잎으로 올린다. 그 '잎'에서는 '물'과 '이산화탄소'를 재료로
'햇볕'을 받아서 식물 자신의 생존과 성장에 필요한 자양분을 만들고 산소
를 토해낸다. 엽록소에서 햇볕을 받아 창조된 자양분으로 모든 식물과 과
일과 곡식과 채소가 자라게 된다. 아무리 사막이라도 물과 햇볕만 있다면
부족하지 않다.

사막 속의 주막, 카라반사라이

대상(隊商)들이 갈증과 모래바람 속에서 작열하는 태양과 싸우며 하루의 고단한 노정을 끝낼 무렵이면 멀리서 신기루처럼 나타나는 대상들의 숙소(宿所)가 있었다. 그 숙소를 Caravan sarai 또는 Caravansary라고 한다. 이곳은 식당, 숙소, 마구간(馬廐間) 시설은 물론 각자 필요에 의해 수요와 공급을 만족시켜줄 소규모 상업이 이루어지기도 했다. 낙타는 보통 발을 묶어두고 물과 건초를 먹이지만 식량과 물 운반이 어려운 오지 카라반사라이에서는 사람 먹을 물조차 부족한 곳이 많았다. 아침이면 일용할 물과 양식을 챙겨서 길을 떠나는 것으로부터 카라반들의 하루 노정이 시작된다.

카라반사라이의 간격은 낙타가 하루에 걸을 수 있는 거리이지만 알베르게, 주막집 등은 보통 사람들이 하루에 걸을 수 있는 거리를 기준으로 보통 20~40km마다 세워져 있다. 그러나 20세기 중반을 넘어가면서 수송 매체가 낙타에서 차량으로 바뀌면서 수백 년 동안 융성하던 카라반사라이가 용도폐기된 채 폐허가 되어 무너지고 퇴락해가고 있다.

인류문명과 함께하며 실크로드 사막 등 험지에서 든든한 인류의 후원자 역할을 했던 낙타들도 실업자가 되어서 초라하게 '실업연금'만 타 먹고 있다고 하는 소문이 들린다. 그러나 "낙타들이여, 좌절하지 말지어다. 화석연료가 충분한 금세기가 지나고, 22세기가 되면 그대들은 다시 활발하게 현역에 복귀할 것이니 그 동안 열심히 일한 당신, 잠시 쉬어라!"

파미르 타지키스탄 키르기스스탄 등지에서 보통 대상은 낙타 몰이꾼 1명당 3마리의 낙타이거나 거기에 1마리의 말이 붙어서 카라반(Caravan)의 기본 단위가 된다. 건조한 사막을 통과하는 경우는 단봉낙타가 단연 우수하다.

키르키즈스탄 남쪽 도시 나린에서 한 시간 반 떨어진 타쉬라밧에 실크로드의 대상들의 숙소(Caravansarai)

감명 깊은 실크로드 여행기

우리는 카슈카르에서 서역남로를 지나 타클라마칸 사막을 남에서 북으로 관통하는 사막공로를 달린 후에 우루무치에서 비행기를 타고 돌아오는 여정을 계획했다. 실크로드를 본격적으로 여행한 2권의 책을 소개한다. 한 권은 터키의 이스탄불에서 시안까지 오직 걸어서 간 기록이고, 다른 한 권은 반대편 시안에서 쌍봉낙타를 끌고 이스탄불까지 간 기록이다.

프랑스 은퇴한 저널리스트 베르나르 올리비에(Bernard Olivier, 1938~)가 쓴 『나는 걷는다』를 2천 년 초에 읽은 것을 요약해 본다. 그는 독학으로 공부한 사람답게 열렬한 독서광으로 서양인으로 존재한다는 것은 결국 동양에 진 빚을 인식하는 일이라는 사실을 깨달으며 은퇴 후인 1999년부터 4년간 매년 봄부터 가을까지 구간별로 나누어 터키의 이스탄불에서 중국의 시안까지 실크로드를 따라서 오직 걸어서 갔다. 그는 실크로드를 가기 전에 미리 산띠아고로 가는 순례자 길인 'Camino de Santiago'를 걸었다. 파리에서 출발해서 예수의 열두 제자 중 야고보의 무덤이 있는 스페인의 서북쪽에 있는 '산띠아고 데 꼼뽀스뗄라(Santiago de Compostella)'까지 걷는 노정이었다. 그는 터키의 이스탄불에서 동진하여 시안까지 오직 걸어갔다.

또 한 권은 터키의 유명 사진작가 아리프 아쉬츠가 쓴 『실크로드의 마지막 카라반(김문호 역)』이었다. 그와 네잣, 무랏, 미국인 팩스턴을 포함한 총 4명은 1996년부터 1997년에 걸쳐 중국의 시안에서 출발하여 키르기스스탄, 우즈베키스탄, 투르크메니스탄과 이란을 거쳐 그들의 최종 목적지인 조국 터키 이스탄불까지 12,000km의 실크로드 대장정을 마쳤다. 그들의 실크로드 여행은 '고대'의 방법대로 쌍봉낙타를 끌고 실크로드를 따라가는 여행이었다. 수많은 사막의 별들 아래서 잠을 자고, 때로는 사막의 카라보란(검은 폭풍)에 맞선 옛사람들이 걸어간 길 곳곳에 묻혀 있던 문명의 잔재들을 발견하기도 했다. 그들에게 문화를 전해 준 모국어 터키어를 간직하고 그들이 하던 놀이와 문화를 이어나가고 있는 소수민족들을 보면서 감동했다.

실크로드를 따라 이슬람문명을 전해 받은 중국의 소수민족의 전설은 그가 어렸을 때 들었던 이야기와 일치한다. 여행 중 곳곳에서 과거를 만났다. 길은 과거의 흔적이고 과거로부터 이어져 온 현재이기도 하다. 시간과 공간을 뛰어넘는 실크로드의 장엄한 풍경인 황금빛으로 물들어 가는 노을, 이슬람 국가의 낯선 풍습, 해맑은 아이들의 눈동자 등이 책을 더욱 빛나게 해주었다. 이 여행의 또 다른 주인공인 쌍봉낙타 10마리와 함께 15개월 동안 함께 걷고 생활하면서 교감을 느낄 수 있었다.

북방에서 반도로 섬으로 다시 북방으로

나의 지식이 독한 회의(懷疑)를 구하지 못하고
내 또한 삶의 애증을 다 짐지지 못하여
병든 나무처럼 생명이 부대낄 때
저 머나먼 아라비아의 사막으로 나는 가자

거기는 한 번 뜬 백일(白日)이 불사신같이 작열하고
일체가 모래 속에 사멸한 영겁(永劫)의 허적(虛寂)에
오직 알라의 신(神)만이
밤마다 고민하고 방황하는 열사(熱沙)의 끝

그 열렬한 고독 가운데
옷자락을 나부끼고 호올로 서면

운명처럼 반드시 '나'와 대면케 될지니

하여 '나'란 나의 생명이란

그 원시의 본연한 자태를 다시 배우지 못하거든

차라리 나는 어느 사구(沙丘)에 회한 없는 백골을 쪼이리라

― 유치환, 〈생명(生命)의 서(書)〉

독한 회의, 삶의 애증, 열렬한 고독, 원시의 본연한 자태가 거대한 대지 위에 있다. 나는 이런 시를 읽으면서 사막에 대한 막연한 낭만과 환상을 가졌다. 그리고 식민지시대의 신파극 같은 우울(憂鬱)이 묻어 있는 고복수가 노래한 '사막의 한(恨)'이란 노래처럼 적당히 비장한 마음으로 사막을 횡단하고 싶었다. 고달픈 대상(隊商, Caravan)에 끼어서 낙타를 몰고 신기루를 찾아가고 싶은 것이었을까? 그런 고달픔 뒤에 낭만과 애수가 느껴진다.

고조선, 북방의 유목민족 연합

땅에 씨를 뿌려두면 버리고 떠나기가 쉽지 않다. 위정자의 폭정이 심해 원통하고 억울한 일이 있어도 땅과 집을 버리고 떠나는 것은 정말로 어려웠다. 왕권이 강한 나라에서는 든든한 사회적 인프라와 위험으로부터 보호를 받는 장점이 있지만 잘못된 위정자에게 억울하고 원통한 일을 당해도 살던 사회를 버리고 떠나기는 쉽지 않았다. 그래서 모든 독재와 절대왕정(Regime)은 정착해서 살아야 하는 농경사회에서 기원이 되었다.

우리의 상고시대인 부여 고조선 등은 유목민으로 유라시아 대륙을 유랑했

다고 한다. 고조선은 여러 유목 민족 국가연합이었다고 한다. 여러 부족 중한 부족으로 북방을 떠돌았다. 유목민들의 경우 위정자가 맘에 들지 않으면 양떼나 소떼 등 짐승들을 몰고 다른 곳으로 피해갈 수 있었다. 그런 기동력이 있으므로 공평하고 민주적이어야 하며 화백 회의처럼 '만장일치' 합의제가 기본이었다. 실제로 북방 유목민 사이에 옛날부터 관행(慣行)되어 온 합의제도(合議制度)인 '쿠릴타이(Khuriltai, 몽골어로 집회)'가 바로 그것이라고 한다.

그들은 하늘의 북극성을 중심으로 시계 반대방향으로 도는 성좌들처럼 큰호수를 중심으로 돌면서 유목생활을 했다고 한다. 넓고 넓은 유라시아의 북반구의 땅에서 떠돌이로 독립적인 삶을 살아야 했던 유목민들은 스스로 강하고 정확하며, 현실적이고 합리적이어야 했다. 당연히 합의와 협상, 상식과 약속이 통하면서 민주주의의 싹을 틔웠다. 이런 북방에서 활발하게 활동하던 고조선은 남쪽으로 남하해서 정착하고 농사를 지으면서 점차 변해 갔다.

조선의 흑역사,
해금(海禁)정책에 갇히고 반은 섬(半島)에 갇힌 자폐의 나라

해금정책은 자폐증의 원인

고려를 멸망시키고 '신(新)조선'을 건국한 이성계의 계략은 훌륭했다. 수도를 개경에서 한양으로 천도해 땅에 대한 기득권자들의 반발을 물리쳤다. 그리고 사람들 정신과 이념의 반발을 막기 위해 국가 이데올로기를 불교에서 유교로 바꿔 숭유억불(崇儒抑佛) 정책을 폈다.

간도는 압록강과 토문강과 송화강 상류 지방인 백두산 일대를 가리키는 '서간도'와 두만강 북부의 연길, 훈춘, 왕청, 화룡 등 만주 땅을 가리키는 '동간도(북간도)'로 나뉘는데 보통 간도는 동간도를 의미한다.

여기까지는 과거와 단절, 새 술을 새 부대에 담을 최고의 프레임이었다. 그러나 그는 사대주의적 사불가론을 들어 '위화도 회군'을 단행했다. 고려의 요동 정벌을 포기하여 고려가 대륙으로 진출할 마지막 기회를 무산시켜 버린 것이었다. 혹자에 따르면 '역사에 가정이 있다'면 북쪽을 다 버린 통일신라의 주역 김춘추와 김유신 그리고 우리를 반도 안에 가두어둔 이성계 정도전 등을 지워버리고 싶다고 했다.

조선을 건국한 이성계는 사대주의 행동강령으로 명(明)나라 시조인 주원장의 '해금(海禁)정책'을 따랐다. 해금정책은 노략질하는 악질적인 왜구(倭寇)를 막는 데 도움이 되겠지만 선량한 왜인(倭人)들과의 교류도 막아버리는 결과가 되었다. 단기적으로 효과가 있었겠지만, 장기적으로 스스로를 '자폐의 울'에 가두어 버렸다. 그들은 건어물, 목기, 원석 등 보잘것없는 것들을 가지고 와서 통상을 요구하는데 거절하면 물과 먹거리가 필요한 그들에게 돌아갈 길이 막막했다. 만만한 바닷가나 섬마을에 들어가 왜구(倭寇)로 돌변해 노략질을 한 후 도망갔다. 이때 이들을 다룰 전술이 가장 오래된 전술인 '당근과 채찍'이었는데 명나라나 조선은 오직 '채찍'만 휘둘렀다. 조선은 '해금정책'을 더 해서 '공도(空島)정책'까지 시행하고 모든 문을 굳게 닫고 스스로 자폐적인 나라로 만들어 버렸다. 그래서 틈만 있으면 아니 틈을 찾아 해안과 섬에서 왜구들이 활거하게 되었다.

그래서 우리는 훗날 2개의 커다란 섬 대마도(對馬島)와 간도(間島)를 잃어버리는 우(愚)를 저질렀다. 이들은 점차 조선을 건너뛰고 다소 원양(遠洋)인 중국과 직접교류를 해 나갔다. 일본이 어느 시점에서 문화적 학문적으로 조선을 앞섰는지 설이 분분하다. 자폐증에 걸린 조선은 보이지 않는 철조망에 갇혀 섬 같지 않은 섬(半島)에 갇혀 아주 천천히 발육정지화되고 있었다. 그 기간은 참으로 가늘고 길었다. 조선건국(1392)에서 경술국치(1910)까지 518년간 이씨(李氏)가 27대에 걸쳐 집권하였다. 임진왜란(1592) 전까지 그나마 여력이 있었지만, 그 이후 조선의 정세와 백성의 삶은 가난하고 가혹하며 고독하고 고통스런 그 자체였다.

일본의 통일과 임진왜란

일본은 15세기후반 유럽 상인들이 들어와 무역을 하면서 새로운 상업세력들과 신흥도시가 커지면서 이전 봉건적 통치에 위협받기 시작하였다. 도요토미 히데요시[豊臣秀吉]는 군웅이 할거하던 전국시대를 통일했다. 그러나 전쟁 중에 형성된 '군웅(軍雄)들의 날카로운 총칼'을 다른 곳으로 향하게 해야 그들 세력을 억제하고 사회적 안전과 통일을 도모할 수 있었다. 그들은 '명나라를 치러 가니 길을 빌려 달라'는 '정명가도(征明假道)'를 조선에 요구했다. 조선은 연산군 중종 명종 조에 일어난 증오의 사대사화(四大士禍)와 훈구파 사림파들 간에 당파싸움으로 막장이었다. 선조 때는 사림파가 득세하여 극도로 혼란스러웠다. 침략 계획을 듣고도 우왕좌왕 설왕설래하며 국방을 소홀히 하던 중 일본은 1592년 4월에 15만 대군을 이끌고 조선을 침공하였다. 부산에 이어 서울이 함락되고, 평양마저 빼앗겼다. 오합지졸 한심한 관군과 선조는 도망가기에 급급했다. 오직 바다에서 전라좌수사 이순신이 이끄는 수군이 경상도 해안에서 일본의 수군을 격파하며 연전연승 가도를 누렸다. 각계각층에서 의분을 느끼고 비분강개하던 의병이 일어나 왜군과 싸우고 명나라 도움으로 평양은 수복했다. 명나라 장군 심유경과 도요토미 히데요시가 강화에 들어가 전쟁은 중단되었다. 일본은 자신들 요구를 들어주지 않자 다시 14만 대군을 이끌고 쳐들어 온 것이 정유재란(1597)이다. 조선과 명나라 군사들, 각지에 의병들, 그리고 바보들에게 무장해제당하고 백의종군하던 이순신은 남은 선박 12척으로 결사항전을 벌였다. 도요토미 히데요시가 죽고 왜군이 후퇴함으로써 길고긴 7년 왜란은 끝났다. 사회 질서가 무너지고, 수많은 문화재 소실, 수많은 사상자, 수많은 포로들이 끌려갔다. 임진왜란으로 조선은 전 국토가 황폐해지고 백성은 도탄에 빠졌다.

임진왜란으로 국력이 소모되어 비틀거리던 명나라는 만주의 여진족인 청나라에게 세력을 넘겨주고 말았다. 명나라가 쇠락하면서 당대 세계 최고 도자기 메카이던 경덕진이 문을 닫자, 일본은 조선의 도공들을 데려가 도자기 산업을 발달시키고 네덜란드 상인들은 유럽에 팔아 막대한 부를 축적했다. 조선의 서책과 활자를 탈취하여 인쇄술을 발전시켰다. 오직 바다를 개방한 일본만 발전해 나갔다.

숭명반청과 병자호란

명나라는 16세기 당시 환관들이 권력을 잡으며 정치가 문란해지자 지방에 새로운 세력인 향신들이 반(反)환관운동과 바다를 개방하라는 '반해금(反海禁)' 운동을 벌였다. 바다에서는 민란과 농민봉기 등이 일어나고, 북쪽은 오랑캐, 남쪽은 왜적들이 출몰했다. '서인(西人)들과 그 후예 노론(老論)'들이 주도권을 잡고 득세했던 조선후기를 기억해야 한다. 조선 후기는 참으로 막막하

1745년 키친이 제작한 이 지도에는 압록강과 두만강 위에 국경선이 그려져 있다. 강희제는 청의 강역을 분명히 하기 위해 1709년부터 프랑스 신부 레지에게 직접 길림과 흑룡강 유역 등을 조사해 지도를 제작하게 한다. 청나라가 자신들이 직접 만든 지도조차 조선과 청의 국경선은 압록강과 두만강을 훨씬 너머 위에 있다.

고 적적했지만 안으로 고양이 쥐 잡듯이 득달하면서 백성들을 쥐어짜고 괴롭혔다. '서인들 그리고 훗날 노론'들은 극단적인 사대주의를 추종하며 조선의 왕을 제대로 인정하지 않았다. 청과 명 사이에 등거리(等距離) 외교를 했던 광해군을 왕으로 인정하지 않고 인조반정을 일으키고 무지, 무식, 무개념으로 일관하던 이들 때문에 조선은 호되게 병자호란(丙子胡亂)이란 환을 당했다. 피난 가는 것도 왈가왈부(日可日否)하다가 최고의 피난처 강화도로 가는 퇴로조차 막혀 '울며 겨자 먹기'로 남한산성으로 갔다. 지는 해인 명나라를 흠모하여 뜨는 해인 청나라를 반대하고 배척하고 무시해서 생긴 전란이 병자호란이었다. 서인이었던 우암 송시열의 소모적이고 지겹고 정략적인 예송논쟁을 생각해 본다. 송시열은 명을 멸망시킨 청나라와 같은 하늘 아래 살 수 없는 살군부(殺君父)한 원수로 여겼단다. 이성간에도 감히 찾아보기 힘든 사대주의도 이런 사대주의가 없었다!

여성들에게 진짜 면목이 없는 후안무치하고 덜떨어진 남자들

모든 전란에 진주군(進駐軍)들이 들어오면 병사들의 전리품 제1호가 무엇이었을까? 동서고금 연약한 여성들의 치마 속이라고 한다. 수많은 조선 여인들이 호국 병사들에게 유린당할 때 시대착오적인 사대주의와 대의명분을 부르짖었다. 부끄럽고 시끄럽고 후안무치(厚顔無恥)한 조선의 남정네들의 비현실적인 숭명반청(崇明反淸) 주장은 정상적인 판단력과 이성을 가진 사람들인지 의심하게 하는 대목이다.

백성을 도탄에 빠지게 했던 한심하고 비열하고 곡학아세할 때 백성들의 삶은 참으로 고단하고 무력하며 의지조차 없이 막막했으리라! 이렇게 지리멸렬한 오합지졸들이 날뛰고 있을 때 서구로부터 다양하게 배우고 익혀서 제국주의 기예를 닦은 일본에 의해 40년 처참한 식민지 노예 세월을 보내야 했다. 그들은 '조선사편수회'를 만들어 우리 고서적 20여 만 권이나 불태우면서 수많은 역사를 왜곡했다는 주장이 있다. 그리고 열등감과 패배주의에 찌들게 할 식민사관을 우리의 혼과 정신에 마구 심었다. 그때 친일파들과 조선을 일본에 넘긴 유림 후손들은 아직도 끈질기게 기득권을 쥐고 있다. 그들은 각종 혜택을 받으며 진학을 하고 유학을 가서 새로운 학문권력을 형성했다. 대학마다 이상할 정도로 상식에 맞지 않는 뉴라이트(New Right)들이 기승을 부리는 것도 이런 역사의 흐름을 보면 이해할 수 있을 것 같다.

친일파들 반공전사로 변신, 파파라치들의 붉은 칠

일본은 조선인 친일파들을 식민(植民)한 결과 해방이 된 후에도 고래심줄보다 더 끈질기게 정치 경제 교육 종교 경찰 군인 등 전반적인 분야에 은밀히 암약(暗躍)하면서 뿌리를 내렸다. 반민특위에 섰던 대표적인 악질 친일파

일제하 조선 천주교의 함경도와 간도지구 교구

550명의 심판은 날조된 '국회 프락치 사건'으로 완전 실패로 끝났다. 이들은 기세를 놓치지 않았다. 어느새 악질 친일파들은 '위대한 반공주의자'로 변신해 있었다. 일본 군인과 경찰을 했던 이들이 다시 총과 칼을 차고 재 등용되어 식민지 시절 독립운동을 했던 사람들을 좌파 빨갱이 사회주의자 공산주의자 등으로 몰아 고문하고 죽였다. 또 어느새 보다 빠른 친일파들은 반공 개국(開國)공신으로 자리 잡았다. 이들은 광복으로 뒤바뀐 세상에도 일본인들을 대신하여 거의 모든 기득권을 장악하면서 오늘날까지 득세하고 있다. 6·25전쟁은 동족상잔의 비극을 초래했을 뿐 아니라 친일파들에게 가장 강렬하고 확실한 면죄부를 준 정말 나쁜 전쟁이었다. 전쟁을 일으킨 북한의 지도자 김일성은 악질 친일파들을 구원해준 구세주였다.

소련과 동구권 공산국가들이 와해된 지 30여년이 흘렀지만 이 땅의 고장난 레코드판에서 흘러간 노래가 반복해서 들렸다. 반공, 승공, 멸공은 그들이 휘두르는 도깨비방망이였다. 그렇게 질기고 진부한 파파라치(좌파 우파라치라고 낙인찍는 치들)질을 하고 더 나아가 빨갱이라 붉은 칠을 하면서 존재를 과

시했다. 지금 이 순간도 북쪽(자북)을 가리키고 있는 나침반을 가지고 다니며 종북(從北)한 사람을 찾아내고 있다고 한다.

일본의 원죄를 기억하고 북한의 원죄를 처절하게 기억해야 한다. 생각 있는 사람이라면 이런 소모적인 이념논쟁으로 한국전쟁이 끝난 지 70년이 되었는데 상처와 증오를 자가 증식하면서 계속 확대 재생산하는 것에 절망하였으리라. 아직도 이념논쟁과 색깔론이 기승을 부리며 종북 좌파 빨갱이 등의 용어가 시대착오를 넘어서 광기가 되어 철없는 사람들 입에도 오르내리고 있다. 라이벌과 상대를 붉은 칠로 호도하고 있는 불편부당한 현상이 얼마나 소모적이고 반인류적인가? 오, 퀴바디스 도미네!

이념대결에 가려진 북한 노동당의 원죄

해방되어 비틀거리며 일어서려는 순간 강대국들의 신탁통치로 38선이 그어져 북한은 김일성 정권이 들어서고, 남한은 이승만 정권이 들어섰다. 그나마 대륙과 이어졌던 길과 철도는 끊어졌다. 다시 1950년 김일성 일당이 한국전쟁을 일으키면서 서로 만신창이가 되도록 죽이고 죽은 다음 휴전하여 군사분계선(DMZ)으로 막힌 채 이 땅은 반세기를 넘어 70년이 지났다. 한국전쟁으로 동족상잔의 비극은 물론 친일파청산을 영원히 물 건너가게 했다. 북한의 정권은 1950년 6월 25일 남침하여 40년 세월 식민지의 앞잡이 노릇을 하며 동족들을 괴롭혔던 남한의 친일파들을 반공투사로 변신하게 만들었다. 반공투사가 된 악질 친일파들은 일제 40여 성상(星霜)을 풍찬노숙하면서 총 맞아 죽고 얼어 죽고 굶어 죽는 사람들 속에서 천신만고 끝에 살아 돌아온 독립 운동가들을 고문하고 옥에 가두고 죽였다. 북한의 원죄를 지적하고 지나간다.

삼면이 바다로 닫히고 휴전선까지 닫혀서 섬 아닌 섬에 오랫동안 갇혀 산 우리 남녘 사람들은 대륙도 사막도 잘 모른다. 대륙과 초원과 사막이 우리 시야와 인식에서 사라진 것은 600년이 넘은 것 같다. 태초의 DNA에 새겨진 기록도 수많은 세월이 흐르면서 닳아 복원이 어려울 것 같았다.

김대중과 노무현 정권 10년을 '잃어버린 10년'이라 규정하고 남북 사이에 트인 물꼬와 교류를 이명박, 박근혜 정권 9년 동안 다시 막고 장벽을 높이 쳐버렸다. 약간 치유될 기미를 보이던 원한과 증오와 저주를 동반한 아토피와 자폐증이 다시 심해졌다. 국민들이 촛불을 들고 나서서 너무 창피하고 부끄러운 대통령 2명을 탄핵시키고 감옥으로 보냈다. 촛불정권이 들어서며 통일의 물꼬가 급물살을 타며 다시 열리고 있다. 이대로 한류가 되어 한 20~30년 흘러갔으면 좋겠다. 70년 전 싸움으로 형성된 남북간의 원한 증오 저주를 벗어버리고 하나가 되기를 고소원한다.

6백 년간 가혹하게 갇혀있던 응어리의 분출과 폭발, 한류

1980년 28세 이팔청춘인 노영문과 이재웅이 요트를 타고 처음 태평양 횡단에 성공하여 미국에 도착했고, 1980년 아시아의 물개 조오련은 부산에서 49.5km 떨어진 대마도까지 수영으로 도영하는데 성공했다. 1985년 전국체전이 있을 때 필자는 부산수영만 요트장에 있었다. 재일교포 요트 팀은 크루징 요트를 타고 부산 수영 만에 들어왔다. 장발의 희끗희끗한 중년의 요

트맨들이 너무 부러워 보였다. 1988년 서울올림픽이 있으면서 공식적으로 일반인들의 해외여행 자율화가 시작되었다. 1392년(조선건국)부터 폐쇄된 사회를 살다 1988년 8월에 드디어 개방의 시대가 열린 것이다.

다소 시간이 걸렸지만 서서히 마비된 감각을 되찾기 시작했다. 그러나 당시 무지와 무능, 부정과 부패, 독재와 정경유착

1980년 태평양횡단에 성공한 국산 요트 파랑새호. 길이10m 너비3.32m로 2톤짜리 킬(배의 복원력을 유지시켜주는 역할)이 있다.

등이 겹쳐서 1998년 단군 이래 최대의 위기라는 IMF 사태(외환보유 39억$)를 초래했다. 그러나 위기가 곧 기회란 말처럼 금 모으기, 뼈아픈 정리해고, IT산업의 재정비, 기업의 구조조정, 문화콘텐츠개발 등을 통해서 초유의 짧은 시간에 IMF 사태를 극복(IMF 구제금융 195억$ 전액상환) 하였다.

여러 평지풍파에도 불구하고 600여 년 동안 맺혀있던 응어리가 풀어지면서 도도한 물결을 만들었다. 한류였다. 오랜 세월 오랜 시간 폐쇄적이고 독립된 공간(쇄폐) 안에 숙명처럼 땅에 묶여 가난과 한(恨)을 지지고 볶으면서 농축된 응어리가 오늘의 한류(韓流)로 분출된 것이 아닌가 생각해 본다. 오늘의 경제 사회 정치 현상이 5천 년 역사 중 가장 풍요로움을 구가하고 있다.

IT 산업, 소프트웨어, 문화 콘텐츠, 연예 드라마 방송 쪽에서 한류의 역할은 대단했다. 그러나 이들을 뒷받침해줄 국가적 정책, 외교, 자존심, 능력, 공존, 관용이 절실하다. 정말 5천년 역사 중 처음 살만한 이 시기에 부정하고

탐욕스러우며, 무능하고 저질스런 위정자 두 명이 부끄럽고 망신스럽고 창피한 짓을 해서 국가 브랜드를 떨어뜨려 코리아 디스카운트(Korea Discount)를 만들었다.

국민들은 상식과 이성의 눈으로 불철주야 기득권자, 가진 자, 위정자들을 감시해야 한다. 최선이 아니라도 차선(次善), 최악이 아닌 차악(次惡)인 사람들을 정치지도자로 선택하려는 몸부림이 필요하다. '그놈이 그놈'이라는 식의 집단적 허무주의는 국민의 정신 속에 암약하는 악성종양 같은 것이다. 모든 권력은 총구 끝 총알에서 나오던 시대는 지났다. 모든 권력은 국민의 손끝을 통해서 나온다. 정치 허무주의, 투표 허무주의로 가서는 안 된다. 이 발언은 절대 정치적인 발언이 아니다. 가장 기층민중 낮은 곳에 계신 저소득층, 비정규직, 소수자, 노약자, 장애인 등 정치적 사회적 문화적 약자들이 제일 먼저 포탄을 맞는 실존적인 문제이기 때문이다. 한류는 이제 국가의 자부심과 자존심의 차원을 넘어섰다. 이제 한류는 우리의 자존과 생존이며 다가올 미래여야 하기 때문이다.

실크로드 전문가, 간첩에 전혀 안어울리는 촌스런 깐수 교수

타클라마칸 사막은 중국의 영토로 북쪽으로는 톈산(天山)산맥과 남쪽으로는 쿤룬(崑崙)산맥 사이에 있는 타림 분지의 60% 정도를 차지한다. 북쪽 톈산 산맥을 기준으로 톈산의 북쪽 실크로드는 '톈산 북로', 톈산 남쪽의 실크로드는 '톈산 남로'라고 한다. 타림 분지의 남쪽 쿤룬 산맥 북쪽을 '서역남로'라고 한다. 우리는 카슈카르에서 서역남로를 따라가다가 민펑 부근에서 타클라

무하마드 깐수 시절의 정수일

실크로드학의 대가로 자타가 공인하는 정수일 교수

마칸 사막을 종단한 사막공로로 들어갈 계획이었다.

북한 공작원 출신으로 간첩교수 혹은 깐수 교수로 더 유명한 정수일(鄭守一, 1934-) 교수에 의하면 서역남로를 '오아시스 남로'라고 부르는 것이 더 적당하다고 주장한다. 그는 연변에서 태어나 명문 베이징 대학교 동방학부에 입학하고 중국 1호 국비유학생이 되어 이집트 카이로 대학에 유학했다. 그는 일찍이 중국 외교부 산하 모로코 주재 중국대사관에서 근무하다가 중국의 소수민족 차별정책에 불만을 품고 북한으로 가서 김일성 대학 동방학부 교수로 재직했다. 그러던 도중 1974년 대남공작원으로 발탁되어 남파되었다. 7개 국어를 구사하는 그는 여러 나라에서 국적세탁을 한 후 무하마드 깐수라는 아랍인 2세 신분으로 콧수염을 달고 대한민국에 입국하여 1990년 단국대학교에서 박사학위를 받고 많은 강의와 저술활동을 하였다.

콧수염을 기르고 중동풍으로 위장한 깐수 교수는 한국에서 결혼도 하였다. 1996년 검거되어 사형을 구형받고 5년간 수감생활을 하다 2000년 형집행정지로 출소하고 2003년 특별사면으로 복권된 다음 한국 국적을 취득했다.

이 콧수염 간첩이 자유의 몸이 된 후 비로소 수염을 깎았다. 실물은 정말 간첩답지 않은 순박한 얼굴의 평범한 조선인 그 자체였다.

14세기 모로코 출신으로 동서양을 여행한『이븐바투타 여행기』를 번역했다. 이 책은 모로코 알제리를 식민통치했던 프랑스를 제외하고는 세계적인 완역본이 없다고 한다. 깐수는 프랑스어판에 이어 세계 두 번째로『이븐바투타 여행기』를 완역했다. 그리고 문명교류사에 관한 많은 책을 펴냈다.『실크로드학』,『고대문명교류사』,『실크로드문명기행』,『이슬람문명』등의 저서와 혜초의『왕오천축국전』등 역주서가 있다.

사주리로(絲周之路, Silk Road)의 개척자들

선달에도 보름께 달 밝은 밤
앞내강 쨍쨍 얼어 조이던 밤에
내가 부른 노래는 강 건너갔소

강 건너 하늘 끝에 사막도 닿은 곳
내 노래는 제비처럼 날아서 갔소

못 잊을 계집애 집조차 없다기에
가기는 갔지만 어린 날개 지치면
그만 어느 모래불에 떨어져 타서 죽겠죠
사막은 끝없이 푸른 하늘이 덮여
눈물 먹은 별들이 조상 오는 밤

밤은 옛일을 무지개보다 곱게 짜내나니

한 가락을 여기 두고 또 한 가락 어디멘가

내가 부른 노래는 그 밤에 강 건너갔소.

— 이육사, 〈강 건너간 노래〉

사주지로(絲綢之路), 실크로드의 멀고 오래된 꿈!

인간은 걷는 것이 느리고 힘들어서 말을 타고 마차를 탔다. 수영이 느리고 힘들며 위험해서 배를 탔다. 노를 젓는 것이 힘들어서 돛을 달았다. 근세 내연기관(엔진)이 각광을 받으면서 기차 기선 자동차 오토바이 등에 밀려 인력과 축력을 이용한 탈 것은 스포츠 영역 외에 거의 남아있지 않다. 19세기 위대한 발명품 중 인간의 두 발을 각각(各 + 各) 쓰는 자력적인 걷기를 가능하게 한 길로(路=足 + 各)와 바퀴를 이용한 자동차나 마차 바퀴가 돌아가며 가는 길도 (道) 사이에서 탄생한 가장 실용적이고 편리한 문명의 이기가 스스로의 힘으로 바퀴를 돌려서 가는 자전거(自轉車)였다. 길로(路)와 길도(道)가 어우러진 로도(路道, Road)의 이야기이다.

사람들은 신발 바닥에 작은 모래 알갱이, 피부 어딘가에 미세한 자극, 스치는 바람, 치아 사이에 낀 아주 작은 이물질에도 예민하게 반응하고 때로는 불편해한다. 뭔가 막힌 길이 있다면 본능적으로 뚫고 가려고 몸부림을 친다. 그런 심정으로 실사구시적인 사막의 오아시스를 연결하면서 길을 개척한 것이리라. 실크로드는 고대에 동서양의 비단무역을 계기로 중국과 서역 각국의 정치 경제 문화를 이어준 교통로를 총칭한다. 그러나 이 말이 쓰인 것은 오래지 않다. 1870년대 독일의 지리학자이자 베를린대 교수 리히트호펜(Richthofen, 1833~1905)이 최초로 '실크로드'란 명칭을 썼다. 제국주의 시절 서구 열강들이 몰려들면서 실크로드라는 말이 광범위하게 쓰였다. 중국에서는 '사주지로(絲綢之路)'라고 부른다. 뒤죽박죽 얽히고설킨 실타래를 풀어본다.

톈산남로(서역남로)의 개척자, 장지엔

실크로드는 인류의 스승 지저스 크라이스트가 태어나기 전(Before Christ)에 이미 생겼다. 당시 중국의 상황은 시시각각 북방에서 위협하는 흉노세력을 회유하고 제압하고 견제해야 했다. 그래서 흉노를 피해 아주 멀리 서쪽으로 옮겨간 대월지[大月氏], 오손(烏孫) 같은 부족과 전략적 제휴를 할 필요가 있었다. 한 무제(武帝)는 BC139년, BC119년 2차례에 걸쳐 장지엔을 중앙아시아로 파견하여 서역 각지에 사절을 교환하고 전략적 제휴를 제안한 것이 실크로드가 처음 열린계기가 되었다.

맨 처음 실크로드를 개척한 사람이 한(漢)무제 때 장지엔[張騫, 장건]이었다. BC140년 중국 관리였던 장지엔은 왕명을 받들어 북쪽에서 시도 때도 없이 쳐들어와 괴롭히는 흉노족을 칠 연합군으로 이전에 흉노에게 호되게 당해 멀리 서쪽으로 쫓겨 간 '대월지'와 동맹을 맺으려고 천신만고 끝에 찾아갔다. 그러나 그들은 신장성 서쪽 끝 이리 지방에 있다가 오손(烏孫)에게 땅을 빼앗겨 훨씬 더 서쪽인 구소련 동남쪽 소그디아나(Sogdiana) 지방으로 옮겨가 있었다. 오늘날 우즈베키스탄과 타지키스탄 지역이다.

그러나 그들은 풍요로운 땅에서 안주하고 지금의 아프가니스탄과 우즈베키스탄, 타지키스탄의 일부인 대하(大夏, Bactria)라는 나라를 복속하고 있었다. 이 박트리아는 알렉산더가 동방 원정을 한 기록과 흔적이 있는 그리스인 국가였다. 이곳에서 고대 동아시아 문명의 중심에 서 있던 중국에서 온 장지엔은 그리스문명의 흔적을 볼 수 있었다. 월지인들은 풍요로운 땅에 적응하여 이미 전의를 상실해버려서 장지엔은 동맹을 맺지 못하고 돌아왔다. 갈 때는 200명이 출발했지만 돌아올 때는 단 2명만 남아 있었다. 13년 동안 수차례 포로가 되고 죽을 고생을 다 했지만 반대급부로 많은 정보와 외교적 성과도 이루었다. 그의 생사를 건 서역행을 통해 중앙아시아, 인도, 서양에 대해 다방면으로 교류를 하게 된 결정적인 계기가 되었다.

장지엔의 2번째 미션은 톈산 산맥 아래 유목생활을 하면서 말 사육술로 이름 높은 투르크계 기마민족 '오손족'을 찾아가 동맹을 맺으려 한 것이나 역시 그들과 동맹 맺는 것에 실패했다. 단지 톈산남로가 열리는 것으로 만족해야 했다.

장지엔(張騫)이 방문한 나라는 대원(大遠, 중앙아시아), 강거(康居, 키르키즈스탄), 대월지(大月氏, 우즈베키스탄), 소월지(小月氏, 카자흐스탄), 대하(大夏, 아프가니스탄), 서해(西海, 아랄해), 안식국(安式國, 페르샤), 조지(趙地, 시리아), 엄채 염원(奄採 鹽遠, 이스라엘 사해지역), 신독국(新獨國, 인도) 등이라고 한다. 그에 의해 톈산 산맥 남쪽 톈산남로와 쿤룬 산맥 북쪽 서역남로가 개척되었다.

장지엔 이래 중국의 역대 왕조는 멀리 중앙아시아 서아시아 여러 나라와 사절을 교환하면서 민간인들의 왕래도 빈번해서 문물과 문화의 교류가 활발하게 이루어졌다. 위진남북조시대(魏晋南北朝時代)에는 많은 승려들이 경전을 구하러 실크로드를 따라 인도로 갔고, 인도의 승려들 또한 경전을 가지고 중국에 들어왔다. 실크로드가 구체적으로 열리기 시작한 것이다. 비단

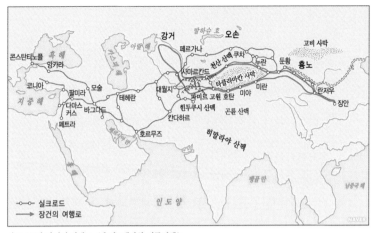

실크로드와 장건의 여행로 〈출처 : 대단한 지구여행〉

길은 비단 향료 도자기 보석 등의 물건뿐 아니라 학문 종교 기술 문화 풍습 등이 상호 교류되던 통로이기도 했다.

현장(玄奘)스님의 역경사업으로 중국에서 불교가 융성하여 유교, 도교와 함께 당대 3대 사상이 되었다. 당시 실크로드는 '붓다의 길(Buddha's road)'이기도 했다. 불교 외에도 페르시아의 조로아스터교와 마니교, 로마에서 이단시되었던 네스토리우스교(景敎), 이슬람교 등도 실크로드를 따라 중국에 전해지면서 당대의 장안(長安)에는 많은 수의 서역인들이 거주하게 되면서 호복(胡服) 호모(胡帽) 호악(胡樂) 호무(胡舞) 호병(胡餠) 등 각종 호풍(胡風)이 유행했다. 서역의 문물이 중국 사회에 전파되는 한편, 중국에서도 하드코어(Hardcore)인 제철(製鐵), 양잠(養蠶), 제지(製紙) 등의 기술이 서방으로 전파되었다. 실크로드는 결국 상업의 길이면서 동서문화의 교통로였다.

톈산북로의 개척자, 반차오

장지엔에 의해 톈산남로와 서역남로가 개척되었다. 톈산 산맥 북쪽 톈산북로는 누가 개척했던가? 후한 초기에 무장 반차오는 흉노의 지배하에 있던 50여 국을 한(漢)나라에 복속시키고 서역(西域)과 교류를 촉진하는 데 지대한 공헌을 하였다.

시안[西安] 부근 산시성[陝西省]에서 출생한 '반차오[班彪]'는 사마천의 『사기(史記)』 이후 기록이 안 된 부분과 부족한 부분을 보충해서 집필한 중국의 위대한 역사가였다. 아들 '반고(班固)'는 아버지에 이어 한나라의 역사서인 『한서(漢書)』의 저술을 이어받았으나 정치적 이유로 투옥되어 사망했다. 마무리가 안 된 것을 누이인 '반소(班昭)'가 완성했다. 『한서』는 아버지, 아들 그리고 딸이 모두 참여해 집필한 특이한 저작으로 후대 역사서의 모범이 되었다.

반표의 아들이자, 반고의 쌍둥이 동생인 반초는 평생 서역에서 흉노를 격퇴하고 중앙아시아 일대를 개척하는 데 일생을 바쳤다. 후세에 사람들은 아버지 반표, 두 아들 반고와 반초를 이르러 삼반(三班)이라고 불렀다. 문인의 집안에서 태어난 반초는 아버지 반표와 형 반고와 전혀 다른 길을 걸었다. 당시 변경에 흉노족이 자주 침범하여 백성을 괴롭힌다는 소식을 접하고 무인(武人)으로 흉노 원정군에 자원하여 서역에 갔다.

반초는 전한의 장지엔의 활약 이후 끊겼던 실크로드를 재건하고 개척하여 서역과 교역의 길을 다시 열었다. 반초는 군대를 이끌고 파르티아와 카스피 해까지 다다랐다. 31년간 서역(西域)에 머물면서, 선선(鄯善), 우전(于田, 호탄), 소륵(疏勒, 카슈가르), 구자(龜玆, 쿠차), 언기(焉耆, 카라사르) 등 반세기 이상 흉노 지배하에 있던 50여 국을 한(漢)나라에 복속시켰다.

부하인 감영(甘英)을 페르시아만(灣) 방면으로 파견하여 많은 공적을 세웠다. 그가 선선국에 갔을 때 흉노 사신들이 머물던 곳을 기습하여 섬멸했다. 반초는 '호랑이굴에 들어가지 않고서는 결코 호랑이 새끼를 잡을 수 없다(不入 虎穴 不得虎子)'라는 말을 남겨 서역 일대에서 용맹함으로 이름을 떨쳤다. 주위에 지인들은 71세 고령인 반초에게 시안으로 돌아올 것을 종용하였다. 그러나 그는 돌아온 지 한 달 만에 안타깝게 병사하였다. 오랜 객지의 여독과 긴장이 풀린 탓이었으리라.

사막은 처절하고 절박하며 고독한 곳이다. 어느 한 곳에 편히 쉴 그늘조차 없다. 『어린 왕자』의 동화에 나오는 사막은 그저 판타지일 뿐이다. 사막은 신경과 혈관이 거의 사멸한 죽음의 땅이다. 이 땅이 죽지 않게 숨결을 공급해주는 인공혈관이 실크로드이다. 사막의 주위 오아시스에서 생존과 싸우다 스러진 이름 없는 사람들과 성주괴공(成住壞空)하면서 명멸한 수많은 기억과 문명과 유적들이 유구(悠久)한 모래 속에 그리움마저 사라진 채 미라(mirra)처럼 썩지 않고 잠들어 있다.

자연은 우리 인간이 책에 기록하고 쓴 역사보다 훨씬 더 오랜 시간 더 많은 것을 쓰고 기록해온 역사의 현장이다. 실크로드가 지리(地理)로써 물물교류와 문화전파의 소통로였다면 이 땅을 지키고 사는 이들은 그 오래된 역사를 쓰고 장한 생명의 숨결을 이어온 주인공들이다. 그 거친 자연과 문명과 사람들의 삶 속에서 오랜 세월 묻혀버린 역사를 읽는 것은 고고학자들의 몫만은 아니다. 사실 고고학보다는 예술적 감성으로 읽어야 더 본질에 접근할 수 있으리라.

오래된 문명과 오래된 삶의 흔적들이 곳곳에 남아있는 이 땅에 때로는 쏟아지는 별빛 아래서, 때로는 모래바람 속에서, 때로는 한없이 푸른 하늘과

거칠고 황량한 대지 위에서 몸과 마음에 낀 문명의 기름때를 벗겨내고 싶다. 삭막하고 절박하며 처절하고 고독한 곳에서도 숨 쉬는 생명이 있다는 사실. 흐르는 모래 위에서 말라 비틀어져 부유(浮游)하다가 어느 날 비라도 내리면 재빨리 뿌리를 내리고 꽃을 피우며 열매를 맺는 풀들을 보면 끈질기고 강하며 처절하게 이어지는 생명의 한 소식에 그만 숙연해진다. 그러한 현장에서 사막과 맞서서 사는 사람들을 보면 짠한 생각은 들지만 장하게 느껴진다.

그대로 잔인하고 강하며 장엄한 대지에 서서 바람 부는 곳을 거슬러서 이곳을 지나갔던 어떤 옛사람들처럼 발길을 따라가고 싶다. 그 시원의 삶과 문명이 가늘고 길게 이어져 온 오래된 길로 여러분을 초대한다.

대량 물류의 수송로, 해상 실크로드

당나라(618-907) 때 실크로드를 통한 교역이 가장 활발하였다. 당시 북방에서는 돌궐[투르크]족이 강력한 세력을 형성하여 중원(中原)을 위협하고 실크로드 교역을 방해하였다. 마침 돌궐이 동·서 양국으로 분열되면서 서돌궐에 내란이 발생하자 당 태종은 군대를 파견하여 제압하고 구자(龜兹, 쿠차)에 안서도호부(安西都護府)와 톈산 산맥 중부 북쪽 기슭에 있는 짐사[庭州, 정주] 오아시스에 북정도호부(北庭都護府)를 설치하여 톈산남로와 톈산북로를 관장했다.

이후로 비단을 중심으로 동서무역이 활발히 전개되었고 소그드 상인들이 중개무역상으로 활약했다. 그러나 홍진비래 하듯 때가 가고 있었다. 당이 쇠퇴하면서 북아시아에서 이주해온 위구르족과 서쪽에서 온 이슬람 상인이 그들을 대신했다.

송대 이후에는 광저우[廣州] 등지에서 스리랑카에 이른 후에 때를 기다려 계절풍을 타고 파르티아, 홍해를 지나 이집트의 카이로까지 도달했다. 또 바람이 부는 계절을 기다린 후 다시 시리아나 스리랑카로 가는 계절풍을 탔다. 이렇게 계절풍을 타는 해상 실크로드가 발전해서 대량의 물류를 빠르게 수송할 수 있었다.

이와 함께 육로는 점차 쇠퇴하면서 차츰차츰 실크로드와 장거리를 가는 대상들은 서서히 역사 속으로 숨어들고 잊혀 가면서 장거리를 왕래하던 낙타들은 가까운 동네 일감에 만족해야 했다.

오아시스와 외로운 사막의 도시들

나는 보았다. 바람이 저 멀리 지평선 끝에서 모래를 불러일으켜 오아시스를 허덕이게 하는 것을, 오아시스는 폭풍우에 휩쓸린 배와도 같다. 폭풍으로 쓰러질 듯했다. 그리고 작은 마을의 거리거리에서는 벌거벗은 파리한 남자들이 열병의 지독한 갈증에 못 이겨 몸을 뒤틀고 있었다.

　　　　　　　　　　　　　　　　　　　—A.지이드, 『지상의 양식』 중에

세상에서 가장 아름다운 자궁같은 오아시스(OASIS)

물이라는 바다에 떠 있는 높은 섬이 육지라면, 사막이라는 바다에 떠 있는 낮은 섬이 오아시스이다. 이 섬에는 사람들이 바람을 마시고 모래를 먹고 살아가고 있다. 오아시스는 사막이란 모래 바다에 물이 있는 낮은 곳을 말

세상에서 가장 아름다운 자궁같은 샘 오아시스. 천년이 넘는 동안 단 한 번도 마른 적이 없다는 초승달 모양의 월아천은 사막 한가운데 생겨난 신비스럽고 작은 오아시스다.

한다. 사막은 바다보다 훨씬 더 가기 힘들고 느리다. 그래서 오아시스는 섬보다 더 독립적이다. 오아시스는 샘 오아시스, 하천 오아시스, 산록 오아시스, 인공 오아시스 등이 있다. 특이하게 툰드라 같은 추운 곳에서 볼 수 있는 온난 오아시스도 있다. 그러나 일반적으로 우리에게 익숙한 오아시스는 샘 오아시스를 말한다. 이 오아시스는 실크로드의 원천이 되는 곳이다. 오아시스를 연결한 길을 따라가면 실크로드가 된다. 오아시스가 없으면 실크로드도 존재할 수 없다.

샘 오아시스

샘 오아시스는 사막 가운데 있는 낮은 곳에 지하수가 솟아 나와 물이 괸 곳을 일컫는다. 세계 각지의 사막에 무수히 분포되어 있다. 사막에서 인간이 거주하며 농사를 짓는 천혜의 농경지로 취락(聚落)이 발달되어 있다. 그리고 이곳은 사막을 횡단하는 대상(隊商)들이 쉬어가는 거점이었다.

하천 오아시스

하천 오아시스는 강수량이 많은 지역에서 기원하여 사막이나 건조한 지역을 가로질러 가는 강가에 임한 곳에 하천오아시스가 있다. 아비시니아 고원과 빅토리아 호에서 흘러내려서 인류 4대 문명을 일으킨 나일 강 문명은 남쪽에서 북쪽으로 흘러 긴 사막을 통과하여 지중해에 이른다. 나일 강변의 취락(聚落)이 대표적인 하천 오아시스이다. 나일 강 하류 삼각주는 면적이 3만6천㎢에 불과하지만 이집트 대부분 인구가 모여 살면서 밀·면화·사탕수수 등을 재배한다. 그리고 카이로나 알렉산드리아 같은 대도시들도 강 주위에 모여 있다.

메소포타미아 문명을 이룬 티그리스 강과 유프라테스 강은 터키의 아나톨리아 고원 산지에서 발원하여 이라크의 오래된 이름인 '강 사이의 땅'을 뜻하는 메소포타미아를 거치면서 하천 오아시스가 되었다가 마지막으로 페르시아 만으로 흘러들어 간다. 이 비옥한 초승달 지대를 형성하고 하류 지역은 고대 메소포타미아 문명의 발상지로 알려져 있다.

인더스 문명을 일으킨 인더스 강은 히말라야 북쪽 티베트의 카일라스 산의 북쪽에서 발원하여 1,100km를 북서방향으로 흘러 인도 카슈미르 지방의 북부를 거쳐 라다크를 횡단한다. 라다크에서 남서쪽으로 방향을 바꾸어 파키스탄 본토 수많은 산간 계곡과 평야를 가로질러 흐르다 카라치 남동쪽 아라비아 해(海)와 조우한다. 라다크의 레에서 마날리로 가는 도중에 바랄라

파키스탄 길기트에서 촬영한 강(江)을 따라 형성된 강 오아시스

체 라를 넘으면 인더스 강을 만날 수 있다. 이 고개는 티베트 고원의 경계선으로 느껴진다. 축축하고 따뜻한 공기가 온 몸으로 적셔 온다. 카라코람 하이웨이를 북쪽으로 달리면서 만세라를 지나서 조우했던 강 또한 인더스 강이었다.

산록 오아시스

산록 오아시스는 높은 산 만년설이 있는 산기슭에 있는 오아시스를 말한다. 이곳 실크로드의 오아시스라고 할 수 있다. 물이 있더라도 경사가 가팔라서 경작할 수 없는 곳이면 오아시스가 될 수 없다. 만년설과 얼음 모자를 쓴 쿤룬산맥이 날씨가 따뜻해지면서 조금씩 녹은 물들이 흘러내려 오면서 산록(山麓)을 따라 형성된 오아시스를 말한다.

쿤룬산에서 발원한 백옥하(위룽커스허), 흑옥하(카라카스허), 녹옥하(루유허)로 둘러싸인 호탄은 땅이 비옥하고 날씨가 온화해서 서역 최대의 오아시스 왕국을 건설할 수 있었다. 산록 오아시스 주위에서 밀, 면화, 포도, 뽕나무 등이 재배되고 있었다. 뽕나무를 많이 심어서 비단을 생산하고, 높은 산록과 강변 초원에서 양들이 키워져서 양탄자 같은 모직물들을 많이 생산할 수 있었다. 그리고 강에서 채취한 옥으로 대상무역을 하면서 풍요롭게 살 수 있었다.

타클라마칸 사막을 중간에 두고 싸고 있는 톈산 산맥과 쿤룬 산맥 바로 아래 산록에는 오아시스가 발달한 곳이 많다. 위쪽의 톈산 산맥과 아래의 쿤룬 산맥 산록을 따라서 자연발생한 작은 촌락들이 오아시스가 되어 실크로드의 요충지로 번성하였다. 톈산 산맥 남쪽은 톈산남로, 쿤룬 산맥 북쪽으로는 서역남로가 바로 그것이다.

이곳 타클라마칸 사막을 돌아서 가는 여러 개의 지류와 타림 강의 주변의 삭막한 사막의 풍경과 달리 숲과 농경지 위로 푸른빛이 아우라처럼 감싸고 있는 것을 볼 수 있다. 바람에 날리고 흐르는 대유사(大流砂)는 토질을 비옥하게 하지만 물이 없으면 죽음의 땅이 된다.

인공 오아시스

인공오아시스는 샘을 파서 인공적으로 만든 오아시스를 말한다. 강수량이 많은 산지에 내린 빗물들이 땅속으로 스며서 사암(砂岩)이나 석회암 속에 스며들어 가서 건조지역의 기반(基盤)이 된 곳에는 지하에 많은 양의 물이 저장되어 있다. 이러한 지역을 탐사해서 물이 있다고 생각되는 곳의 암반을 굴착해 들어가면 지하수가 솟아 나온다. 인공으로 오아시스를 개발한 곳이다. 오스트레일리아의 대찬정 분지가 가장 대표적인 곳이다. 이 건조한 지역을 인공 오아시스의 샘물로 적셔주어서 대규모 목축을 하고 있다. 지금 사하라 사막에서도 이러한 찬정(鑽井)을 뚫는 공사가 진행되고 있다.

인공 수로를 만들어서 인공오아시스를 만드는 경우도 있다. 리비아 대수로 공사가 대표적인 예일 것 같다. 제일 시급한 문제로 기아의 대륙인 아프리카에 인공오아시스 건설이다. 열대우림 다우지역인 콩고 분지의 빗물을 사하라 사막으로 관개하여 여러 개의 인공 오아시스를 만들어 농작물을 재배하려는 계획이 주변국 간의 이해관계 때문에 아직 이루어지지 않고 있다.

모래는 살아 움직이는 흙이다. 타클라마칸 사막은 살아서 꿈틀대는 모래들로 인해 수시로 지형이 바뀐다. 그렇게 살아 움직이는 모래 때문에 사막에서는 좀처럼 생명이 깃들기 어렵다. 이런 삭막한 땅을 개척해서 인간의 사회를 건설하고 문명을 이룬 역사의 치열한 현장의 주인공들이 죽음의 땅을 삶의 땅으로 만든 실크로드의 전사들이다.

메마른 서역의 도시들

시안

지금의 시안[西安]은 시대에 따라 중원(中原), 장안(長安), 낙양(洛陽), 중경(重慶) 등으로 불리었다. 그 옛날 서쪽의 수도였다. 실크로드는 이 시안을 기점으로 출발한 몇 갈래 길이 허시후이랑[河西回廊]이란 중요한 길목을 지나서 둔황[敦煌]에 이른다. 세 갈래 길이 장예[張掖]라는 곳에서 한 길이 되어 만난다. 장예는 한나라 시절 흉노를 막는 거점으로 북쪽 만리장성과 남쪽 치롄 산맥 사

2100년 이상을 견디어 온 짠하고 장한 한장성(漢長城)

이 골짜기로 치렌산의 눈 녹은 물이 있어 오아시스도시로 발전했다.

장예에서 둔황을 향해 가면 고비 사막의 가운데 있는 오아시스도시인 자위

관[嘉峪關]이 있다. 이 자위관은 만리장성의 서쪽 끝이고 우리에게 익숙한 발

해만에 산하이관[山海關]은 동쪽 끝이다. 명대에 '산해관에서 가욕관까지 개

축된 만리장성'보다 무려 1500년 앞선 한장성(漢長城)이 만리장성의 원형이

다. 이 '한장성'은 2100여 년 전인 기원전 2세기 초 축조한 것이다.

이 요새화된 군사도시도 치렌 산맥의 젖을 먹고 발달한 오아시스도시다.

여기서 둔황까지는 계속 '고비 사막'이 이어진다.

둔황

둔황[敦煌]은 실크로드에서 반드시 거쳐 가야만 하는 장소라서 다양한 문명

의 꽃을 피울 수 있었다. 둔황을 알지 못하면 실크로드를 이해하지 못한다. 이곳은 고비 사막 가운데 오아시스 도시로 한나라 때 사주(沙洲)로 불렸다. 옛날 중국의 마지막 영토로 지리적 군사적 상업적 요충지이다. 한무제 때 둔황을 중심으로 서북쪽으로 위먼관[玉門關]에 성을 쌓았고, 남서쪽으로 양관(陽關)에 성을 쌓아 군사를 주둔시켜 지키게 하였다. 둔황의 서북쪽은 여성을 연상시키는 '玉門關'으로 '톈산남로'의 출발지라면, 둔황 서남쪽은 남성을 연상시키는 '陽關'으로 '서역남로'가 시작된다. 둔황에서 왔던 길을 조금 되돌아 간 안시[安西]에서 '톈산북로'가 시작된다. 이렇게 둔황은 지리적인 길목으로 매우 중요하다.

서역에서 중국으로 들어오는 첫 도시이고 중국에서 서역으로 나가는 마지막 도시여서 둔황은 늘 '성대하고 찬란한' 도시로 진귀한 물건, 돈과 황금, 나그네와 장사꾼들이 넘쳐나는 시장이 열리게 되었다. 새로운 정보, 날씨, 정세, 상품, 물건 등을 관망하고 사고팔면서 많은 사람들이 머물러서 불야성을 이루는 도시일 수밖에 없었다. 이곳에서 나가는 것을 출새(出塞)라고 하였다. 중국에서 알 수 없는 땅 타클라마칸 사막과 서역으로 나가는 '두려움'과 고달픈 미지의 땅 서역에서 중국으로 들어오는 '안도감' 때문에 둔황은 늘 술렁거렸다. 이런 두려움과 안도감이 교차하면서 사람들에게는 간절한 종교적 기원이 필요했다. 둔황의 모래산 절벽을 따라 벌집처럼 조성된 막고굴(幕高窟)은 그러한 마음을 종교적으로 귀의한 결정체라고 할 수 있다. 부유한 상인 여행자가 석굴을 하나 완성하여 부처님께 봉헌한 것들이 하나하나 모여서 수백 년간 티끌 모아 태산이 되어 천불동이 되었다.

그래서 둔황이 빠진 실크로드는 존재할 수 없다. 둔황은 실크로드와 함께 쇠퇴했지만 지금은 세계적인 관광지이자 돈황학(敦煌學)의 메카로 관광객들과 학자들의 왕래가 끊이지 않는다. 둔황의 막고굴, 명사산, 월아천, 둔황 고성, 위먼관, 양관 등은 찬란했던 실크로드 도시의 영광과 굴욕이 명멸(明滅)했던 역사를 보여주고 있다. 자전거를 타고 둔황에서 출발한 다음 다시 3개의 코스를 답사해볼 계획이다. 진보적이고 전위적인 라이더들이여, 실크로드를 여행하려면 둔황을 기억하라. 자전거를 타고 둔황에서 출발한 다음 다시 3개의 코스를 답사해 보라!

위먼관~톈산남로

둔황 서북쪽에 있는 요새인 위먼관[玉門關]은 소방반성(小方盤城)이라고도 부른다. 참고로 하창성(河倉城)은 대방반성(大方盤城)이라 부른다. 양관과 같이 한무제 때 설치되었지만 지금까지 비교적 완벽하게 보존되어 있다. 위먼관은 서역남로 호탄[和田] 등지에서 생산된 옥이 중원으로 들어가는 관문이었다. 위먼관은 당나라 시인 왕지환(王之渙)의 시(詩) 양주사(涼州詞)에 옛 모습 그대로 남아있다.

먼저 위먼관에서 출발해서 타클라마칸 사막 북쪽과 톈산 산맥 사이 오아시스를 따라가서 유명한 카슈가르에 이르는 코스가 톈산남로이다. 위먼관에서 서쪽으로 가면 '악마의 늪'이라는 '백룡퇴(白龍堆)'가 펼쳐져 있다. 모래에 묻혀 사라진 러우란[樓蘭] 왕국도 만난다. 여기에서도 남쪽으로 서역남로로 가는 길이 있다. 톈산 산맥 남쪽 기슭을 따라 가는 톈산남로는 "러우란—쿠얼러—쿠처—아카쑤—바추"를 거쳐서 카슈가르에 이른다. 카슈가르에서 이란으로 가거나 남쪽으로 인도나 아프가니스탄에 이르는 길이 연결된다. 지금까지 러우란에서 쿠얼러까지 400km는 모래에 묻혀 자동차는 물론 자전거 역시 갈 수 없는 길이 되어버렸다.

수많은 세월 풍상에 시달렸지만 장하게 남아 있는 위먼관의 모습

다시 Bike 코스를 그려보면 둔황에서 서역남로를 선택해서 카슈가르까지 서진(西進)해 가서 톈산남로를 따라 동진해서 쿠얼러에 도착한 다음 우루무치나 투루판을 향해서 가면 톈산북로와 만나게 된다.

양관~서역남로

둔황 서남쪽에 있는 고동탄(占董灘)에 위치한 요새인 양관(陽關)은 작열하는 태양과 바람과 모래에 오랜 시간 침식이 되어 사라졌다. 현재 남아있는 것이라곤 북쪽의 돈돈산(墩墩山) 위에 봉화대 하나가 남아있다. 흔적도 없이 사라져 버린 양관은 단지 당나라 시인 왕유(王維)의 위성곡(渭城曲)에 옛 모습 그대로 남아있다.

저 양관(陽關)에서 출발해서 타클라마칸사막 남쪽과 쿤룬 산맥 사이 오아시

양관에 제대로 남은 봉수대. 봉수대(烽燧臺) 옆에는 움푹 파서 초목을 쌓아뒀다. 봉수는 크기에 따라 장(障), 정(亭), 수(燧), 봉(烽)으로 순으로 작아진다. 이곳에서 발견된 죽간(竹簡) 기록에 따르면 적들이 50~500명일 때는 나무 1섶, 500~1,000명일 때는 2섶, 3000명 이상일 때는 3~4섶, 만 명 이상일 때는 5섶을 태운다고 한다.

스를 따라 유명한 카슈가르에 이르는 코스가 서역남로이다. 이 길은 현재에도 지방도로로 아커사이[阿克塞], 수오얼쿠리[索尔庫里], 바스쿠얼간[巴什庫尔干], 미란(米蘭)을 거쳐서 뤄창[若羌]에 도착하면 쿤룬 산맥과 함께 서진을 하게 된다. 뤄창에서 치에모[且末]까지 275km이고 치에모에서 민펑까지는 299km인데 최근에 포장되어 자동차로 3시간 정도 걸린다고 한다. 민펑에서 사막공로로 올라간다. 그리고 우리가 지금까지 지나온 호탄, 예청[葉城], 야르칸드[yarkant, 莎车], 잉지사[英吉沙]를 지나 카스[喀什]에 이른다. 우리가 선택해서 온 서역남로는 티베트, 인도, 이란, 아프가니스탄 등지로 가서 지중해의 동쪽으로 가기에 편리한 길이다.

안시~톈산북로

톈산 산맥을 중심에 두고 남쪽을 톈산남로 북쪽을 톈산북로라고 한다. 타클라마칸 사막을 중간에 두고 있는 톈산남로와 서역남로는 장지엔[張騫]의 서역 행으로 열린 때가 기원전 100년 정도였다. 당시 톈산 산맥의 북쪽을 지나가는 톈산북로는 흉노가 장악하고 있어서 통과할 수 없었다. 그 후 후한(後漢)의 반차오[班超]가 흉노를 정벌해서 두 길에 비해 100여 년 늦은 서기 1세기에 개통되었다. 먼저 '둔황의 동쪽 안시[安西]'에서 출발해서 처음에는 서북쪽으로 올라가서 "하미—투루판 분지—톈산 산맥—우루무치—쿠이둔—이닝"을 지나서 카자흐스탄의 '알마티'로 가는 서진 코스가 톈산북로이다.

"하미"에서 투르판을 거치지 않고 북쪽으로 톈산산맥을 넘어 "짐사[濟木薩, 북정도호부]"에 이른 다음 서쪽으로 우루무치에 합류하는 길도 있다. 이 코스는 카스피 해와 흑해 연안이나 유럽으로 가기에 가장 편한 실크로드의 주된 길이기도 했다. 톈산남로로 가다가 쿠처와 카슈가르 사이의 아커쑤에서 서북쪽을 향해 가면 톈산북로로 가는 길과 합류할 수 있다.

사막, 거친 가부장적인 곳

어제의 범죄를 벌하지 않는 것, 그것은 내일의 범죄에 용기를 주는 것과 똑
같은 어리석은 짓이다. 공화국 프랑스는 관용으로 건설되지 않는다.

— 알베르 카뮈, 〈나치부역자 숙청 반대 여론에 반대하며〉

카슈가르를 떠나다!

아침 일찍 일어나 샤이먼 호텔 앞에서 호탄[和田]까지 에스코트해줄 차를 물
색하고 있었다. 서로 간 공용어가 없어서 카슈가르의 운전사들과 손가락
발가락으로 서툰 중국어 단어 몇 개를 사용해서 의사소통에 지장이 많았지
만 몇 시간 만에 봉고차 크기의 밴 1대를 대절하는데 성공했다. 운전사는
위구르인이 아니고 아주 무뚝뚝한 한족이었다. 길을 따라 백양나무 가로수

늙은 위구르 장인들은 무언가 만들려는지 톱질을 하고 있다. 두 옹(翁)께서 쓴 사각형 모자는 무슬림들이 즐겨 쓰는 모자다.

는 계속된다. 가끔씩 우측 편으로 길게 뻗어있는 쿤룬 산맥이 구름 사이로 잠깐잠깐 얼굴을 내 비춘다. 카스 시내를 벗어나니 강가에서 많은 사람들이 옥을 채취하고 있는 모습이 보이고 길가에는 캐낸 옥의 원석을 파는 사람들이 삼삼오오 모여 있었다.

칼로 유명한 잉지사[英吉沙]를 들리기로 했다. 잉지사에는 칼 전문점들이 많아 멋진 이슬람풍 칼을 구경할 수 있었다. 예쁘게 세공된 주머니칼을 몇 개 샀는데 면도를 할 정도로 예리하다. 칼날을 쇠에 부딪쳐도 날이 무너지지 않는 튼튼한 칼이라고 한다. 칼에 대해서 관심이 많은 것은 취미가 아니라 수컷의 성징 같다.

장사꾼들이 가장 좋아하는 인간 본성이 견물생심(見物生心)이라고 한다. 우리도 견물생심하다가 선물용 칼 몇 개를 구입했다. 우수한 성능을 과시함에

우리가 묵었던 구러시아 영사관. 色滿賓館, SEMAN HOTEL, 色滿 ホテル

서역남로의 여러 강에서 사람들이 옥석(玉石)을 가리고 있는 모습

도 100% 믿음은 가지 않는다. 이렇게 온 동네가 개업하고 있는 칼집이라면 대부분 '혹시나'가 '역시나'로 끝나는 경우가 많기 때문이다.

철기문명의 오래된 기억 "사치기 사치기 사뽀뽀"

백양나무 가로수가 정겨운 마을을 지나가고 있다. '사치기 사치기 사뽀뽀'라는 놀이가 고대 국가에서 제철하면서 생긴 노동요라고 이영희는 주장한다. 그녀는 1931년 일본 도쿄 태생으로 이화여대 영문과를 졸업하고 한국일보 문화부장, 논설위원, 한국여기자클럽 회장 등을 역임했다. 그녀는 한국여성문인협회 회장, 11대 국회의원 등 굵직한 선을 그어왔고 대한민국아동문학상, 대한민국교육문화상, 해송동화상, 소천문학상, 한국최우수동화상 등을 수상한 동화작가이기도 하다. 그녀는 한일간(韓日間) 옛이야기인『노래하는 역사』, 『또 하나의 만엽집』, 『또 하나의 샤라쿠(寫樂)』등 일본의 고대사에 대한 비밀을 벗겨내는 작업을 해왔다. 일본에서 8권의 책이 출간되었을 정도로 일본에 대해서 박통(博通)하다. 그녀는 POSCO 인재개발원 교수를 역임했다. 향찰, 이두에 밝은 그녀의 이야기를 들어보자.

> 『사치기 사치기 사뽀뽀』라는 활기찬 놀이가 있다. 오래전부터 전해져온 우리나라의 집단 게임이다. 여럿이 빙 둘러앉아 손바닥으로 무릎을 치며 '사치기 사치기 사뽀뽀…'를 외치는 가운데, 리더의 지시에 따라 동작을 바꿔간다. 이 과정에 에러를 낸 사람은 하나씩 축에서 빠지고, 마지막 남은 사람이 상도 타고 새 리더도 되는 놀이다.

놀이 이름에서 '사'는 무쇠의 우리 옛말, '치기'는 체에 넣어 치는 행위를 가리키는 낱말이다. 사치기란, 강모래를 체에 담아 흔들며, 모래 속에서 사철(砂鐵)을 걸러낸 고대 제철(製鐵)의 작업과정을 뜻한다. 그리고 '뽀뽀'는 '뽑으오'가 줄어진 것. 이 같은 놀이 이름이나 가사로 미루어, 이 집단 게임이 우리나라의 고대 제철과 관련되어 생겨났음을 짐작케 된다. 당시의 제철 원료는 주로 강모래에서 건져지는 사철이었다. 한강, 낙동강, 청천강, 금강, 형산강 등의 갈래 내에서는 특히 질이 좋은 사철이 풍성히 건져졌다. 이 사철을 진흙으로 빚은 큰 화독에 숯과 함께 넣어 사흘 밤낮을 구워 무쇠를 불렀다.

신라의 옛 이름은 '사로'였다. '사'는 무쇠, '로'는 나라를 가리킨 우리 고대어이다. 사로란 무쇠나라를 뜻한 국가 명이었음을 알 수 있다. 신라인에게 있어, 무쇠가 얼마나 소중하고 자랑스러운 존재였는지 짐작케 된다.

신라뿐 아니라 백제, 고구려, 가야의 제철기술이 잇따라 고대의 일본에 건너갔고, 이때 '사'라는 무쇠를 가리키는 우리 고대어도 함께 일본으로 가 일본어 속에 뿌리를 내렸다. 언어란 첨단기술과 문화를 지닌 지배집단의 것으로 지배되기 때문이다. 행복을 뜻하는 현대 일본어 '사치[幸]'도, 원래는 '철기(鐵器)'를 가리키는 우리말이었다.

'사'는 무쇠의 우리 고대어요, 이 경우의 '치'는 한 물체를 다른 물체의 벌어진 틈새에 넣고 죄어서 빠지지 않게 하는 '끼(끼다)'의 옛소리 '찌' 또는 '치'이다. 요컨대, 무쇠를 나무 자루 등에 낀 물건이 '사치'였다. 바로 요즘의 철기이다. 예리한 무쇠 촉을 가느다란 대나무 가지 끝에 낀 것이 화살의 살이요, 잘 갈아 다듬은 무쇠 날을 나무자루에 낀 것이 칼·도끼·쟁기·낫·호미·창이다. 무쇠로 만든 모든 농기구와 무기의 통칭이 '사치'였던 것이다. 사치 즉

철기는 풍요로운 생활을 낳아 주는 요술 방망이였다. 그래서 철기를 가리키는 '사치'가 '행복'을 의미하는 낱말로 승화(昇華)한 것이라고나 할까.

무쇠는 인간에게 가장 유용한 금속으로 꼽는다. 인간을 먹여 살려 온 무쇠, 인간에게 문명을 안겨다 준 무쇠, 지구상에 고루 존재해 있어 비교적 원료 구하기가 쉽고 값도 싼 무쇠, 그러나 뭐니 뭐니 해도 무쇠의 최대의 장점은, 내내 유용하게 쓰이다 고철(古鐵)이 되면 다시 몸을 녹여 새 철기로 태어나는 재생력과, 끝내는 깨끗이 흙으로 되돌아가는, 그 순순한 환원(還元)의 생리에 있다.

현대 제철에도 고철은 반드시 쓰인다. 고철을 넣어야 무쇠의 질이 단단해지기 때문이다. 인간에게 두루 행복을 배분(配分)하며 이바지하다가, 결코 공해(公害)로 남지 않는 무쇠의 모럴. 그리고 고철을 넣어야만 전체 조직이 단단해지는, 놀라운 무쇠의 생리. 철기와 행복이 동의어(同義語)였던 고대의 언어개념과 더불어, 이 무쇠의 모럴과 생리는 새삼 삶의 슬기를 일깨워 준다. 무쇠에게 배우고 싶은 지혜. 우리는 지금도 철기시대를 살고 있다.』

철광석은 제철과정을 거치면 선철이 추출되어 이것을 다시 가공해야 강철로 변화한다. 2,500년 전 고대로부터 조선 시대까지 우리 조상들은 이 땅에서 산출되는 철광석과 사철을 제철하고 제련해서 철기를 제작해 왔다.

일본에 문물을 전해준 왕인과 아직기

백제에서 일본에 선진문물을 전해준 가장 대표적인 인물이 왕인(王仁)과 아직기(阿直岐)라고 한다. 백제가 일본에 선진문물을 전파한 것은 일본 고대국가의 형성에 많은 영향을 주었다. 백제의 많은 인물들이 직접 건너가서 선진문물을 알렸다. 왕인에 대한 기록은 우리에게는 없고 일본 측에만 있다. 왕인의 활동 연대는 대략 근초고왕(近肖古王, 346~375)에서 아신왕(阿莘王, 392~405) 사이로 본다.

『일본서기(日本書紀)』에는 왕인(王仁)으로 되어 있고 『고사기(古事記)』에는 화이길사(和邇吉師)로 되어 있는데 '화이'는 '왕인'의 일본식 발음인 와니(Wani)이고 '길사'는 백제 인명에 붙인 존칭이라고 한다. 근초고왕 때 왜국으로 건너간 아직기는 말을 기르다가 경사(經史)에 통달해서 응신천황(應神天皇)의 태자 우치노와 키이로츠코[免道稚郎子]의 스승이 되었고 조정의 신하들에게 경(經)과 사(史)를 가르쳤다.

왜왕이 아직기에게 '백제에 그대보다 나은 박사가 있는가'라고 물어서 왕인을 추천했다고 한다. 그래서 일본에서 공식적으로 백제에 학문과 덕이 높은 학자 왕인을 보내 달라고 요청했다. 그래서 왕인은 방년 32세(백제 17대 아신왕)일 때 응신천황의 요청으로 『논어』 10권과 『천자문』 1권(6세기 양무제 때 주흥사의 천자문보다 약 3백 년 앞선 위나라 무제 때 종요鍾繇 저작)을 갖고 당시 국제항이었던 영암 상대포에서 배를 타고 일본으로 향했다. 왕인은 일본인들에게 글을 가르쳐서 학문의 기본을 닦고 사람의 도리인 인륜과 도덕을 일깨워 준 계몽가였다. 일본가요를 창시하고 기술과 다양한 공예를 전수시켰다. 이후에 백제는 계속해서 오경박사를 비롯하여 도공(陶工), 야공(治工), 와공(瓦工) 등 다양한 분야의 기술자들을 보내 문화를 전수해주었다는 기록이 남아 있다.

임성태자(백제 26대 성왕 셋째 아들)가 597년 야마구치현에 불교와 제철을 일본에 전해 주었다. 제철을 뜻하는 타타라[多多良]가 첫 번째 성이 되었다가 오우치

[大內]라는 곳에 살아서 오우치가 나중의 성(姓)이 되었다. 임성태자가 오우치 가문(家門)의 시조가 되었다. 타타라는 '타다'에서 유래된 말이라고 한다.

한편 신라에 기원을 둔 하타씨는 교토를 중심으로 터를 닦았다. 토목과 관개기술로 저수지를 만들고 간척지를 개척하여 벼농사가 불가능했던 높은 지대인 교토에 벼농사가 가능하게 했다. 백제에서 경사를 논하는 학문이 들어오고 쇠를 만들고 베를 짜며 토기를 빚고 기와를 굽는 사람들의 실사구시적인 기술이 더해져 문명의 꽃을 피우게 할 수 있었다. 문명의 발전에는 문무가 필요하고 형이상학과 형이하학이 조화를 이루어야 한다.

구한말 개화기에 선교사로 한국에 와서 한국을 개화시킨 언더우드의 가문을 생각해 본다. 그들은 선교를 하고 의료 교육 어학 등에도 힘쓰면서 4대가 한국에 와서 종신(終身)했다. 그들의 조상은 서울 양화진에 있는 외국인 묘지에 묻혀있다. 왕인의 업적은 일본의 큰 자랑인 아스카[飛鳥]문화와 나라[奈良]문화의 밑알이 된 것이다. 일본의 사회, 정치, 경제, 문화, 예술을 꽃피워 문화의 르네상스를 일으켰다.

그가 일본으로 떠나기 전에 살았던 월출산 아래 전남 영암에는 왕인과 관련된 유적이 별로 없지만, 그의 무덤은 일본 오사카[大阪] 히라카타[枚方]에 있고 1938년 5월 오사카부 사적 제13호로 지정되었다.

그 후 왕인의 후손들은 일본의 가와치[河內] 지방에 살면서 문서기록을 맡은 사(史)가 되었다고 한다. 오랜 세월 헤아릴 수 없이 많은 평지풍파와 영고성쇠가 지나갔음에도 그 이름은 남아있다. 조만간에 왕인이나 아직기를 주제로 한 TV 드라마가 나올 것 같다.

사실 고대에 고구려 신라 백제는 일본의 개화에 많은 도움을 주었으나, 폐쇄 쇄국 축소를 지향한 조선의 마지막 황후로 매관매직을 하고 굿을 하고 외세에 의존하던 명성황후는 일본에서 온 낭인들에 의해 처참하게 시해 당했다. 미우라 공사의 주도하에 일본 조정 천황 메이지에게도 보고되었다. 유길준 대원군 우범선 이두황 이진호 등 조선인들의 도움도 있었다. 그리고 그 후로도 오랫동안 우리는 식민지 백성으로 능욕과 고난을 온몸으로 겪었다. 그들은 역사와 문화와 경제 등 조선의 개인과 전체의 삶을 짓밟고 착취하고 고문하고 죽였다.

가부장적인 이슬람 칼과 일본도

칼이란 날카로움이다. 칼이란 군더더기가 없다. 어감도 정확하고 분명하다. 칼은 금의 기운을 대표한다. 가을의 기운인 수확과 숙살이다. 수확은 일부이고 숙살은 전체적이다. 이런 자르고 베고 핵심을 남기고 나머지는 정리하는 기능을 수행하는 것이 칼이다.

칼은 스위스의 맥가이버 칼로 알려진 아미 나이프[빅토리녹스, 윙거 등], 독일의 쌍둥이 칼[헹켈], 닛본도[日本刀] 등이 유명하다. 이 사막의 오아시스 같은 곳에서 칼을 만드는 것은 풍부한 모래에서 사철을 채취할 수 있기 때문이었다고 한다. 그러나 오늘날 잉지사의 칼은 너도 나도 관광 상품화되어 희소성이 없고 공장의 대량생산으로 물건을 받아다 파는 것이 분명해 보인다. 형식적인 대장간 시설이 있었지만 화로 풀무 숯을 보니 불을 피워본지 몇 년은 되어 보인다.

제철기술은 4~6세기에 걸쳐 한반도에서 일본으로 전해진다. 백제가 일본에 제철기술을 전해 준 시기가 백제의 근초고왕 때라고 한다. 이 무렵 일본

남성성이 강한 칼을 만드는 잉지사의 어느 집에서 만난 수줍은 여인

으로 전해진 기술들은 일본인들의 실생활에서 철기의 사용을 구체화시켰다는 생각이 든다. 이 중에 명망이 높은 일본도의 제조기술도 오랜 전통에 따른 사철(砂鐵) 제련을 통해 추출된 강철을 원료로 해서 제작했다. 사료에 따르면 일본은 6세기 중반까지 철을 자체적으로 생산하지 못하고 변한, 진한, 가야, 백제, 신라 등에서 수입하고 6세기 말이 되어서야 철을 생산할 수 있게 됐다고 한다.

몇 년 전 도쿄에 있는 도쿄 국립박물관을 방문했었다. 7~10세기 무렵에 만들어진 일본도가 녹이 전혀 슬지 않아서 의아했는데 옆에 있던 일본인의 설명에 의하면 강변 해변에서 사철을 채취하여 만든 칼이라서 그렇다고 했다. 짧은 소견임을 전제로 모래에 니켈, 크롬, 텅스텐, 망간 같은 금속들이 쇳가루와 함께 섞여 있다가 합금이 된 철이라서 녹슬지 않은 것이라고 한

잉지사 부근의 습지대에 염분이 있는 지대에서 자생하는 칠면초를 닮은 붉은 풀들-이곳엔 예전에 바다였다고 한다. 이곳 모래에서 나온 사철로 만든 잉지사의 칼이라 유명한 것인가?

다. 모래가 많은 서역에 와서 이슬람 칼을 보면서 일본 칼을 생각해 본다.

이국의 쿤룬 산맥 아래 서역남로 작은 마을인 잉지사는 칼로 유명하다. 철기시대를 구현하는 데 매우 중요한 역할을 한 야공(冶工)들은 철을 제련하고 철을 다루는 대장장이들이었다. 모래 속에 철이 있는 것일까? 잉지사의 칼을 보니 떠오르는 생각이 있다.

사철을 제련한 철광석에는 텅스텐과 크롬 등이 상당히 많이 함유되어있다. 텅스텐과 크롬이 철과 합쳐지면 하이스 강이 된다고 한다. 사철에 이런 성분이 많아 일본도 같은 강한 칼을 만들 수 있었다. 사철을 제련해서 나온 철을 야금해서 단단하고 오래가는 연장 제조가 가능해진 것이다. 바닷물 염분에 사철의 껍데기는 모두 부식되어 닳아 없어지고 남은 철은 티타늄이

황무지 너머로 멀리 지평선에 아득하게 보이는 산들이 쿤룬산맥이다. 그 산의 빙설이 녹아 눈물이 되어 메마른 땅을 적셔준다.

감싸고 있어 해변의 사철은 일반 채굴 철광석에는 거의 함유되어 있지 않은 티타늄이 많이 들어 있단다. 그래서 이 철은 바닷물에도 잘 부식되지 않는다. 이런 사철에 함유된 티타늄으로 인해 천 년 전에 제작된 도검이 녹슬지 않고 아직도 빛을 발하고 있는 것이다.

일본의 야공들은 발전에 발전을 거듭해서 오늘날 사철의 채취와 제련해서 나온 강철[다마하가네]을 추출하는 모든 과정을 비밀에 부치고 있다. 그들은 자신들의 일본도에 대한 자부심과 긍지가 대단하다. 필자가 잉지사의 칼을 신용한 것도 이런 얄팍한 일본도에 대한 지식 때문이라고 할 수 있다. 그러나 모래를 제련해서 만든 잉지사의 칼이 이렇게 많이 생산되는 것은 불가능하다. 사실 칼을 선물하고 나서 얼마 후에 녹슨 칼에 대한 불만을 많이 들었다.

잉지사를 지나자 곧바로 오른편에 소금호수(鹽沼)고 주위에는 소금이 말라 허옇게 보인다. 바다가 육지가 되었다는 증거를 보고 있는 것이다. 이런 소금호수를 끼고 있는 모래언덕에서 직접 사철을 채취해서 만든 칼이라면 충분히 명검이 될 수 있겠다는 생각을 해본다.

야시스무시스!

모래의 사막. 거부된 생명. 거기에는 꿈틀거리는 바람과 더위 밖에 없다.

모래는 그늘 속에서 빌로오드처럼 보드라워지고

저녁에는 불에 타오르고

아침에는 재와 같아진다.

언덕과 언덕 사이에는 하얀 골짜기가 있다.

— A.지이드, 『지상의 양식』 중에서

목화밭의 오래된 추억

잉지사서 125km를 달리면 오래된 사처[沙車, Yarkant]가 나온다. 사처를 지나면
끝없는 목화밭, 옥수수밭이 보인다. 가벼운 목화솜을 터질 듯이 싣고 가는

예전 번안곡인 '목화밭' 노래가 기억이 난다. 이렇게 기른 목화가 여인들의 손길에 채집되고 모인다.

이렇게 목화를 모아서 공장으로 간다.

공장에 모인 대량의 목화는 1차 가공이 되어 솜이 되고, 다시 가공되어 실이 되는 과정을 거친 다음에 짜여서 섬유 원단이 된 후에 다시 가공되어 옷이 된다.

트랙터, 경운기, 트럭, 마차 등이 틈틈이 눈에 들어온다. 아 포근한 목화밭! 이곳 청춘 남녀들은 목화밭에서 만났고 우리는 보리밭에서 만났다. 윤용하의 〈보리밭〉, 한하운의 〈황토밭 길〉도 기억난다. 연인들의 사랑이야 가시밭이라도 좋은 것이 콩깍지 마법(!)이리라. 그런 만남과 이별, 애별리고를 노래한 팝송 〈목화밭(Cotton Field)〉도 생각난다. 사처를 지나가면 오아시스에 끝없는 목화밭이 펼쳐진다. 미국 남부의 목화밭은 대규모 플랜테이션이지만 중앙아시아의 목화생산량도 만만치 않다. 콧노래를 부르면서 지나간다. 이 타클라마칸 사막 남쪽에 목화밭에서 만난 청춘남녀가 할아버지 할머니가 된 이야기는 너무 많다고 한다.

사처에서 26km를 더 가면 쩌푸[澤普]가 나오고 35km를 더 가면 예청이 나온

서역 음식과 중국음식이 겸해져서 음식이 대부분 맛이 있다.

꼬치구이인 시시케밥

다. 이 작은 오아시스 남로는 애처로우면서도 정이 가는 마을들이 많다. 예청에 와서, 큰 도로 삼거리 가까운 그럴싸한 위구르 식당에서 시시케밥, 낭, 만두, 미엔[麵] 등을 시켜서 점심을 먹었다. 만두보다 간간하고 향미가 넘치는 시시케밥이 훨씬 더 맛이 있었다. 계속 동쪽을 향해서 종일 달려야 한다. 위구르인들의 생생한 양고기 시시케밥 그리고 독한 중국 빼주[白酒] 한잔에 젖으면 혼미해진 감각과 정서가 더 생생해진다. 어찌 이렇게 이방의 음식이 맛있게 느껴질까!

약시스무시스!(위구르어, 안녕하세요.)

높은 곳 저수지를 녹이는 흙먼지에도 신의 섭리가 있다!

흙먼지를 일으키는 바람과 작열하는 태양빛에 익숙한 건조한 이 땅은 질긴 백성들만 살 수 있는 곳이다. 아직 잎이 떨어질 때는 아니다. 태양은 뜨겁고 모래먼지가 하루에도 수십 번씩 변덕을 부리는 아득한 길을 따라서 가는 서역남로. 오아시스는 만년설을 이고 있는 쿤룬[崑崙] 산맥과 함께 가고 있다. 이 막막한 땅도 쿤룬 산맥의 모성애의 은택을 받아서 생명의 땅이 된다. 계절이 바뀌어 산맥에도 차가운 겨울이 오면 산은 눈과 얼음 모자를 쓰고 더 무거워진다. 그러나 따뜻한 씨 뿌리는 계절이 오면 높은 산 위에 갈무리 해 둔 눈과 얼음을 조금씩 녹여서 흘려보낸다. 그리고 정녕 성하(盛夏)의 계절이 오면 메마르고 뜨거운 한여름, 염천(炎天) 백일하(白日下)에 더 많은 눈과 얼음을 녹여서 홍수를 일으키기도 한다.

물은 낮은 곳으로 임(臨)하지만 수증기가 되면 위로 올라간다. 낮은 땅 더 낮은 곳에 임하는 고인 물은 땅 위에 '오목한' 저수지(貯水池)가 된다. 얼음은 높은 곳에 임(臨)하지만 녹아 물이 되면 아래로 내려간다. 높은 산 더 높은 곳에 임하는 눈과 얼음은 산 위에 '볼록한' 저수지가 된다.

이 높은 곳에 얼어붙은 빙설(氷雪)도 따뜻한 햇볕과 카라보란(검은 폭풍)을 만나면 조금씩 녹아서 낮은 곳으로 임하는 물이 된다. 이 작은 물방울이 모이고 모여서 지천을 이루고 지천이 모여서 시내가 되어 산기슭을 향해서 내려간다. 이 오아시스는 하얀 산의 정기를 받아 생명을 꽃피운다. 그래서 사막은 가부장적인 곳이다.

이곳의 척박한 삶과 강한 생명력은 '부성으로 대표되는 산'의 모성애를 받고서 자란다. 태양이 가득한 사막은 일신교(日神敎)를 믿는 사람들이 사는 곳

황사로 가득한 풍경. 이 흙먼지는 하늘로 올라가 기류를 타고 일부는 쿤룬산맥 만년설을 녹게 하고 일부는 밭으로 가서 땅을 기름지게 한다.

이다. 강수량보다 증발량이 많은 곳이 사막이다. 사막은 1년 내내 거의 비가 내리지 않고 강하고 거친 빛을 토해내는 태양신과 때때로 침묵의 공간을 휘젓는 바람의 신이 지배하는 곳이다.

태양이 지배하는 세상의 이치를 한의학에서는 이렇게 설명한다. "화는 수로 내려간 후에 수는 비로소 위로 올라간다[火降乎水而后水乃升焉]"고 했다. 여기에서 화가 '불이냐 빛이냐' 하는 문제를 이해하고 가야 한다. 불을 피워보면 불은 '열과 빛'으로 나눌 수 있다. 열(熱)은 뜨거워 상향 발산한다면 빛(光)은 상하사방 육합(六合)으로 퍼져 나간다. 그래서 빛이 대지를 내리비추면서 땅을 덥힌다. 땅이 더워지면서 비로소 수분이 위로 올라가 증발하는 것이다. 지구라는 Lonely planet(외로운 행성)은 태양의 은택을 가장 많이 받는다. 태양은 가장 낮은 곳까지 임해서 지구를 덥히고 수증기를 증발시킨다.

수증기가 올라간 공간에 새로운 공기를 채우려고 바람이 일어난다. 이 바람은 빛이 직진하면서 생긴 그늘의 차가운 곳에도 온기를 전달한다. 바람은 기본적으로 기압이 높은 곳에서 낮은 곳으로 흘러간다.

한편 수증기는 위로 올라가서 구름이 되고 구름은 차츰 응결되어서 무거워지면 빗방울이 되어 아래로 떨어져서 대지를 적신다. 그러나 국지적 지형적으로 강수량보다 증발량이 많으면 대지는 점점 더 메말라 사막이 된다. 그러한 삭막하고 막막한 상황을 이 지역의 대부(代父) 쿤룬 산맥 만년설이 하해(河海) 같은 은총을 베풀어 적셔준다.

이런 생각을 하면 사막의 폭군 카라보란(검은 폭풍)도 선의를 품고 있다는 생각을 해본다. 자연현상은 지금 당장 어떤 얼굴을 할지 모르지만 절대 자신의 본분을 잊지 않는 것 같다. 자연계의 현상에 약한 자인 인간은 일희일비(一喜一悲)한다. 그런 자연의 섭리를 이해하고 재난을 피하기 위해 옛사람들은 천문(天文)과 지리(地理)를 익혔다.

다시 오래된 '실크로드 OST' 기타로의 음악을 들어본다. 그런 천문과 지리를 보지 않아도 될 문명으로 단단한 성벽을 쌓고 사는 현대인들은 안락한 만큼 하늘과 땅 그리고 그 사이에 모든 공간을 채우고 있는 자연의 외경(畏敬)과 더 이상 대화를 나누지 못한다. 그래서 인간은 갈수록 더 외로워지는 것이 아닐까?

사막을 사색의 도량으로 삼은 사막의 교부들

기독교가 이단(異端)이었다가 서기 313년 로마제국의 황제 콘스탄티누스 1

세에 의해 공인받으면서 세계의 종교로 나아갈 수 있었다. 당대 최고 사치와 부패로 물든 로마인들을 대상으로 포교하다 보니 기독교 또한 그들의 문화에 젖어들지 않을 수 없었다. 신앙도 사치와 부패로 물든 현실과의 타협이 이루어졌다.

그러나 순수한 신앙을 원했던 이들은 사치와 타락에 젖은 로마를 떠나 시리아와 팔레스타인, 이집트 등의 사막으로 들어가 수도생활을 하는 이들이 생겼다. 이들은 고통과 고독과 고행을 앞세우고 독신, 무소유, 가난, 노동, 침묵, 기도, 명상 등을 생활의 방편으로 삼으면서 금욕적 생활을 추구했다. 자신들이 입고, 들고, 이고, 지고 있던 모든 것을 던져버리고 하느님 앞에 홀로 서서 간절한 깨달음을 추구했다. 사막에서 침묵 금욕 기도를 통한 영성을 닦은 '사막의 교부'들은 사막을 사색의 도량으로 삼았다.

지금 그들이 남기고 간 인생과 종교의 흔적에서 깨달음에 관한 글들이 비가 내리지 않는 사막의 특성상 모래에 덮여 있어도 썩지 않고 남아 있다. 사막이 어떻게 사색과 기도의 도량이 될 수 있는지 몸소 증명한 사람들이 사막교부인 '압바'와 '암마'들이었다. 수도원에 입소한 남녀의 새로운 가족 중 영적인 것을 담당한 압바(아버지) 또는 암마(어머니)가 있었다. 압바와 암마는 아마 세계 공통어인 것 같다.

사막의 교부들 어록에 "눈물이 흐르면 우리 마음의 사막에 생명의 비가 내린다. 그때 우리 마음의 사막에는 강이 흐르고 강변에는 은혜의 꽃이 피어난다"는 말이 있다. 비 한 방울 오지 않고 더위와 추위 갈증 나는 사막에서 명상과 사색과 기도의 궁극은 영성에 촉촉한 비가 내리는 것으로 완성되는 것 같다. 그리고 "사막의 건조함보다 더 두려워할 것이 있는데 그것은 은혜의 눈물이 메마른 마음이다"라고 했다. 면벽 수행은 깨달음의 벽을 뚫기 위한 상징이듯이, 사막에서의 수행은 메마르고 삭막한 마음을 적시기 위한 상징이다. 이런 부족하고 빈 곳을 향해 낮은 곳으로 임하는 마음의 흐름 속에서 아름다움은 탄생하고 사랑의 실천도 가능해진다.

티베트의 카일라스로 가는 신짱[新藏]공로의 기점인 '예청'

예청 삼거리에서 동쪽을 향해서 가면 우리가 가야 할 호탄, 민펑 등 타클라마칸 사막 남쪽으로 향해 가는 길이다. 서쪽으로 가면 옛 실크로드 타쉬쿠르간으로 향하다가 다시 남쪽을 향해 간 다음 서쪽을 향해서 가는 길이 연결된다. 이 길은 이란[波斯, 페르시아]으로 향하는 실크로드의 분기점이다.

예청에서 남쪽으로 250km 정도 가면 나오는 마자르[麻扎]에서 동남쪽을 향하는 길을 따라서 비스듬히 쿤룬 산맥을 넘어가면 티베트[西藏]가 나온다. 카일라스 산을 갈 때 이 길로 가면 가장 가깝다. 이 길은 인도의 라다크와 접경하고 있는 아리지구[阿里地区]의 국경을 지키는 중국군들에게 병참을 수송해줄 차량들이 줄을 잇는다. 이 도로 명칭이 '신'짱[新疆]과 시'짱'[西藏]을 이어주는 도로라서 첫 글자와 끝 글자를 따서 '신짱공로'라고 부른다.

아! 흰 구름 떠 있는 하늘 저 멀리, 아득한 곳에 티베트가 있다. 길이 빨아들이는 대로 그냥 달리고 싶다. 이 길을 바이크를 타고 다시 올 수 있을까? 이 코스는 나의 원정 목록에 들어있는 길이다. 위구르 음식이 입에 맞는 것은 다양한 나그네들의 식성에 맞추다 보니 자연스럽게 맛의 변화가 온 것일까? 서북공정 이후 위구르요리와 중국요리의 퓨전 성향이 강해졌다. 중국의 인구가 14억인 만큼 기본적으로 중국음식은 보편성과 다양성이 있을

삼거리는 전기모터 삼륜 바이크와 당나귀 엔진을 단 오래된 자가용들이 고객을 기다리고 있다.

길거리에서 팔고 있는 낭(빵)

서역이나 유럽에서는 대부분 빵을 집에서 굽지 않고 빵
집에서 구은 것을 사 먹는다.

일조량이 많아서 당도가 매우 높은 청포도를 삼륜거에
놓고 파는 위구르 노인

수밖에 없다. 파리, 베를린, 런던, 암스테르담, 네팔, 인도, 파키스탄 등 어느
나라 뒷골목에도 중국집이 있다. '현지음식에 적응하지 못하는 까다로운 식
성'들은 일단 중국집을 이용하라는 여행 잠언이 있다.

수레에 포도를 놓고 파는 노인에게 포도를 사고 지전을 건네주니 노인은
지전을 가져간 다음 그것도 남는지 다시 잔돈을 건네준다. 우리는 이 위구
르 지역의 당도 높은 포도를 후식으로 먹고 다시 서역남로 동쪽을 향해서
달린다. 가도 가도 끝이 없고 산도 없다. 다만 가는 길을 기준으로 오른쪽인
남쪽으로 쿤룬산맥이 희미하게 눈에 들어올 뿐이다.

중국음식 주문에 꼭 필요한 간자 메뉴

중국음식은 14억의 인구가 이용하는 음식이므로 인구대비 가장 보편성을 띤 음식이라고 할 수 있다. 그러나 막상 중국집 메뉴판을 보면 매우 난감해진다. 자장면 짬뽕 만두 탕수육 냉면 등 가장 보편적인 메뉴를 지나치면 막막(漠漠)해지고 무지막지(無知莫知)해진다. 모르면 맛있는 음식을 먹을 수 없나니!

세상에서 가장 복잡한 중국요리를 다 알 수는 없다. 간단한 용어를 알고 있으면 음식 선택에 도움이 된다. 炒[chǎo, 볶을 초]는 불(火)을 적게(少) 한 볶음요리, 炸[zha, 기름에 튀길 작]는 불(火)에 잠깐(乍) 튀김요리, 烤[kǎo, 불에 쬐어 구을 고]는 요리조리 잘 살펴서(考) 구운 요리, 蒸[zheng, 찔 증]은 찜 요리, 煮[zhǔ, 삶을 자]는 삶은 요리, 燉[dun, 불 이글이글할 돈]은 푹 곤 요리, 煎[jian, 지질 전]은 지짐이를 말한다.

재료를 자르는 모양에 따른 명칭도 어렵지 않다. 丝[si, 실 사]는 가늘게 채를 친 요리, 片[pian, 조각 편]은 얇게 저민 것, 块[kuai, 덩어리 괴]는 크고 두꺼운 덩어리, 丁[ding, 장정 정]은 정육면체로 썬 것을 이른다.

맛에 대한 표현도 알아두면 편리하다. 酸[suan, 실 산]은 신맛, 苦[kǔ, 쓸 고]는 쓴맛, 甜[tian, 달 첨]은 단맛, 辣[la, 매울 랄]은 매운맛, 咸[鹹, xian, 짤 함]은 짠맛은 대표적인 오미(五味)이고 추가로 涩[澀, sè, 떫을 삽]은 떫은맛이고, 滑[huá, 미끄러울 활]은 윤활한 맛이다.

麺[麵, mian, 面으로도 통용]은 면요리, 素[su]라고 쓰인 야채요리, 훠궈[火锅]는 중국 샤브샤브를 말한다. 조금씩 시켜서 다양하게 맛보기로 했다. 여기에서 饭[飯, fan]이라는 글자가 들어있으면 밥이고, 蒜[suan]은 마늘이며, 虾[蝦, xia]는 새우이다. 菇[gu]는 버섯이라 하고 蓉[rong]은 '과일이나 야채를 다져서 으깬 것'이다. 이 정도만 알면 조금 아는 체할 수 있다.

중국음식의 다양성과 보편성은 이런 수많은 메뉴를 통해서 가능하다.

여러 가지 차림표를 보니 낯익은 한자가 아닌 중화인민공화국 건국 후에 제정된 간자체(簡字體)이다. 이 간자체는 번자체(繁字體, 正字體)를 생략해서 만든 글자이다. 정자를 기본으로 그림, 지사(指事)문자의 변형, 초서(草書)의 변형, 글자 특징 등을 참고해서 간자(簡字)를 만들었다. 4, 50대 이상 한자의 맛을 본 사람들은 온전하지 않지만 해독하기가 크게 어렵지 않다. 이때 필요한 핵심 용어를 아는 것은 아무리 강조해도 지나치지 않다. 메뉴판의 간자체를 소개해 보았다. 외국 어디든 중국집 갈 때마다 막막하더라도 이런 기본적인 것만 기억해두면 어렵지 않다. 우리가 '요리(料理)'라고 하는 것은 중국에서는 '차이(菜)'라 하고, 영어로는 '디쉬(Dish)', 프랑스에서는 '퀴진(Cuisine)'이라고 한다.

모래알을 세려면 어찌하나?

인간만이 이 세상에서 깊이 괴로워한다. 그러므로 인간은
웃음을 발명하지 않을 수 없었다. 가장 불행하고 가장
우울한 동물이 당연히 가장 쾌활한 동물인 것이다.

— 니체

인도의 아라비아 숫자? 아라비아의 인도 숫자!

예청에서 남쪽으로 219번 국도를 따라가면 티베트의 서쪽 도시 아리에 이
른다. 성수기에는 부정기적이지만 버스가 있다. 예청에서 70km 더 가면 나
오는 피산(皮山)은 동서로 뻗은 서역남로(南道)에서 남쪽으로 쿤룬 산맥을 넘어
천축(天竺, 인도)으로 가는 옛 실크로드의 분기점이다.

실크로드의 대상들은 가늘게 실눈을 뜨고 멀리 아득한 쿤룬 산맥 능선에 걸린 구름을 바라보며 걸었을 것이다. 여기서 거기까지 얼마나 될까? 대부분 길손들은 처음에는 얼마를 갔다고 거리를 가산(加算)하면서 가지만 목적지에 가까워질수록 얼마나 남았다고 감산(減算)하면서 간다. 자전거로 장거리 원정을 하면서 늘 시간과 거리 때문에 안달하는데 너무 멀고 아득해서 계산조차 어려운 길을 묵묵히 걸어서 간 옛사람들이 새삼 위대해 보인다. 이들이 가진 장비가 지금처럼 편리하고 가벼운 배낭도 없고 기능성이 뛰어난 등산복도 아니며 한 1천km는 잊고 걸어갈 수 있는 가볍고 편안한 신발도 없었다.

피산에서 남쪽으로 가는 길은 서역남로에서 천축국을 향해서 낙타에 방물을 싣고 내려갔다. 그리고 인도에서 진기한 물건을 싣고 서역남로로 북행해 나오기도 했다. 카라반 낙타의 짐에 불교만 아니고 아라비아숫자도 실려 왔다. 아라비아 숫자는 인류 지성에 아주 지대한 영향을 끼친 위대한 유산이었다. 그러나 아라비아 숫자는 아라비아 Made가 아니고 Made in India이다. 서구인들이 아라비아를 통해서 유럽으로 들어 온 인도 숫자를 그냥 아라비아숫자라고 이름 붙여 버렸다.

인도에서는 고등수학이 매우 발달되었다. 쉬운 숫자의 표기법 덕분에 인도 사람들은 덧셈, 뺄셈, 곱셈, 나눗셈, 제곱근, 세제곱근을 구하는 복잡한 계산까지 할 수 있었다. 인도인들은 이집트, 그리스, 로마인들이 오랜 세월 동안 미처 할 수 없었던 고도의 산술, 수학, 대수학, 기하학적 계산을 익숙하게 할 수 있었던 것은 이 간단하고 편리한 숫자의 발명 때문이었다. 모래알을 세려면 어떡해야 하나? 모래알은 자연의 미시적인 형태이다. 숫자 또한 미시적이고 정밀한 기호이다. 사막 지역에서 수학을 생각해 본다.

중동에서 사용하는 진짜 아랍 숫자와 아라비아 숫자가 병기(倂記)된 자판

『……전략…… 이 중 특히 IT 분야에서 주목받고 있는 인도에서는 9×9단이 아닌 19×19단까지 가르친다는 사실이 알려지면서 얼마 전 화제가 되었다. IT의 강국으로 떠오른 인도의 저력이 혹시 십구단에서 나온 것이 아닌가 싶어 우리나라의 어느 초등학교에서도 시범적으로 십구단을 도입하기로 했다고 한다.

인도는 전통적으로 수학 강국이다. 특히 수학사에 있어 암흑기라고 할 수 있는 중세에는 인도의 수학이 수학사의 공백을 메워 주었다. 예를 들어 현재 우리가 사용하고 있는 아라비아 숫자는 원래 인도에서 만들어져 아라비아로 전파되었는데, 앞의 인도를 생략한 채 아라비아 숫자라고만 부르니 인도로서는 억울할 것이다. 우리는 아라비아 숫자를 워낙 오랫동안 익숙하게 사용해왔기 때문에 그 편리함을 인식하지 못하지만, 사실 아라비아 숫자는 대단한 발명품이다.

예를 들어 234를 로마숫자로 적는다면 100을 나타내는 C를 두 번 적고, 10을 나타내는 X을 세 번 적고, 5에서 1을 뺀다는 의미로 IV를 배열한 CCXXXIV가 된다. 숫자를 적기도 불편하지만 계산을 할 때 번거롭기 그지없다. 그에 반해 아라비아 숫자는 100을 2번 적지 않아도 100의 자리에 2가 있으면 자연스럽게 200임을 나타내는 '위치적 기수법'을 따르는데, 여기에는 평범해 보이지만 기발한 아이디어가 들어있다. 그뿐만 아니라 인도는 0을 본격적인 수로써 인정하였는데, 이는 인도가 불교의 발원지라는 점과 무관하지 않다. 불교에서 중요한 개념 중에 하나는 비어있다는 공(空)인데,

인도에서는 공의 아이디어를 수로 표현한 0을 하나의 수로 자연스럽게 받아들일 수 있었다. 유사한 맥락에서 중국이 양수와 음수를 일찍이 받아들인 것도 중국의 전통적인 음양사상과 관련된다.

인도의 수학자들은 방정식의 풀이에 주력하여 이차방정식의 해법을 알아냈고, 특히 방정식을 거꾸로 계산하여 푸는 '역산법'을 개발했다. 인도 수학자 '바스카라'는 그의 저서 〈릴라바티〉에서 다음과 같이 아름다운 시구의 형식으로 수학 문제를 표현했다. "반짝이는 눈을 가진 아가씨, 거꾸로 계산하는 방법을 알면 내 말을 들어봐요. 어떤 수에 3을 곱해서 그 곱의 3/4을 더하고 7로 나눈 다음, 그 나눈 것의 1/3을 빼서 그 자신을 곱한 뒤 52를 다시 빼고 그것에 제곱근을 취해서 8을 더하고 10으로 나누면 2가 된다오. 그 수는 얼마이겠소?" 이 문제는 복잡해 보이지만 마지막에 얻은 값 2에서 시작하여 거꾸로 역산법으로 풀면 구하고자 하는 값 28을 비교적 쉽게 계산할 수 있다. 신비주의적인 요소와 결합된 〈릴라바티〉는 수학책이지만 산스크리트 문학의 대표작으로 인정받을 만큼 문학적 가치도 높다. 그러다 보니 엄밀한 논증을 바탕으로 한 순수 수학적인 측면이 약해지게 되어, 인도 수학이 지속적인 우위를 지키지 못한 한계로 작용하기도 했다. 중세에 꽃피웠던 인도 수학의 맥을 이은 사람은 20세기 초의 전설적인 수학자 라마누잔(Ramanujan, 1887~1920)이다…후략…』

— 박경미(전 홍익대학 교수)

불교의 空(○)에서 '0'이 유래가 되었다. 중국의 음양가, 유가, 도가 등에서 나온 음양의 개념에서 수학의 『+, -』가 나왔다는 것은 설득력이 있어 보인다. 인도의 십진법은 인간이 직립하고 나서 가장 간단한 계산기 역할을 한 열

손가락 계산기(!)에서 유래가 되었다. 빛과 그림자, 낮과 밤에서 유래가 된 음양(陰陽)을 나타내는 『1, 0』은 손가락 계산기에 밀려났다가 20세기에 이르러 컴퓨터의 기계 언어로 채택되었다.

아라비아 산술과 아랍 어원(語源)인 단어들

천축(인도)을 다녀온 카라반 낙타의 짐에 실려서 혹은 낙타 몰이꾼의 머리와 가슴에 스며 들어서 실려 나온 것이 인류 3대 종교의 한 축인 불교였다. 불교는 실크로드의 오아시스 여러 곳에서 한동안 뿌리를 내렸다. 그러나 그 '초식성 종교'는 세월이 가면서 물이 없는 사막에서 뿌리를 내리지 못하고 외래종인 조로아스터교나 이슬람교에 밀려서 동쪽으로 쫓겨 갔다. 한 편 카라반 낙타의 짐에 실려 서쪽으로 간 아라비아숫자는 건조한 사막임에도 아라비아 산술로 꽃을 피웠다.

대수학의 아버지라 불리는 페르시아의 '알콰리즈미(Al-Khwarizmi)'는 유명한 수학자였다. 그의 이름에서 유래된 단어가 알고리즘(Algorism, 문제해결을 위한 여러 동작들 모임)과 알제브라(Algebra, 대수학)이다.

과학용어 중 아랍어가 기원이 된 단어들은 매우 많다. 알칼리(Alkali)에서 '칼리(Kali)'는 아랍어로 '식물을 태운 재(qualy)'라는 뜻에서 왔다. 인류 정신사에 지대한 영향을 끼친 알코올(Alcohol)은 '가루 상태의 물질'을 뜻하는 아랍어 'Al-Kohl'에서 비롯되었다. 화학(Chemistry)은 연금술을 의미하는 아랍어 'Al-Chemia'에서 유래가 되었다. 이 외에도 소다(sodar), 커피(coffee), 슈가(sugar), 시럽(syrup), 오렌지(orange), 레몬(lemon), 재스민(jasmine), 바나나(banana), 파자마

현대 문명 속에 낙타는 크게 할 일이 없어졌다. 이렇게 게으르게 어슬렁거리며 실업수당을 받고 세월을 보내고 있다.

(pajamas), 숄(shawl) 등도 '아랍어에 기원'을 두고 있다.

어떤 상인이 자기 재산인 낙타 17마리를 세 아들에게 유산으로 남겼다. 큰 아들은 절반을 갖고, 둘째 아들은 1/3을 가지며, 셋째 아들은 1/9을 가지라고 유언을 했다. 계산이 난감했다. 문제는 17이 2, 3, 9로 나누어떨어지지 않아 1/2, 1/3, 1/9을 정수로 구할 수 없었다. 삼형제가 낙타를 놓고 티격태격할 때 늙은 현자가 지나가고 있었다. 그 늙은 현자는 자기가 갖고 있던 낙타 한 마리를 그들에게 보태줬다. 낙타가 18마리가 된 것이다. 그렇게 되자 계산은 쉬워졌다. 삼형제 중 장남은 1/2인 9마리, 차남은 1/3인 6마리, 막내는 1/9인 2마리를 각각 가질 수 있었다. 이렇게 나누고 보니 낙타가 1마리 남는 것이었다. 남은 한 마리는 늙은 현자가 다시 가지고 갔다. 모든 사람이 원원하게 된 비결은 『1/2 + 1/3 + 1/9=17/18』이 1이 아니라 17/18이기 때문이다.

천문역법, 12진법, 360도, 60진법, 일주일의 유래

이렇게 편리하고 너무 쉬운 10진법을 두고 왜 '1분은 60초', '1시간은 60분', '하루는 24시간', '1년은 12개월 365일'일까? 시간을 공간으로 적용한 '방위나 각도'도 '원(圓)은 360도, 1도는 60분, 1분은 60초라고 했을까? 아라비아 사람들은 하늘의 해와 달과 별 등 천문(天文)을 보면서 지혜를 구했다.

12달과 360도

'땅 농사' 짓는 데 가장 중요했던 것이 태양력(太陽曆)이고, '바다 농사' 짓는 데 가장 필수적인 것이 태음력(太陰曆)이다. 농업에 기반을 둔 고대 메소포타미아 문명에선 태양의 움직임을 관찰하는 것이 천문학자들에게 매우 중요한 일이었다.

그들은 먼저 달을 보면서 보름달이 뜨는 날부터 다음 보름달이 뜰 때까지 대략 29~30일(29.531일) 쯤 걸린다는 것을 알면서 Month[月, 한달]를 발견했다. 태음력(太陰曆)의 시작된 것이다. 이렇게 달이 12번 바뀌면 비슷한 때가 된다는 것을 알고 Year[年, 한해]를 발견했다. 태양력(太陽曆)의 시작이다.

그러다 인지가 더 발달하다 보니 음력과 양력 사이에 '우수리'가 있어서 천문학자들에게 골머리를 싸매게 했다. 정확히 태음년은 354일 8시간 48분(354.3671일) 가량이고, 태양년은 365일 5시간 48분 46초(약 365.2419일)가량이어서 태음력과 태양력은 대략 10일 이상 차이가 나서 이 우수리를 잘 정리해야 정확한 역법이 가능했다. 태음력에 따르다보면 태양력(계절)에 안 맞으므로 19년에 7회 가량 윤(閏)달을 두어 보정하고 있다. 어떤 왕조나 농업소출량은 매우 중요한 국력과 왕권을 좌우하는 정치적 기반이 되므로 '씨 뿌리고 수확하고 갈무리하는 타이밍'을 알 수 있는 역법(曆法)은 매우 중요했다.

태양은 원형(圓形)이고 한 해가 365일이다. '음력 1년'과 '양력 1년'의 날수를 더한 후 1/2로 나누면 360

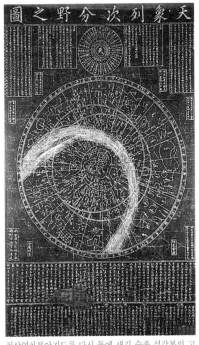

천상열차분야지도를 다시 돌에 새긴 숙종 석각본의 고 탁본

일에 근사(近似)하게 된다. 하루를 1도로 치면 1년인 원(圓)은 360도가 된다. 시간을 공간으로 적용한 것이다. 실제로 '방위', '각도'를 뜻하는 기호《°》는 고대 바빌로니아 수메르인들은 태양의 상징으로 인식했다.

1년을 12개월로 정하고 만들어낸 역법이 동서양에 시대마다 있었다. 조선조에 연말이 가까워지면 중국에 역행(曆行) 사신행차가 매년 있었다. 조선 천문역법을 정비하라는 세종의 명을 받은 이순지는 1442년『칠정산내편(七政算內編)』과 『칠정산외편(七政算外編)』을 완성해 그간 중국 역법에서 벗어나 독자적으로 천체 운행을 관찰하고 계산할 수 있게 했다.

이순지와 관련된 일화를 소개한다. 이순지(1418)가 월식(月蝕)현상을 관찰하면서 "지구는 둥글 수밖에 없다"는 주장을 했는데 이는 서양에서 "지구는 둥글다"고 주장한 코페르니쿠스(1543)나 갈릴레오 갈릴레이(1632) 주장보다 백 년 이상 앞섰다고 한다.

60진법

동양 문화권에서는 십간십이지(十干十二支)가 있다. 십간(十干)과 십이지(十二支)의 '최소공배수가 60'으로 60갑자(甲子)가 나왔다. 이 육십갑자를 일주(날)에 배치한 것이 일진(日辰)이다. 연월일시에 사주를 가지고 사주팔자가 나왔다.

동양에서는 하루 24시간이 아니라 2시간씩 십이지(十二支)로 12시를 삼았다. 인도의 12연기설도 12진법이다. 한편 천체신앙이 지배적이었던 고대 메소포타미아 지역의 바빌로니아 수메르인들은 태양의 행로인 황도에 있는 12개의 별자리를 가지고 고대 점성술을 만들었다. 동양에서는 십간십이지(十干十二支)를 가지고 60갑자를 만든 후 우주변화의 원리를 설명하고 있다.

대부분 손가락 계산기의 편리함 때문에 10진법으로 바뀌었지만, 시간과 방위는 그렇지 않다. 시간과 방위를 재는 단위 속에서는 10진법과 12진법의 '최소공배수'인 60진법이 굳게 뿌리를 내리고 있다. 10은 4개의 인수(1, 2, 5, 10)로만 나눠지지만, 60은 인수(1, 2, 3, 4, 5, 6, 10, 12, 15, 20, 30, 60)' 12개로 나눌 수 있다. 〈1, 2, 3, 4, 5, 6〉으로 나눌 수 있는 가장 작은 수가 "60"이다. '시간'과 '방향'처럼 복잡한 경우라면 "60진법"으로 쉽게 감을 잡고 이해하다보니 활용하기가 너무 편리했다. 그래서 수많은 10진법의 도전에도 불구하고 60진법이 확고하게 자리를 잡은 것 같다.

일주일

또한 메소포타미아 인(人)들은 7일에 한 번 재액일(災厄日)이 온다고 믿었다. 그래서 매월 7일 간격으로 다음 14일, 그다음은 21일, 또 다음은 28일에 쉬는 '주 7일' 제도를 시행하였다. 후일 유대교가 칠요일(七曜日)을 받아들여 신(神)이 천지를 창조하는 데 6일이 걸렸고 일곱 번째 날에 쉬는 안식일(安息日)로 해석한 것으로 전해진다. 현재와 같은 요일 명칭은 로마의 콘스탄틴 황제에 의해서 로마의 일곱 행성(七行星) 신(神)의 이름을 붙여 만들었다고 한다. 우리나라는 1895년 갑오경장 때부터 요일을 음양[日月]과 오행[木火土金水]으로 바꿔 칠요일(日月火水木金土)을 받아들였다.

모래와 자갈로 시작된 계산기, 주판(abacus calculation)

타클라마칸 사막은 모래사막이지만, 고비 사막은 자갈사막이다. 고대인들은 모래와 자갈로 '계산기'를 만들었다고 한다. 중세인들은 모래로 '모래시계'를 만들기도 했다. 현대인들은 모래와 자갈을 이용하여 거대한 골조 콘크리트를 만들었다. 갈수록 형이하학(形而下學)으로 향하고 있다. 인간은 부단히 저항하고 창조하면서 이 지구에서 지금까지 살아왔다. 저항과 창조는 삶의 매우 중요한 원동력이다. 레지스탕스 작가 '슈테판 에셀'은 "창조, 그것은 저항이며 저항, 그것은 창조다"라고 했다. 이런 저항의 대상인 모래와 자갈로 계산기를 만든 인간의 창조성에 놀라게 된다. 계산기인 주판은 가장 오래된 역사를 지닌 창조물의 하나로 현재에도 활용되고 있다.

주판(珠板)은 기원전 3천 년경 메소포타미아의 바빌로니아인들에 의해 발명

키르키즈스탄의 한 상점에서 쓰이고 있는 주판(abacus)

되었다. 최초의 주판은 평판 위에 뿌려 놓은 모래 위에 선을 그은 다음 그 위에 작은 돌멩이를 늘어놓아서 계산하는 것에서 유래되었다고 한다.

그리스와 로마에서는 기원전 600년경부터 사용하였고 약간 늦은 기원전 500년경에야 중국에서 사용되기 시작했다. 중국에 들어간 주판은 획기적으로 개량되었다. 상하(上下)로 구분하여 '위는 天으로 2개의 알, 아래는 地로 5개의 알'을 가늘게 깎은 대나무에 꿰어 주판 틀을 만들었다. 위쪽의 알은 1개가 5에 해당하고, 아래 알 1개는 그냥 1로 취급된 근대적 의미의 주판이었다. 참고로 이 주판은 10진법과 12진법 계산이 모두 가능했다.

당시 중국이나 로마는 각각 동서 양축을 대표하는 세계 제국이었다. 이들 제국의 수많은 항구는 세계 각국의 배들과 상인들과 물건들로 붐볐다. 배에 많은 물건과 진귀한 물품을 싣고 들어 왔고, 빈 배에는 상품과 물건들을 다시 싣고 갈 준비를 했다. 항구에서는 항상 물건을 사고팔거나 물물교환이 이루어지고 있었다. 수많은 거래(去來)에는 정확하고 빠른 계산이 필수적이었다. 그러나 로마 숫자(ⅠⅡⅢⅣⅤⅥⅦⅧⅨⅩ)나 중국의 숫자(一二三四五六七八九十)를 써서 간단한 덧셈이나 뺄셈만 해보아도 머리가 아프고 난해하고 복잡해져 계산하기 힘들다. 아라비아숫자로 계산해 보면 얼마나 편리한 숫자인지 실감할 수 있다.

다루기 힘든 로마나 중국 숫자의 체계로 계산하기가 매우 어려웠다. 이 문제를 해결하기 위해 석회석 둥근 알을 모아서 숫자를 표시하는 계산 방법이 동원되었다. 이 석회석 둥근 알인 '칼큘러스(calculus)'에서 계산을 의미하는 'calculation'이 나온 것을 쉽게 알 수 있다. 주판을 의미하는 abacus는 그리스어의 'abax'에서 유래되었다. 그리고 'abax'는 '모래, 티끌'을 의미하는 그리스어 'abaq'에서 왔다고 한다. 주판(abacus)의 뜻을 이러한 어원으로 명확히 짐작할 수 있다.

상인들은 매우 실사구시적인 사람들이다. 모 대통령의 "서생(書生)적 문제의식과 상인(商人)적 현실감각"이란 말처럼 상인적 현실감각은 바로 실사구시(實事求是)이고 실리(實利)이다. 골 때리는 서생(書生)의 로마숫자나 한문숫자를 이용한 느리고 더딘 계산보다는, 상인(商人)의 주판으로 빨리 정확한 계산(珠算)을 할 수 있었다.

중국의 가장 오래된 기록은 후한 말 서악(徐岳)의 『수술기유(數術記遺)』에 주산(珠算, 구슬주, 셸산)이란 말이 나온다. 우리나라에 주판이 도입된 것은 1400년경 조선 선조 때라고 한다. 그 주판은 위쪽 1알 아래쪽 5알이었다. 임진왜란 당시 일본으로 전해지고 또 중국에서 직접 일본으로 전해지기도 했다. 1930년도에 지금 사용하는 위쪽 1알 아래 4알로 개량된 실용적인 현대적 주판이 일본에서 다시 우리나라로 들어왔다. 주판을 이용해 계산하는 것이 주산(珠算)이다.

임진왜란의 포로, 이태리의 성씨 꼴레오네

루벤스(Peter P. Rubens, 1577~1640)가 '안토니오 꼬레아'를 모델로 그린 〈한복 입은 남자(A Man in Korean Costume)〉는 1983년 영국 크리스티 경매장에서 드로잉 사상 최고가인 6억 5천만 원에 미국 LA 폴 게티 미술관에 팔린 기사가 화제가 되었다.

임진왜란, 정유재란 때 일본으로 끌려간 10여만 명 조선인들은 일부 나가 사키의 노예시장에서 네덜란드 동인도회사에서 조총 1정당 포로 12명과 교환되는 비참한 일이 있었다. '식민지 근대화론자' 또는 '뉴라이트'들은 이 사실을 명심해야 한다. 피렌체 출신 신부 프란체스코 까를레티가 한국 소년 다섯 명을 사서 나중에 한 명을 이태리로 데리고 갔다는 기록과 간단한 조선에 대한 소개가 그의 여행기에 나온다. 이 소년이 훗날 서양 꼬레아 성(姓)의 시조인 '안토니오 꼬레아'이다.

시칠리아 섬 맞은편에 있는 해발 1천 m의 외딴 산간(山間)에 있는 집성촌 알비(Albi) 마을에는 안토니오 꼬레아의 후손이라고 주장하는 이탈리아인들이 살고 있다. 시칠리(Sicily) 섬에도 꼴레오네(Corleone, 꼬레아 동네란 말)시가 있다. 영화 『대부(代父)』에 나오는 마피아의 고향도 꼴레오네이다. 실재 주인공들의 이름이 돈 비토 꼴레오네(말론 브란도), 돈 마이클 꼴레오네(알 파치노)다. 88올림픽 당시 꼴레오네 시장과 시의원들이 할아버지 나라를 찾았고 1997년에도 서울을 방문해 당시 문화재청장이 직접 현지를 방문한 일도 있었다고 한다. 이 시청 박물관에 가면 피자와 스파게티의 발전사에 파전이 피자로 칼국수가 스파게티로 발전했다고 하며, 주판(珠板)은 시 최고 유물이라 한다. 이것은 정설은 아니지만 가능성이 있는 가설(可說)로 다양한 소설의 소재가 되기

루벤스의 드로잉 화(畵), 〈한복을 입은 남자〉

도 했다.

이 주산은 컴퓨터에 밀려서 역사 속으로 사라지고 있다. 현재 국내에서는 주산시험이 없어졌다. 그러나 주산은 인간의 두뇌계발에 많은 도움이 된다. 집중력과 침착성, 인내심과 지구력, 신속한 머리 회전, 사진처럼 찍어내는 기억력 등 인간의 능력개발에 매우 큰 도움이 된다고 한다. 나이가 든 사람들에게 치매 예방이 된다. 주산을 기본으로 한 암산(暗算)은 두뇌 계발에 더없이 효과적이라고 한다. 그러나 이러한 장점에도 불구하고 재미가 없고 틀려서는 안 되며 어렵고 까다로운 것으로 인식되는 한계를 갖고 있다. 지금 우리나라 초등학교는 주산이 없어졌지만 일본의 초등학교에서는 여전히 주산을 가르치고 있다.

상당히 편리한 계산 수단이지만 현재 골동품으로 취급받고 있다. 자전거도 한때 자동차에 밀려서 골동품 취급을 받았지만 현재 화려하게 재기하였다.

주판도 그럴 가능성이 높다고 생각한다. 바퀴가 2개인 바이크도 그러할 진데 주판은 바퀴(!)가 얼마나 많은가? 석유에너지가 고갈되고 전기가 부족해지는 가까운 미래는 물론이고 인간의 두뇌계발과 치매예방용으로 주산이 다시 부활할 것으로 믿는다.

서쪽으로 간 고려의 '송도사개치부법'

숫자 이야기를 했으니 숫자를 이용한 장부기록법에 대해서 알아보자. 12세기경 고려 시대 개성상인들은 기본적으로 중국의 고대 산법(算法)인 구장산술(九章算術)에다 『송도사개치부법(松都四介治簿法)』이라는 독특한 복식부기를 활용하고 있었다.

당시 1~9의 숫자에 대해 한자『一 二 三 四 五 六 七 八 九』를 사용하지 않고 그들이 개발한 약식 기호『Ｉ ‖ ⫿ ✕ 𝟖 ⊥ ⊥ ⊥ 夂』를 사용하였다고 한다. 이는 아라비아 숫자에는 못 미치지만 기존의 방법보다 훨씬 편리한 표기 수단이었다.

부기(簿記)는 장사에서부터 사업 경영까지 자산, 부채, 자본의 변동과 손실과 이익을 잘 알 수 있게 한 장부 기록방법을 말한다. 이 복식부기는 서양의 복식부기와 기본 원리가 같다.

고려의 수도 송도(松都)의 예성강 하구 벽란도항은 국제항이었다. 이 항은 수심이 깊어 배가 지나다니기 쉽고, 밀물 썰물의 차이를 이용한 뱃길이 매우 빨라 무역항으로 크게 발전할 수 있었다. 송나라는 물론 일본, 샴, 자바, 인도, 아라비아의 배들이 들어와 왕성한 해상무역활동이 이루어진 지역으로

'개성상인'과 '고려(Korea)'가 아라비아를 통해 서구에 전해졌다. 상권을 장악했던 개성상인들에 의해 개성부기가 만들어졌다고 한다.

베니스를 중심으로 하는 이탈리아의 상업도시에서 서양의 복식부기 방식이 출현한 것으로 추측하고 있다. 이 복식부기에 대한 가장 오래된 출판물로 루까스 빠찌오리(Lucas Pacioli)가 1494년에 발표한 『산술·기하·비율 및 비례총론』이 있다. 나중에 이탈리아의 복식부기

사처현(莎車縣)에서 만난 비파를 든 잘 생긴 귀공자

법은 영국으로 건너가 19세기 산업혁명에 도움을 주고 더 개량된 현대 복식부기로 개선되었지만 개성부기가 서양보다 200여 년 앞섰다.

이후 조선은 명나라의 해금정책(海禁, 해상봉쇄)을 추종하여 바다에 울타리를 쳐서 내륙 아닌 내륙국가가 되었다. 명나라, 청나라와 조선을 오가는 사신들도 가깝고 쉬운 뱃길을 두고 멀고 힘들고 수십 수백 배의 경비와 노력과 시간을 필요로 하는 육로를 통해서 왕래했다. 서해안이나 여러 섬에서 "산뚱반도에서 닭 우는 소리를 들린다"는 말이 회자될 정도로 중국은 가까웠다. 그러나 고삐를 쥔 마부의 걸음에 맞춰서 말이나 나귀를 타고 의주를 지나 산해관을 거쳐 멀고 먼 연경을 향해 갔으니 얼마나 고달프고 곽곽하며 답답했겠는가!

조선에서는 겨울이 오면 청나라 연경으로 사신들이 떠났다. 1년에 정기 사

행으로 삼절연공행(三節, 冬至使 正朝使 聖節使, 年貢行, 매년 歲幣를 내는 행차)과 역행(曆行)이 있었다. 그리고 임시 사행(謝恩使, 奏請使, 進慰使)도 있었다. 사행은 한 번 갈 때 약 400여 명이 육로를 통해서 갔다. 이 사신들을 끌고 가는 책임자는 정사 부사 서장관인 삼사(三使)의 수행원으로 자제군관(子弟軍官)들이 있었다. 이들 극소수의 선택받은 사람만 청나라 연경(북경)의 문물을 접할 수 있었다. 추사를 비롯해서 홍대용, 박제가, 박지원 등이 연경에 가서 연행록을 남겼다. 『노가재연행록』, 『을병연행록』, 『열하일기』 등은 '조선 3대 연행록'이다. 조선은 청나라에 조공을 바치고 천자의 하사품을 받아 노새나 나귀의 등짐에 싣고 오가는 것이 조공(朝貢)무역이었다.

이런 상황이다 보니 조선은 모든 면에서 발전보다 퇴보하고 있었다. 역사상 가장 힘들고 어려웠던 때가 조선후기였다. 이런 영향을 받아 서양보다 200여 년 앞섰다고 하는 고려 시대의 복식부기 『송도사개치부법』은 조선시대에 더 이상 발전하지 못하고 퇴보하다 침몰해 버린 것이었다. 그리고 고려의 금속활자는 어떠하였던가? 아, 미망속의 조선이여!

실크로드를 이어준 최고의 피조물, 낙타

내가 지나온 모든 길은 곧 당신에게로 향한 길이었다.

내가 거쳐온 수많은 여행은 당신을 찾기 위한 여행이었다.

내가 길을 잃고 헤맬 때조차도 나는 당신을 향해 걸어가고 있었다.

그리고 마침내 내가 당신을 발견했을 때, 나는 알게 되었다.

당신 역시 나를 향해 걸어오고 있었다는 사실을.

— 잘랄루딘 루미

'적자생존에 실패한 유배자'에서 사막의 주인공으로 데뷔

오아시스란 섬과 섬 사이는 대략 25~30km 전후 간격으로 마을이 있거나 카라반사라이가 반드시 있어서 사람과 낙타가 이루는 대상(隊商)들이 쉬어가도록 했다. 낙타 몰이꾼이 선장이 되어 낙타들을 모아 선단을 이루어 건너는 바다가 사막이다. 이 기기한 동물은 250kg의 짐을 지고도 하루에 40km를 걷는다고 한다. 실크로드를 이해하는 데 낙타에 대한 이해가 필요할 것 같다.

우리가 가는 타클라마칸 같은 모래사막에서는 단봉낙타가 주인공이다. 그러나 타클라마칸 신장지역은 특이하게 쌍봉낙타의 텃세이다. 낙타의 삶은 평생 참으로 고단하고 짠하지만, 참으로 웅혼하고 초월적인 힘을 느끼게 한다. 알고 보면 참 매력적인 동물이 낙타이다.

낙타의 화석자료를 보면 4,500만 년 전 지구에 처음 등장했다. 수천만 년 동안 '북미대륙'에서 번성해서 북미대륙이 원산지이다. 낙타의 이주가 시작된 것은 알래스카와 시베리아 사이 베링해협이 연결돼 있던 약 180만 년 전 빙하기가 시작될 무렵으로 추측하고 있다. 낙타는 애초부터 사막에 살았던 짐승이 아니다. 낙타는 아메리카들소나 아시아에서 넘어온 이민족인 마스토돈 등 험상궂은 동물들과 경쟁에서 밀린 것이었다. 낙타는 북아메리카를 떠나서 아시아 대륙 그중에서도 가장 삭막한 사막으로 갔다. 오랜 세월 전에 낙타는 아메리카에서 아시아로 이민 왔지만, 고조선, 부여, 고구려, 발해 등의 한민족이 몇 세기에 걸쳐 아메리카로 이민 갔다고『우리 민족의 대이동』을 쓴 손성태 교수는 주장한다.

지구상에서 가장 살기 어려운 곳은 사막과 남북 양극점이라고 한다. 사막은 물 뿐만 아니라 먹이 구하기도 쉽지 않다. 적자생존에 실패한 낙타는 모든 생물이 피하는 사막의 혹독한 생존 환경으로 도망갔다가 사막에 적응한 것이다. 낙타는 기원전 3천 년 전후에 가축화되었다. 몽골의 신화에 의하면 낙타는 십이지 동물을 다 닮았다고 한다.『귀—쥐, 배—소, 발굽—호랑이,

코―토끼, 몸―용, 눈―뱀, 갈기―말, 털―양, 굽은 등―원숭이, 머리 볏―
닭, 넓적다리―개, 꼬리―돼지』를 닮았다는 것이다. '자축인묘 진사오미 신
유술해'가 다 들어가서 십이지 동물에서 빠졌다.

모래사막을 지배하는 단봉낙타

모래사막의 낙타는 혹이 하나인 단봉낙타(Camelus dromedarius)이다. 이 단봉낙
타는 아라비아낙타라고도 부른다. 기원전 4,000~2,000년 사이에 아라비아
중앙과 남부지역에서 가축화되었다. 북아프리카와 아라비아에 주로 분포
하였다. 소아시아, 중동, 페르시아, 인도 북서부 등지 사막 부근에 서식한
다. 호주, 북아메리카, 미국남부(텍사스주, 뉴멕시코주, 애리조나주), 유럽 등지로 이민
을 갔다가 야생(野生)이 된 경우도 있다. 승용과 경주에 많이 이용된다.

현재 소말리아, 수단, 모리타니에서 가장 중요한 가축이 되었고, 아프리카
동부, 아라비아의 건조한 지역에서 젖과 고기를 생산하는 중요한 동물이
다. 아프리카, 아시아의 유목민들에게 꼭 필요한 가축으로 사람을 태우고
짐을 지는 운송 수단으로 고기와 젖, 털과 가죽을 제공해 주는 동반자이다.
하루에 최고 20ℓ까지 젖을 생산할 수 있다.

'無로의 여행, 마음으로의 여행'이라는 부제를 단 라인홀트 메스너(8천m급 14좌
최초 무산소 완등자)의 『내 안의 사막, 고비를 건너다』에 단봉낙타에 대한 글이 나
온다.

『특히 창조의 극치로 여기는 장거리용 낙타에 매료되었다. 단봉낙타는 온

타지마할(Taj Mahal)이 있는 인도 아그라(Agra)에서 만난 운송업에 종사하고 있는 단봉 낙타

종일 아무것도 먹지 않고 버틸 수 있고, 물이 없어도 몇 주씩이나 끄떡없으며, 평생 거처할 우리 없이도 살아 낼 수 있다. 혈액 속의 헤모글로빈 함유량과 체온을 더위와 수분손실에 따라 올리고 내리며 몇 달 동안 계속 걸을 수 있고, 완전히 기진맥진하여 나가떨어질 때까지 더위, 추위, 모래폭풍, 물 부족, 피로 등 거의 모든 불편함을 감수할 수 있기 때문이다. 낙타는 힘이 완전히 소진되어야 쓰러져 죽는다.』

이 낙타는 몸길이가 3m 정도에 어깨높이가 1.8~2.2m에 달하고 꼬리는 50cm 정도이며 몸무게는 500~700kg 정도이다. 혹이 하나라 몸통이 짧은 대신 다리가 매우 길어서 느린 것 같아도 속도가 빠르다. 털은 밝은 모래색,

갈색, 회색이고 가끔 흰색과 검은색도 있고 털 길이는 쌍봉낙타보다 매우 짧다.

전체 낙타 중에 단봉낙타가 90% 정도로 발바닥이 연하여 모래사막에 적당하다. 등에 큰 혹을 가지고 있는 동물로, 혹은 물이 아닌 지방이 저장된 곳으로 영양 상태에 따라 크기가 달라진다. 사막과 초원에서 풀과 나무 이파리나 가지를 주로 먹는데 절박한 상황이라면 억센 가시가 달린 낙타풀도 먹는다. 가시에 구강과 혀를 찔려 선혈이 낭자하기도 한다. 단봉낙타를 영어권에서는 'single-hump camel', 'Arabian camel', 'dromedary camel' 등으로 부른다.

초대형 수송병 쌍봉낙타

암석사막이나 험한 지형을 잘 가는 낙타가 쌍봉낙타로 박트리아 낙타(Camelus bactrianus)라 한다. 혹 지명을 따라 '아라비아낙타'와 상대적으로 '몽골낙타'라고도 부른다. 몸길이는 3.2~3.5m로 상대적으로 길고, 몸높이는 1.8~2m 정도로 상대적으로 낮다. 단봉낙타보다 몸통이 긴 대신 다리 길이는 짧다. 발바닥은 두텁고 단단해서 모래사막에 비해 자갈, 돌, 바위가 많은 구릉지 산악지역에 잘 적응하고 털은 길고 무성하다. 이 초대형 수송병은 250~300kg 정도까지 무지막지한 짐을 지고 하루에 시속 4km의 속도로 40km를 갈 수 있다고 한다.

쌍봉낙타는 중앙아시아의 투르크메니스탄, 키르기스스탄, 신장, 몽골, 고비 사막, 알타이 산맥, 티베트, 바이칼 호, 이란 남부, 아프가니스탄, 파키스

파미르고원 신장 타클라마칸에서 흔히 보이는 쌍봉낙타

탄 등에 널리 분포되어 있다. 반사막 지역인 스텝과 초원에서 서식한다. 야
생종은 투르크메니스탄 동부와 고비 사막에 극히 소수가 보인다.

쌍봉낙타는 단봉낙타보다 속도가 느리고 거대한 등의 혹을 가볍게 흔들면
서 정확히 한발 두발 걸음을 옮기는 모습이 아주 든든하고 믿음직스럽다.
험하고 높고 어려운 지역에 적응된 쌍봉낙타는 연료탱크인 혹이 2개라서
단봉낙타보다 배기량이 크고 힘이 세다. 이 혹에 100kg까지 농축된 지방을
저장할 수 있다.

머리와 목은 길고 귀는 작으며 길고 짙은 속눈썹을 가지고 있다. 윗입술은
중앙이 깊게 좌우로 나누어져 있고 길쭉한 콧구멍은 먼지나 모래를 차단하
기 위해 열고 닫히며 피부에는 땀샘이 거의 없다. 몸통이 길고 다리는 굵고

짧으면서 힘이 세다.

라인홀트 메스너의『내 안의 사막, 고비를 건너다』에 쌍봉낙타에 대한 글도 나온다.

낙타풀은 건조한 사막에 약간의 습기만 있어도 자란다. 낙타풀은 처음에는 여리고 부드럽지만, 건조한 기후에서 수분증발을 줄이고 자신을 방어하기 위해서 점점 섬유질이 많아지고 가시는 날카롭고 강해진다. 그러나 낙타들은 먹이가 없는 절박한 상황이 되면 이 낙타풀도 먹는다. 입 주변과 혀가 찔려 피를 철철 흘리면서도 먹는다. 낙타라는 피조물의 정말 끈질긴 생명력에 대한 처절하고 짠한 경이로움을 느끼게 하는 것이 낙타풀이다. 이 풀을 소소초(蘇蘇草)라고도 한다.

『쌍봉낙타는 야크처럼 모든 게 가능한 만능 천재와 같다. 코를 나무못에 고정시키는 '부일'은 쌍봉낙타가 노동에 적합하다는 것을 상징적으로 말해준다. 지방을 저장하고 있는 두 개의 혹은 이 동물이 극단적인 생활환경에 적응할 수 있게 해 주었다. 등에 에너지와 물을 저장할 수 있기 때문이다. 두 줄의 촘촘한 속눈썹은 햇빛을 가리는 역할을 한다. 추가로 더 있는 세 번째 눈꺼풀은 모래폭풍이 닥칠 때 눈을 가려준다. 쌍봉낙타는 여느 낙타와 마찬가지로 생존 능력에서는 타의 추종을 불허할 정도이다. 어느 낙타든 부득이한 경우에는 덤불을 먹고도 살 수 있고, 체온이 42도로 올라가도 견딜 수 있으며, 추울 때는 신진대사를 줄여 체온이 34도로 내려갈 때도 있다.』

고비 사막의 야생의 쌍봉낙타는 가축에서 이탈하여 야생화된 것으로 너무 희귀해서 보호대상이다. 쌍봉낙타도 비교적 건조한 지역에 서식하는데 겨울에 강가를 따라 스텝지역에 머물다가 눈이 녹자마자 사막으로 나간다.

우르무치 도심에서 관광 알바를 하고 있는 낙타

쌍봉낙타의 서식지 온도 범위는 겨울에는 영하 29도에서 여름에는 38도까지이다. 낙타는 극한 추위와 더위를 견딜 수 있다. 재미있는 사실은 평생 한번도 제대로 목욕을 못 할 것 같은 낙타가 수영을 잘한다고 한다.

통일이 된다면 북쪽 추운 개마공원에서 든든한 쌍봉낙타 한 쌍 거느리고 여생을 보내고 싶다. 낙타는 오래전에 가축화되어 승용(乘用)·역용(役用)으로 사용되면서 인간에게 많은 도움을 준 가축이다. 젖은 음료로 고기는 식용으로 털은 직물로 이용되어 사막과 스텝지역에 필수불가결한 가축이다. 심지어 낙타 몰이꾼들에게 낙타 똥은 최고 요긴한 연료로 쓰인다.

이런 면면을 살펴보면 창조의 절대적 결정체라고 할 수 있는 낙타에 매료될만하다. 막막한 사막, 고비 사막이건 타클라마칸 사막이건 다시 낙타에 꿈을 싣고 건너고 싶다. 영어권에서는 쌍봉낙타를 'two-humped camel', 'Bactrian camel'이라고 부른다.

타클라마칸의 카라 보란(Kara Boran)

쾨펜의 연평균 강수량 기준에 의하면 250mm 이하인 지역이 사막이라고 한다. 또 사막이 생기는 원인은 중위도의 고압대에 위치하고 하강기류가 탁월하여 비가 내리지 않으므로 건조하기 때문이다. 사하라, 아라비아, 오스트레일리아의 중앙부, 칼라하리, 아타카마 등의 사막이 그 대표적인 곳이다. 위도 40도 부근에는 투르키스탄, 타클라마칸, 고비 등의 사막도 있다. 이런 땅들은 생명을 키우지도 못하고 받아들이지도 못한다.

타림 분지 안에 타클라마칸 사막

지리학적인 정리를 하면 타클라마칸 사막은 타림 분지(塔里木 盆地, Tarim Basin / 위구르어, 물이 모으는 곳) 안에 있는 사막이다. 이 사막보다 상위개념이 '분지'이다. 분

타림분지 안에 타클라마칸 사막은 럭비공을 닮았다. ⓒ구글지도

지는 높은 산맥으로 둘러싸인 그릇 모양의 지형을 말한다. 타림 분지는 항공 사진으로 보면 넓은 타원형 쟁반 또는 이 지역의 특산물인 하미과(瓜)를 닮았다. 또는 거대한 만두 또는 방추형처럼 생겼다. 타림 분지는 중앙에 타클라마칸 사막을 기준으로 북쪽으로 톈산 산맥, 서쪽으로 파미르고원, 남쪽으로 쿤룬 산맥으로 둘러싸여 있다.

타림분지
- 위치: 신장자치구 톈산산맥과 쿤룬산맥 사이
- 면적: 56만㎢
- 자원: 원유 80억t, 천연가스 10조㎥매장 추정

신장자치구

중 국

타림분지 안에 매장된 원유와 천연가스

당연히 둘러싸인 서쪽은 높고, 트여 있는 동쪽은 점점 낮아지는 서고동 저형 내륙 분지를 이룬다. 그래서 동쪽은 흙과 돌로 된 고비(몽골어, 돌과 흙) 사막이다. 타림 분지는 총면적은 대략 70만㎢ 정도로 남북 500km, 동서 1,500km, 해발 800~1,200m로 동쪽으로 갈수록 낮아진다.

타림 분지는 대부분 사막이지만 사막의 가장자리인 산기슭을 따라서 징검다리처럼 오아시스를 이은 길이 저 멀리 동양과 서양까지 교류하게 한 실크로드이다. 마르고 눈매가 강한 사람들은 이곳에서 뿌리를 내리고 삶을 터전을 일구며 살고 있다. 쿤룬 산맥과 톈산 산맥 아래 오아시스에 도시국가들이 흥망성쇠(興亡盛衰)를 거듭하면서 문명이 명멸(明滅)하였다.

이 후라이팬 중앙부가 타클라마칸 사막으로 선사시대에 내륙호수가 말라버린 것으로 유동사구(流動沙丘)가 85%를 차지한다. 세계에서 두 번째로 큰 타클라마칸 사막은 면적이 약 37만㎢로 한반도(22만㎢)의 1.5배의 이상으로 높이 100m 안팎의 크고 작은 사구(砂丘, 모래 언덕)가 계속 이어지고 가끔 200~300m에 이르는 것도 있다.

이렇게 바람에 밀려 이동하는 유사로 만들어지는 사구는 예로부터 실크로드의 큰 장애물이 되었다. 자고 나면 지형이 바뀌고 1년에 10cm씩 계속 남진을 하고 있다. 우리나라로 불어오는 황사의 절반 이상이 타림 분지 일대에서 날아온 것이라고 한다. 아래 타클라마칸 사막의 가장자리이자 타림 분지의 변방에 호양나무 군락과 타마리스크(위성류)와 낙타풀이 자라지만 사막의 중심부로 들어갈수록 막막한 사막으로 변한다.

알라하 아크바르!

이 서역남로의 모든 오아시스가 공통적으로 당면하고 있는 것이 모래바람이다. 매년 4, 5월이 되면 쿤룬 산맥의 빙하를 녹이는 바람이 불기 시작한다. 그 바람은 모래를 동반한 강력한 폭풍이다. 그래서 매년 때가 되면 서역남로 오아시스는 하늘을 볼 수 없는 암흑세계가 된다.

그런데 렌즈를 통해서 소개되는 대부분 사막은 고요하고 아름답게 느껴지는 이유가 뭘까? 전문 사진작가들 얘기를 들어보면 사막의 모래바람이 불 때는 렌즈를 함부로 열기 힘들다고 한다. 가는 모래나 미세먼지들이 기계에 들어가서 카메라를 망가뜨리기 때문이라고 한다. 이런 광기를 간직한 바람이 Kara Boran이다. 카라(Kara)는 '검다'이고 보란(Boran)은 '바람'을 뜻하므로서 Kara Boran은 '검은 바람'이라는 뜻이다. 카라코람 속에 '카라'도 검다는 의미이다. '보란'은 우리말 '바람'과 어원이 같다.

위구르인들은 검은 모래바람을 매우 두려워하지만 경험이 없는 이방인들은 '범 무서운지 모르는 하루 강아지'인 것 같다. 타클라마칸 사막의 지형을 80% 정도 쓸어버리고 또다시 만드는 아주 특별하고 강한 바람이다. 모래 지형을 바꾸고 흘러 다녀서 대유사(大流沙, 큰 모래 흐름)라고 부르기도 한다. 이 보란은 오래전 오아시스 왕국을 모래에 파묻히게 하고 집을 무너뜨리고 삶의 터전을 앗아갔다. 수많은 사람들을 죽이고 모래 속에 생매장한 사막의 폭군 살인자이다. 바람이 지나가면서 모든 풀과 나무와 자연을 초토화 시켜버렸다. 사막 주위 모래에 묻힌 문명들은 카라보란(검은 폭풍)의 '폭력 전과 기록'이라고 할 수 있으리라.

카라보란은 서역남로를 무대로 활동하는 '근육질 팔뚝에 문신을 새기고 짧은 각두기 머리'를 한 '날카롭게 찢어진 표독한 눈초리를 한 Killer'를 연상시킨다. 마른하늘을 뒤덮는 검은 모래바람이 불 때면 사람들이 할 수 있는 일은 그리 많지 않았다. 모래폭풍이 뒤덮을 때면 알라신께 경배하고 간절히 기도하는 일밖에 없었다. 그 기도를 들으신 자비가 넘치는 알라신은 '반드시' 모래폭풍을 그치게 했고 그들 입에서는 '알라하 아크바르'란 말이 감동

당나귀 자가용을 몰고 가는 아기와 엄마들

되어 튀어나왔다. 그러나 기도와 상관없이 모래폭풍은 언제나 그치게 되어 있다. 무신론자에게도 신의 뜻이 임한다는 말이기도 하다. 그래서 정녕 "알라하 아크바르!(신은 위대하도대)"

사막에서도 홍수가 일어난다

황사(黃砂)는 한국인에게는 매년 찾아오는 연례행사이지만 이곳 사람들에게는 늘 일상적으로 만나는 불청객이다. 오늘도 뿌연 하늘 모래와 황사가 뒤덮은 공간을 달려야 한다. 모래들의 침공을 막아내는 가장 최전선의 첨병으로 버드나무를 들 수 있겠다. 한국에서는 꽃가루 알레르기를 일으킨다고 가로수에서 배제시켜 베어버린 버드나무 패밀리들이 대부분 건조한 이 고원과 사막을 지키는 파수꾼 역할을 한다. 버드나무가 오아시스 도시 외곽을 감싸고 경비를 서고 있다.

버드나무가 모래의 침입을 막아준다. 그러나 이런 척박한 환경 속에서 가장 실질적인 삶의 끈을 이어주는 것은 쿤룬 산맥의 부성에서 나오는 알라신(!)의 은택이라고 할 수 있다. 태양 가득한 사막은 일신교(日信敎)를 믿는 사람들이 사는 곳이다. 강수량보다 증발량이 많은 사막은 1년 내내 거의 구름도 끼지 않고 비도 내리지 않는다. 매일 거친 빛을 토해내는 태양을 가로막고 거역하는 것은 물기를 품은 부드러운 구름이 아니라, 모래폭풍의 분노가 천지사위를 뒤덮는 것이다. 이 지방에 실크로드를 따라서 들어온 초기 불교가 사막의 거센 바람과 따가운 햇볕에 쫓겨 가고 10세기 무렵부터 이슬람화된 것은 어쩌면 당연해 보인다. 날카롭고 강한 눈, 일자로 꽉 다문

기름져 보이는 땅들은 검은 모래 폭풍 '카라보란' 덕이 크다. 모래먼지가 눈과 얼음을 녹이고 땅위를 덮어 토양을
기름지게 한다.

입, 각이진 턱을 가진 날렵한 사막의 용사들은 유순하고 순종적이며 사변
적이던 불교도들을 동쪽으로 밀어내었다.

나일 강의 흉포한 홍수(洪水)가 텔타(Delta)삼각주를 범람하게 하여 '비옥'하게
만들 듯이 이 타클라마칸 하늘의 검은 바람도 쿤룬 산맥 빙설을 녹여 오아
시스를 '비옥'하게 만든다. 해마다 5월이 되면 하늘을 시커멓게 뒤덮은 모래
바람이 남쪽 쿤룬 산맥의 빙하위로도 분다. 그러면 순백(純白)의 순결(純潔)한
설과 빙은 더럽혀진 자신 몸의 때를 씻어 내려고 세례(洗禮)하기 시작한다.
그리고 차츰 기온이 올라가면 더 많이 녹아내려 강물이 불어나기 시작한
다. 이렇게 불어난 물은 어느 순간 사막을 범람하게도 한다.

결국 죽음의 사자 같은 사막의 폭군 카라보란(검은 폭풍) 역시 나일 강의 흉포

⒄한 홍수처럼 신의 은총과 섭리를 내려준다. 이렇게 보이지 않는 것과의 대화가 끊임 없이 이어지고 있다.

돌아올 수 없는 죽음의 사막인 타클라마칸 횡단

타클라마칸 사막은 고운 모래사막이므로 바퀴가 펑펑 빠져 갈 곳이 아니다. 그러니 행여 이 모래사막에 바이크를 끌고 들어갈 생각은 말아야 한다. 단단한 스텝형 고비 사막은 자전거 횡단이 가능하지만 이런 무른 모래사막은 자전거로 횡단하는 것이 불가능하다. 오직 넓은 척구(蹠球, 발바닥)를 가진 낙타만이 이런 사막을 건너갈 수 있다.

장비가 좋아진 오늘날 실크로드와 타클라마칸 사막을 종단하는 탐험적 가치는 크지 않다. 다만 이 길을 가면서 바람 속에서 켜켜이 쌓여있는 모래를 헤치고 자기를 지키고 문화를 일구었던 사람들의 멀고 그리운 이야기를 만날 수 있다. 무엇을 보았고, 들었고, 먹었고, 나누고, 해보고 식 단순서술의 기록과 생각이 아닌 과거와 현재, 현재와 미래의 교류 그리고 보이지 않는 것과의 대화, 들리지 않는 것과의 교감을 나누고 싶었다.

사막은 거시적으로 평지이지만 미시적으로는 절대 평지가 아니다. 바람에 순응하는 대유사(大流沙)로 지형이 계속해서 바뀌는 이런 사막은 수없이 많은 오르막과 내리막의 연속이다. 만약 이런 언덕이 많은 모래사막을 종단하고 싶다면 모래가 안 들어가는 목이 긴 부츠와 가볍고 짧은 스키를 이용해 종단해 보고 싶다. 오르막에서 바닥이 안 미끄러지게 실(Seal)을 부착하고 양손에 스키 스톡을 이용해서 걷는 것이 최고의 방법일 것 같다.

자율적인 자행거(自行車)를 지나치게 노예화(?)시킨 삼륜거

화려한 치장을 하면할수록 페달은 더 무거워진다는 반대급부를 지닌 인력거

1895년 4월 10일 스웨덴 탐험가 스벤 헤딘은 안내인 4명, 낙타 8마리, 경비견 2마리, 양 3마리, 닭 10마리를 대동하고 타클라마칸 사막을 북에서 남으로 종단하기 시작했다. 25일이 지난 5월 6일 호탄 강에 다다랐을 때 살아남은 생물은 스벤 헤딘 자신과 안내인 2명, 낙타 1마리뿐이었다고 전한다.

2000년 4월 8일 GPS로 무장한 브루노 바우만은 옛날 스벤 헤딘의 길을 따라서 갔다. 동료 헬무트 모저, 낙타 인솔자와 통역 3명, 총 5명이 6마리의 낙타에 장비와 짐을 싣고 타클라마칸 종단을 시작했다. 스벤 헤딘과 비슷한 계절에 비슷한 조건으로 출발하고 그의 단점을 미리 분석하여 철저히 준비해 갔지만 4월 27일 도착했을 땐 4명의 사람과 2마리의 낙타만 살아남았다.

1996년 6월 타클라마칸 동쪽 '로프노르 분지 횡단'을 목표로 출발한 '상하이의 영웅' 위춘순은 7일 후에 텐트 안에서 싸늘한 시신으로 발견되었다. 8년간 중국 각지를 종횡무진 답사한 그의 죽음은 스키타이어로 '타클라마칸'이돌아올 수 없는 죽음의 사막이라는 것을 새삼 확인해 준 것이었다.

에덴을 연상시키는 호탄

허물을 벗지 않는 뱀은 결국 죽고 만다. 인간도 완전히 이와 같다. 낡은 자의 허물 속에서 언제까지 갇혀 있으면 성장은 고사하고 안쪽부터 썩기 시작해 끝내 죽고 만다. 늘 새롭게 살아가기 위해 우리는 사고의 신진대사를 하지 않으면 안 된다.

—니체

호탄은 세계 '4대 장수촌'

호탄은 구약성경 창세기에 나오는 에덴(Eden)을 뜻하는 말이 아닐까 생각되는데 현지에서는 '이덴'으로 발음한단다. 에덴은 인류의 시조 아담과 이브가 죄 짓기 전에 살던 동산이다. 호탄은 살기 좋은 곳으로 에덴을 연상시

우리가 묵은 숙소 허티엔 빈관은 이슬람 풍의 화려한 건축물이다.

킨다.

우리는 서쪽에서 동쪽을 향해서 간다. 그러므로 북쪽은 타클라마칸 사막, 남쪽은 쿤룬 산맥이다. 가는 방향을 기준으로 좌측은 가는 모래가 많은 사막이라면 우측은 쿤룬 산맥 쪽이라 흙과 자갈과 돌이 많다.

이 오아시스의 지형은 남고북저(南高北低)이다. 우리는 옥의 고향이라는 호탄에 늦게 도착했다. 이곳은 옥뿐 아니라 비단으로도 유명하다. 우리를 안내해주던 승합차 운전사는 호탄빈관[和田賓館]에 내려주고 서둘러 발길을 돌려간다. 라마단 단식을 지켜야 하는 그들은 빛이 있는 백일하(白日下)에는 종일(終日) 금식하고 오후 6시 반이 넘어야 식사를 할 수 있다고 한다.

중국의 호텔은 자국민, 나그네를 위한 값싼 도미터리(Dormitory)가 있어 싸게

숙박할 수 있다. 라마단 내내 이슬람교도들이 안빈낙도(安貧樂道)를 실천할 때, 우리 이교도들은 만포고복(滿飽鼓腹)하고 있었다. 그러나 라마단은 절제, 인내, 비움을 실천하는 참 의미 있는 의식이라는 것을 인정한다.

짐을 방으로 옮겨 놓고 프런트에서 저녁 식사할 곳을 물어보니 위더우 반점으로 가라고 한다. 닭도리탕 같은 강한 양념이 들어간 요리가 나온다. 맛이 너무 강하고 매워 신장비주(맥주)도 함께 시켰다. 적당히 배부르고 취한다. 사라져가는 사막 속에서 살아있는 삶을 꿈꾸게 하는 오아시스를 생각하고 흥얼거리며 숙소로 돌아왔다. 아직 가을은 깊지 않았지만 서늘한 달빛 아래 교교(皎皎)한 풍경을 바라보니 사막 가운데 오아시스에서 품어져 나오는 묘한 애수가 느껴진다.

이곳은 위구르어로 호탄(Hotan)이라 부르고, 중국어로 허티엔[和田, Hé tián]이라고 한다. 깐수(정수일) 박사에 따르면, 호탄은 옛날 우기국 서쪽으로 본래 티베트어로 '옥이 나는 곳'이란 뜻의 '우기['옥'이란 발음과 비슷]'였으나 명나라 때 호탄(양우리)으로 불리다가 청나라 초기에 우기 또는 화기로 이름이 바뀌었다가 1959년에 지금 호탄으로 개명하고 1983년 시로 승격했다고 한다. 호탄 시의 인구는 20만 명이고 호탄현은 모두 120만 명으로 위구르족이 95%로 주류를 이루고 한족이 3%이며, 하사크, 타지크 등 소수민족이 1%밖에 안 되지만 경제적으로 3%가 주류라고 한다. 서북공정으로 한족의 수는 지속적으로 늘어나고 있다.

이 도시는 카슈카르(카스)보다 위구르인들이 더 많이 살고 있어서 위구르 문화가 살아있는 곳이다. 온대성 건조기후라 추위 더위가 심하지 않고 기후도 좋다. 쿤룬 산맥에서 발원한 서쪽의 카라커스하[喀拉喀什河, 黑玉河]와 동쪽의 위롱커스하[玉龍喀什河, 白玉河]가 호탄의 양쪽을 감싸고 남에서 북으로 흐르다

두 강물이 합수되어 호탄하[和田河, 綠玉河]를 이룬 다음 한 3백km 가까이 흘러가다가 타림하로 흘러들어간다. 카라커스하와 위룽커스하 사이에 있는 호탄은 젖과 꿀물이 흐르는 땅이다. 땅은 기름지고 일조량이 풍부하고 기후도 좋아 달고 맛있는 과일과 채소와 곡물들이 많이 생산되는 살기 좋은 곳이다. 1995년 국제의학계에서 정한 세계 4대 장수촌이라고 한다. 호탄 사람들의 장수비결 중 하나가 옥이라고 한다. 호탄 옥(玉)을 지니고 있으면 인체에 아주 좋은 성분이 나온다고 한다.

일찍 일어나서 아침 식사를 하고 자전거를 타고 호탄 시내를 돌아보았다. 작은 도시 관광은 자전거만큼 좋은 교통수단이 없다. 자전거를 타면 도시가 순식간 한눈에 들어온다. 장수촌답게 자가용 마차를 몰고 다니는 노인들의 모습이 유난히 눈에 많이 띈다. 노인들은 하나같이 날씬하고 자세가 꼿꼿했다.

옥의 고향 호탄!

호탄은 서역남로에서 가장 큰 도시이고 요지이지만 오지 중의 오지이다. 남쪽은 쿤룬산맥이 가로막고 북쪽으로는 타클라마칸이 가로막고 있어서 이들이 움직일 수 있는 곳은 동쪽이나 서쪽뿐이었다. 중국과 인도 사이에 있어 기원전 1세기에 이미 불교가 유입되어 서역에서 불교가 융성한 나라이기도 했다. 이렇게 유입된 불교가 융성했지만 강렬한 태양과 바람에 메말라 사막화된 땅을 견디지 못하고 동진했다. 이곳이 이슬람화된 것은 11세기 무렵이다. 그래서 호탄에는 종교 유적지나 관광명소도 많다.

모스크도 박물관도 지나치면서 주거간산(走車看山) 한다. 모스크 옆 노상에서 과일을 파는 호탄 미인에게 건포도를 구입했다. 일조량이 많고 수자원이 풍부해 모든 과일이 달고 수밀도가 짙다. 이 포도는 사막을 건널 때 유용하게 사용할 수 있을 것이다.

도시의 중심이랄 수 있는 모스크와 시장 주위를 들러보고 귀금속과 옥을 파는 가게들이 많아 찬찬히 살펴본다. 호탄은 오랜 옛날부터 중국인이 가장 좋아하고 귀하게 여기는 옥의 집산지로 유명해서 '옥의 고향'이라고 부른다. 호탄에서는 옥을 가공하는 오래된 장인들의 솜씨와 숨결을 엿볼 수 있다.

쿤룬산은 전설상 서쪽에 있는 옥이 많이 나는 산으로 알려져 있다. 중국에서 '백옥'이 가장 많이 생산되는 곳이다. 4, 5월 타클라마칸 사막에서 카라보란(검은 폭풍)의 미세한 먼지가 기승을 부리며 멀리 남쪽으로 병풍처럼 쳐진 쿤룬 산맥 순백의 맑은 빙설을 뒤덮으면 산은 눈물을 흘리면서 오염된 모래를 씻어내기 시작한다. 모래먼지가 촉매가 되어 빙설이 일찍부터 녹기 시작하고 날씨가 더워지면 비밀스럽게 간직한 각양각색의 옥(玉)을 토해 냈다. 쿤룬 산맥의 빙하가 녹아 홍수가 나서 범람하는 여름이 지나고 물이 빠지면 사람들은 삼삼오오 옥석을 가리면서 옥을 줍기 위해 강을 오르내린다. 호탄 일대에서는 광산에서 옥을 캐는 것이 아니고 홍수에 휩쓸려 내려온 옥을 줍는 것이다.

이렇게 모인 옥은 옥 전문 유통 상인인 월지인들이 둔황의 북서쪽 옥문관으로 가지고 갔다. 당시 옥문관(위)에는 실크로드 요정(?)이 성업 중이었다고 야사는 전한다. 옥문관에서 옥을 선별한 다음 등급별로 중원으로 보내졌다. 중국 왕실에서는 호탄의 옥으로 옥새(玉璽)도 새겼다.

마른 건과류를 팔고 있는 호탄의 아름다운 미인

옥의 도시답게 거대한 옥의 원석을 탑 위에 전시해 놓았다. 아래 문장은 '다섯 개의 별이 동방에서 나와 중국을 이롭게 한다(五星出東方 利中國)'고 명문(銘文)되어 있다.

우루무치에 있는 카스하 호탄옥의 전문점 간판

옥의 교역(交易)은 월지인[月氏人]들이 주도해서 중국에 옥을 팔거나 비단으로 바꾸어 서방에 팔기도 했다. 그래서 호탄은 삭막한 사막 가운데서 유독 풍요로운 역사를 간직한 곳이다.

옥에 열광하는 중국인들, 여성의 비밀스런 옥문(玉門)의 유래

호탄 시내는 당나귀나 노새, 조랑말이 끄는 수레와 차가 뒤섞여 다녀 아직까지 과거와 현재가 공존한다. 이 수레는 주민들의 자가용 승합차 역할을 하고 면화나 옥수수 밀 등 특산품이나 귀중한 채소, 과일을 운반하고 파찰[巴扎, Bazzar의 중국식 音借, 시장]로 싣고 가기도 한다.

중국인들만큼 옥을 좋아하는 사람들도 없는 것 같다. 중국인들의 옥에 대한 사랑은 도착적이고 광적이며 열정적이고 종교적이기까지 했다. 왕(王)이 옆에 두고 있는 것이 옥(玉)이었다. 왕 옆에 고이 두고 국책을 결정하고 승인하는 직인이 호탄의 옥으로 만든 옥쇄(玉璽)였다. 천상의 왕을 옥황상제(玉皇上帝)라 했다. 인의예지신(仁義禮智信)을 학이시습(學而時習)하고 널리 홍익인간(弘益人間)하기 위해 글을 배워야 했다. 이때 필요한 한자 자전을 옥편(玉篇)이라고 했다. 이렇게 가장 높고 귀하고 소중한 것에 玉이 들어가는 말을 썼다.

여성의 비밀스러운 문을 '옥문(玉門)'이라고 한 사건에 이르러서는 경악을 금치 못하게 한다. 여성들의 은밀한 문에 최상의 문자를 헌정(獻呈)한 것에 대해서 여타의 세계인들은 말할 수 없는 열등감에 빠졌다고 전한다. 이것은 중국인들의 페미니즘(feminism, 여권주의)의 수준을 이야기한 것이었다. 동서고금 모든 인류가 나온 그 위대하고 거룩한 문의 이름을 옥문(玉門)이라고 작명한 것에 대해 이의를 달 사람은 아무도 없으리라. 딱 한 명이 있긴 있다. 어머니 배를 째고 나온 줄리어스 시저가 바로 그 자이다. 후세 사람들이 배를 째고 출산하는 수술을 '시저의 수술(Cesarian Operation)'이라 네이밍했다.

9마리의 용이 조각된 청 건륭제의 옥쇄는 최근 한 경매에서 260억에 낙찰되었다.

이 성스러운 문을 통해 태어난 아기들을 옥동자(玉童子)라고 하였다. 고래로 귀한 딸을 낳았을 때 옥(玉)자를 넣어서 작명하는 경우가 많았다. '옥'자가 들어간 이름을 지명수배하면 옥경, 옥녀, 옥님, 옥란, 옥례, 옥분, 옥순, 옥자, 춘옥 등등 너무 많아 헤아리기 어려울 지경이다. 당 현종은 며느리를 후궁으로 만들었다. 경국지색(傾國之色) 양귀비의 본명도 양옥환(楊玉環)이었다. 비비인형이 아닌 비비(肥妃)였다. 현대의 미의 기준으로 보면 뚱뚱한 몸매와 통통한 볼을 지닌 D컵의 요부(饒婦, 넉넉할요)였다. 그녀는 당시 미의 기준을 바꿔놓았다. 8

카라코람하이웨이의 Upper 훈자로 가면서 만난 여근곡 (女根谷)

세기 당나라 여인상은 볼살이 많고 풍만한 몸매를 한 '마오쩌둥'이었다.

달의 월정(月精)이 응결이 되면 옥(玉)이 된다고 생각한 중국인들에게 항아(嫦娥, 달 속의 선녀)의 전설이 있었다. 미국의 달착륙 우주선 계획은 달의 여신 아르테미스의 쌍둥이 남매인 '태양의 신, 아폴로'의 이름을 딴 Apollo프로젝트였다면, 중국은 2017년까지 달착륙 우주선 계획을 '달 속의 선녀' 이름을 따서 항아공정(嫦娥工程)이라고 했다.

중국 옥 4대 명산지가 있는데 섬서의 남전옥(藍田玉), 하남의 독산옥(獨山玉), 요령의 수암옥(岫岩玉) 그리고 우전의 호탄옥[和田玉]인데 백옥(白玉)이 많이 산출된다.

옥불탁불성기(玉不琢不成器) 옥은 다듬지 않으면 그릇이 되지 못하고

인불학부지도(人不學不知道) 사람은 배우지 않으면 도를 모른다

시고고지왕자(是故古之王者) 이런 고로 옛날에 왕된 자는

건국군민교학위선(建國君民敎學爲先) 나라를 세움에 임금과 백성은 가르치고 배우 는 것을 우선으로 삼았다

― 〈禮記,學記篇〉

호탄의 양잠역사

아침나절 온통 자전거를 타고 호탄 시내를 배회하면서 망중한을 즐겼다. 이 오지 서역남로 호탄에 언젠가 느린 걸음으로 다시 오고 싶다. 이 오아시스 지역은 태생적인 한계 때문에 세월이 가도 크게 문명화되기 힘들고 발

육도 더딜 것 같다.

7세기 중엽 당나라 현장 스님은 불교 교리에 정통했다. 현장 스님은 실크로드를 통해 인도에 가서 불경을 구해온 후 역경 사업에 평생을 바쳤다. 629년 장안을 떠나 톈산남로를 거쳐서 인도에 갔다가, 돌아올 때는 서역남로를 거쳐서 둔황에 머물다 645년 17년 만에 장안으로 돌아왔다. 바로 불경의 역경 사업을 하고 한편 17년 동안 128개국을 지나면서 보고 들은 것들을 구술하여 제자에게 기록하게 해서 『대당서역기(大唐西域記)』12권을 완성하였다. 여생을 역경 사업에 다 바쳤다. 이렇게 실크로드는 단순히 비단, 차, 옥, 보석 등의 물건만 오간 것이 아니라 인류의 정신문명도 교류한 길이었다.

그의 『대당서역기』에는 '중국 공주가 잠종(蠶種)을 모자에 숨겨서 호탄으로 출가했다'는 기록이 나온다. 탐험가와 고고학자, 약탈자와 장물아비라는 다중인격체로 평가 받는 오랄 스타인이' 견왕녀도(絹王女圖)'를 이곳에서 발견했다는 것은 우연한 일치가 아니다. 인도로 불법을 구하러 갔다가 돌아오는 길에 구살단나국(瞿薩旦那國, 우기국, 호탄국)에 들른 현장은 『대당서역기』에 다음 전설을 기록하고 있다.

『옛날 이 나라는 뽕나무를 심고 누에를 기르는 법을 몰랐다. 왕은 동국에 누에가 있다는 소문을 듣고 사신을 보내 구하기로 했으나, 중국의 황제는 종자의 외국 유출을 엄격히 통제하고 있었다. 왕은 잠종을 얻어내기 위하여 정략적으로 황실과 결혼을 청한다. 그 속내를 알 수 없는 중국 황제는 기꺼이 승낙했다. 미래의 왕비를 맞으러 간 사신은 왕의 분부대로 예비 왕비에게 "우리나라에는 누에 종자가 없으니 비께서는 친히 휴대하셔서 옷을 지어 입으소서"라고 간한다. 그러자 공주는 누에 종자를 구해서 모자 숨 속

에 감추고 무사히 변방 검색을 통과해 드디어 우기에 종자를 가져왔다. 왕
비는 누에고치 살상을 금지하는 법과 양잠이나 비단 짜는 법을 돌에 새겨
보급했다.』

이 지역에 양잠이 전달된 것은 후한 시대로 3세기 이전으로 추정된다. 6세
기 중엽 네스토리우스교[景敎] 사제가 인도 북부에서 누에고치를 지팡이 속
에 숨겨 콘스탄티노플을 거쳐 로마로 반출해서 서구에 양잠법이 알려졌다.
12세기에는 시칠리아 섬까지 퍼진다. 인도를 순례하고 돌아온 사제는 지
팡이 속에 잠종을 숨겨왔듯이 14세기 중엽 원나라에서 붓 뚜껑 속에 목화
씨를 숨겨와 우리나라에 목화를 처음 재배한 사람이 문익점이었다. 중국어
絲(si)가 서양에서 '세리카'가 되었다가 실크(silk)가 되었듯이, 絲(si)가 우리나라
에 와서 '실'이 되었다.

호탄의 비단, 뤄푸의 아이더라이쓰

고대부터 비단 짜는 직조 기술이 발달해서 '비단의 고향'으로 불렸다. 지금
도 수제 비단 짜는 공장들, 카페트를 짜는 공장도 많다. 호탄에서 서역남로
를 따라 동쪽으로 23km를 간 뤄푸[洛浦]현은 위룽커스하[玉龍喀什河, 白玉河]를 따
라서 뽕나무밭이 있어서 집집마다 누에를 치고 이미 1천 년 전부터 비단을
짰다고 하는데 이 비단이 유명한 아이더라이쓰[艾德萊斯] 비단이다.
뤄푸에 도착하기 전까지 서역의 미인처럼 늘씬한 포플러나무 숲길을 따라
달린다. 뤄푸현은 신장에서 양잠을 가장 많이 하는 곳이다. 호탄의 동쪽으

로 흐르는 위룽커스하의 녹색 지대에 뽕나무밭이 있어 집집마다 누에를 친다고 한다. 이곳에서는 1천 년 전부터 여인들이 손으로 직접 비단을 짰다. 여기에서 생산되는 색채가 화려한 아이더라이쓰 수제(手製)비단은 기계로 짜는 공장(工場)산에 밀려서 그 명맥이 풍전등화(風前燈火)처럼 명멸하고 있단다.

뤄푸현에서 북쪽 사막으로 10km를 더 가 사막과 마을의 경계선에서 30분 정도 사막을 향해 걸어가면 11세기 이슬람 선교사 묘지에 세운 '이마무아스 신전'이 나온다. 신발을 신고 걸으면 자꾸 모래가 들어가니 차라리 신발을 벗고 맨발로 부드러운 모래를 밟고 간다.

누에고치 1개가 4km의 실을 만든다고 한다. 정말 세세(細細)하게 가늘고 아득히 길다. 이 '실'이란 우리 말과 絲(si, 실 명주실)란 한자어는 수많은 장사꾼들의 입을 거치면서 세리카(serica)가 되고 나중에 앵글로색슨어로 실크(silk)가 되었다. 비단이 로마에 처음 등장했을 때 '세리카'였다고 한다.

앞에서 말했지만 실크로드[비단길]란 말을 처음 쓴 사람은 19세기 지리학자이자 베를린대 교수인 리히트호펜이다. 실크로드는 중국과 서양을 연결하는 모든 교역로를 통칭한다. 로마인이 비단을 처음 안 것은 BC1세기 극동아시아와 유럽 사이에 교역이 이루어지면서라고 한다. 그러나 이 당시 로마인들은 비단이 어느 나라 산물인지 전혀 모르고 있었다. 그들은 세계의 끝 먼 나라에 위치한 '세르'[이 말 역시 絲, si에서 유래한 말로 비단]인의 나라에서 온 것으로만 알고 있었다. '세르'란 단어를 생각하면서 그 '실'에 연결되어 지금까지 이어져 온 역사의 영고성쇠를 생각해 본다.

기계식이 아닌 수공으로 양탄자를 짜고 있는 여인의 모습

부부로 보이는 위구르인 남녀가 독특한 방식으로 실을 잣고 있다.

호탄의 카페트

위구르족은 청춘남녀가 결혼할 때 상대방의 집에 양탄자를 하나씩 보내는 풍속이 있다. 이곳 건조한 무슬림들의 가정을 방문해 보면 카페트는 생활 필수품이라는 것을 알 수 있다. 모든 가정의 모든 자리에 양탄자가 있다. 그리고 하루에 다섯 번 메카를 향해 기도할 때도 이 양탄자 위에서 이루어진다. 이슬람 사람들의 매트리스가 양탄자이다. 그렇다면 '양탄자 위에서 이슬람문명은 이루어졌다'는 어느 사가의 주장은 허언이 아닌 것 같다. 『알라딘과 요술 램프(Aladdin's Wonderful Lamp)』에 나오는 '날으는 양탄자(Flying Carpet)'는 아라비아 사람들의 자유와 꿈을 태우고 갈 UFO(미확인 비행물체)이다.

양탄자는 '양(洋)+담자(毯子)'가 음운 변화를 해서 '양+탄자'가 되었다. 담자(毯子)는 담요로 '탄자'가 되어 국어화한 것이다. 양탄자는 융단(絨毯, carpet)이라고 한다. 결혼식에 서로에게 보내는 예물인 만큼 이곳 양탄자는 고급스럽고 비싸다. 그러나 이제 이런 수공 제품들은 더 깔끔하고 아름다우며 질이 좋으면서 값이 싼 공장의 기계제품에 밀리고 있다. 카페트를 짜는 여인들의 손길과 숨결은 이제 점점 멀어져가고 있다.

흉노족, 중국 4대 미인 그리고 로마 귀부인들

비단옷은 신체를 보호할 수도 없고 부끄러움마저 가릴 수 없는 옷이다. 그 옷을 한 번이라도 입어본 여성이라면 마치 자신이 벌거벗고 있는 것 같은 느낌을 받는다. 바로 이 천이 침실에서 조차 남편에게 자신의 몸을 보여주기를 꺼리는 부인네들이 공공연하게 자신의 몸매를 드러내기 위해 막대한 돈을 들여가며 상인을 부추겨 먼 미지의 나라에서 가져온 것이다.

— 세네카, 『행복론』 중에서

비단의 전달자, 흉노족

사실 중국을 최초로 통일(BC.221)한 진시황은 황하 유역에 수시로 출몰해서 약탈과 파괴를 일삼던 흉노족을 막기 위해 중국 북쪽에 동서를 가르는 성

위구르 족의 소작농 노인 꾸얼반 옹(翁)은 나귀가 끄는 수레를 타고 1년여 걸려 북경의 중난하이(中南海)에 가서 마오쩌뚱을 알현(謁見)한 것을 기념한 동상. 뒤 쪽으로 붉은 오성기와 이슬람풍 돔 지붕이 보인다.

벽을 쌓은 것이 만리장성이었다. 그러나 흉노족은 2세기 무렵 막강한 세력을 형성하면서 한나라를 압박하였다. 한나라는 "채찍과 당근" 중 '채찍'을 사용하여 무력으로 물리치려 했으나 실패로 끝나자, '당근'을 동원하여 정략결혼과 여러 가지 진귀한 조공품을 보내서 평화를 유지했다. 공주를 결혼시키는 정략(政略)결혼은 국가가 위기에 처할 때마다 쓰는 고도의 인해전술이었다. 그래서 평화 시에도 황제들은 풍요 다산(豐饒多産)하도록 후궁을 여럿 두고 축첩(蓄妾)하는 것을 합리화한 정책이라고 어느 사가(!)는 평가했다. 흉노는 1년에도 여러 차례 조공(朝貢)을 요구해 해가 갈수록 진귀한 물건과 귀중품, 비단 보따리들이 건네졌다. 이렇게 쌓인 귀중품 중에 쌀이나 술은 자체 소모를 하였지만 나머지 '개 발에 편자' 같은 진귀한 물건들은 서쪽 다

157

른 유목민들과 물물교환을 하면서 차츰 서양으로 전달되었다. 이런 평화조약에도 불구하고 흉노족은 계속 더 많은 조공품을 요구하면서 위협하니 한나라로서는 좌불안석(坐不安席)이었다.

결국, 한나라는 흉노와 적대적인 민족을 찾아 동맹을 맺은 다음 흉노를 협공할 전략을 세우게 된다. 이 시기에 중국과 서양을 오가는 비단상인들의 여행이 시작되었다. 흉노족들이 서쪽으로 향해 가서 훈족이 되었다고 한다. 이들은 초원에 먼지를 일으키며 달려가 덩치 큰 게르만 얼간이(!)들을 위협해서 민족대이동을 하게 했다. 그래서 결국 로마를 멸망(476)하게 만들었다. 헝가리는 훈족[Hun→Hungary]이 세운 국가라고 한다. 흉노와 훈, 발음이 비슷하지 않은가?

비단옷을 입은 중국의 4대 미인

북방유가인(北方有佳人) 북방에 있는 가인

절세이독립(絶世而獨立) 절세에 홀로 우뚝 서니.

일고경인성(一顧傾人城) 한번 돌아보니 기우는 사람 성

재고경인국(再顧傾人國) 다시 돌아보니 기우는 사람 나라

영부지경성여경국(寧不知傾城與傾國) 어찌 모르겠냐만 기우는 성과 기우는 나라를

가인난재득(佳人難再得) 가인은 다시 얻기 어렵다네.

—이연년(李延年), 〈가인곡(佳人曲, 영화 戀人 OST)〉

양귀비는 아주 효과가 크고 빠른 마약인 아편의 원료. 인공의 낙원을 만들어 주는 이 꽃에 중독되면 짧은 행복과 긴 고통이 뒤 따른다. 그래서 치명적 여인(致命的, femme fatale)같다고 할 수 있겠다.

중국의 4대 미인은 설이 분분하지만 보통 서시, 왕소군, 초선 그리고 양귀비를 지칭한다. 이들은 나름대로 그냥 예쁘기만 한 것이 아니라 감동적인 역사가 있다.

춘추전국시대의 서시(西施)의 침어(浸魚)

서시는 춘추시대 말기 월나라의 여인이었다. 어느 날 그녀는 강가에서 맑고 투명한 강물에 자신의 모습을 비추어보았다. 물속에 보이던 물고기가 수영하는 것을 잊고 천천히 강바닥으로 가라앉는 것이었다. 사람들은 이것을 보고 서시를 침어(浸魚)라고 불렀다. 오월동주(吳越同舟)로 유명한 월왕 구천(勾踐)의 신하 범려가 '서시'를 오왕 부차(夫差)에게 바쳤다. 부차는 서시와 정사

(情事)에 빠져서 정사(政事)를 돌보지 않아 마침내 오나라는 패망하였다. 그야 말로 경국지색(傾國之色)이었다.

한나라의 왕소군(王昭君)의 낙안(落雁)

한(漢)나라 왕소군은 재주와 용모를 갖춘 미인이었다. 한나라 원제는 흉노와 화친을 위해 왕소군을 흉노왕의 후궁으로 보냈다. 머나먼 서역으로 가다가 고향 생각이 나서 비파를 연주하자 날아가고 있던 기러기들이 왕소군과 악기 소리를 듣고 날갯짓하는 것을 잊고 땅에 떨어졌다고 한다. 이것을 본 사람들은 왕소군을 낙안(落雁)이라고 부르게 되었다

삼국시대의 초선(貂蟬)의 폐월(閉月)

삼국지연의에 나오는 초선은 한나라 대신 왕윤(王允)의 양녀로 용모가 명월(明月) 같고 노래와 춤이 능했다. 어느 날 밤 화원에서 달을 보고 있을 때 구름 한 조각이 달을 가렸다. 왕윤 왈 '달도 내 딸의 눈부신 모습이 부끄러워 구름 뒤로 숨었구나!'라고 해서 초선을 폐월(閉月)이라고 불렀다. 초선은 왕윤의 뜻을 따라 동탁과 여포를 이간질하게 해 동탁을 죽게 만든 후 죽는다.

당나라 양귀비(楊貴妃)의 수화(羞花)

당 현종에게 간택된 여인 양옥환은 현종의 아들의 아내(며느리)였다. 현종은 감히 넘어서는 안 될 치명적인 인륜의 선을 넘어버린 것이다. 환관 고력사는 이 '금기의 여인'을 현종의 술자리로 불러들였다. 만나지 말아야 할 두 사람은 만나자마자 즉시 불이 붙고 감전이 되고 눈이 멀어버렸다.

어느 날 화원에서 꽃을 감상하다 무심코 함수화(含羞花)를 건드렸는데 꽃은

바로 잎을 말아 올렸다. 사람들은 그녀가 너무 아름다워 꽃이 부끄러워했다고 해서 수화(羞花)라 불렀고, 당 현종은 그녀를 '말을 알아듣는 꽃'이란 뜻으로 해어화(解語花)라 불렀다.

앞장에서 설명했듯이 양귀비는 뚱뚱한 미인이었다. 미(美)란 미모만 따지는 것이 아니라 언행(言行)은 물론 기예(樂歌舞), 문장(詩書畵), 성격, 품성 등이 포함된 전체에서 풍기는 매력을 말한다. 기본적으로 비단옷은 감촉이 뛰어나고 몸매를 내비치고 드러나게 한다. 경국지색(傾國之色)의 미인들은 먼저 사람들을 쓰러뜨리고 나중에 나라까지 쓰러뜨린다.

그런 경국지색보다 〈세월이 가면〉이라는 마지막 시를 남기고 일주일 후에 세상을 등진 박인환의 시구처럼 '그 사람 이름은 잊었어도 눈동자와 입술은 남아 있는' 그런 미색(美色)을 생각해 본다!

비단에 매료된 로마 귀부인들의 알몸

쇠락해가는 로마에서 사치풍조가 극에 달할 때 비단은 필수불가결한 상류층의 유행상품일 수밖에 없었다. 비단은 아마포나 양모보다 가볍고 얇으며 질기고 감촉이 뛰어나서 비단옷을 입어본 여성들을 매료시켰다.

세네카나 폴리니우스 같은 사람들은 비단을 수입하면서 생긴 막대한 재정 지출이 로마제국을 쇠퇴하게 한 원인이라고 비난했지만 시정되지 않았고 로마 원로원에서도 수차에 걸쳐서 비단 수입을 금지하기도 했지만 막을 수 없었다. 특히 여성들이 아름다움을 향유하고, 은밀한 관능을 지향하는 본능을 금지하는 법은 동서고금 성공한 예가 별로 없었다. 법률을 제정하고 결정하고 실행하는 자들 그 위에는 반드시 여성이 군림하고 있었기 때문이다.

실크로드를 가면서 거대한 China(중국)는 모든 것을 담아 버리는 거대한 china(도자기)라는 생각이 들게 한다. 세계의 중심이라는 중화주의(中華主義)는 모든 것을 녹여버리는 도가니(Melting Pot)라는 생각이 들게 한다. '실'과 '絲(si)'처럼 아득하게 긴 것이 실크로드이다. 길 위에 서서 길보다 더 긴 인류와 자연의 역사, 영고성쇠 등 그 시공을 초월한 '길 없는 길'을 생각해 본다. 그래서 길을 생각하는 호모사피엔스의 지향은 결국 Tao(道)를 향하리라.

차이나와 비단 나라

진(秦·Chin, Th'in, BC221~202)의 고대 중국발음의 음사(音似)인 'Cina'나 'Sina'에서 'China'란 단어가 나왔다는 것은 보편적인 상식이다. 17세기 오스트리아 출신 예수회 선교사 '마르티노 마르티니'가 1655년 제작한 '중국신지도'에서 "시나(cina, china)라는 음사는 진(秦)에서 유래했다"고 한 이래 정설로 여겼다. 기원 전후 그리스·로마의 역사지리학자들도 중국을 '티나이(Thinai)'나 라틴어 '시나이(Sinæ)'라고 했다. '라틴어 Sinæ와 그리스어 Sinai에서 '팍스 시니카(Pax Sinica, 중국에 의한 평화)'나 '시놀로지(Sinology, 중국학)'가 유래되었다.

그러나 진나라가 있기 전부터 페르시아와 인도에서는 중국을 지칭하는 말로 '진('Cin)'이나 '시나(Cina)'란 용어가 쓰였다고 한다. 그런데 '시나(Cina)'라는 말은 대부분 '비단'과 관련된 것이 관찰된다. 이와 관련 깐수(정수일) 박사는 "중국 상(商)·주(周) 시대부터 비단 견직품 중에서도 무늬 비단인 기(綺)가 유명했고 그 음이 '치'나 '지'여서 '진('Cin)'이나 '지나('Cina)'란 중국명이 음사된 것으로 보는 학자들이 적지 않다"고 말했다. '차이나'란 단어는 중국 진나라에서 유래된 것이 아니라 비단의 일종인 기(綺, 무늬 비단)에서 유래했다는 주장 또한 제기되고 있다.

케세이 퍼시픽(Cathay Pacific)항공사의 케세이가 중국을 지칭하는 용어로 잘못 알려졌다. '케세이'는 '거란족(契丹族)'의 전사음에서 유래했다. 현대 러시아어에 중국을 가리키는 '키타이(Китай)'도 잘못된 것이다. 안 그래도 만주 일대를 자국 역사로 편입하려는 동북공정에 혈안이 된 중국을 앞장서서 도와주는 꼴이 된다. 잘못된 오류가 거란족을 중화(中華)시킬 수 있다는 점을 지적한다. 그러면 우리 민족의 주 무대였던 북방의 고조선 부여 고구려 등의 북방 역사가 자연스럽게 중국역사가 돼버릴 수 있다.

로마 시대에 중국을 지칭하던 '세레스(Seres)'나 '세라(Sera)'는 '비단 국민', '비단 나라'라는 뜻이라고 한다. 로마인들은 비단의 나라 세르국과 BC221에 세워진 진시황의 秦(qin)에서 유래가 된 티나이'가 서로 상관이 없는 것으로 알고 있었다. 이 당시 로마와 중국은 직접 교역은 없었다. 그러나 로마인들은 BC.64년 시리아를 정복한 다음 중앙아시아 대상무역을 독점하던 파르티아와 우호 관계를 맺으면서 처음 비단을 알게 되었다. 비단은 중국과 서양 간에 교역한 여러 가지 산물 중에 최초의 상품으로 기록되었다.

위구르 장인들의 놀라운 솜씨

인간은 사회에서 어떠한 사물을 배울 수 있을 것이다. 그러나 오직 고독 속에서 영감을 얻을 수 있다. 재능은 고독 속에 이루어지며, 인격은 세파 속에서 이루어진다.

— 괴테

주조와 단조

실크로드를 따라가다 보면 장인들의 솜씨와 숨결을 느끼게 하는 우리식 방짜유기를 만드는 방법으로 제작된 주전자 대야 그릇 등 생활도구들을 많이 볼 수 있다. 여기에도 성남 모란시장 같은 장이 있다. 그곳에서 가장 강렬한 인상을 보여주는 풍경이 있었다. 쇠를 이용하여 용도에 맞게 모양을 만드

현대식 위구르 대장간이다. 쇠를 숯불에 불리고, 망치질로 단련하고, 물에 담가 담금질을 하는 과정이 기본이다.
필요한 물건을 만들기 위해 자르고 두들기고 갈고 용접해서 도구를 완성해 간다.

위구루인 장인들의 나무 다루는 기술 또한 아주 정교하고 깔끔한 솜씨를 보이고 있다.

는 대장간이다.

고전적인 방법으로 주조(鑄造)와 단조(鍛造)가 있다. 주조는 형틀을 만들어 쇳물을 부어서 식힌 것이다. 주조한 물건을 주물(鑄物)이라고 한다. 무쇠솥도 주조한 물건이다. 이 방법은 대량생산을 할 수 있는 아주 편리한 방법이다. 붕어빵을 굽듯이 거푸집(鑄型)을 만들어서 쇳물을 붓고 식히는 것을 반복하면서 찍어내면 된다. 뜨거운 불에 금속을 녹여서 주형에 주입하여 성형한 것이다. 주물은 기계구조 대부분을 차지한다. 주철주물이 가장 널리 사용되고 소재에 따라 가단주물, 강주물, 구리합금주물, 경합금주물 등이 있는데 카슈가르나 호탄 등지에서 쉽게 볼 수 있는 풍경이다.

그러나 단조(鍛造)는 좀 다르다. 단조는 쇠를 단련(鍛鍊)하는 것이 필요하다. 단조(鍛造)는 숯불에 불린 쇠를 모루(鐵砧) 위에 놓고 망치로 두들겨서 용도에 맞게 넓게 길게 펴고 구부리며 여러 번 접어서 목적하는 형상을 만들어 나간다. 호미, 낫, 쇠스랑, 괭이, 식칼 등도 숯불에 철을 불려서 집게로 집어 모루 위에 놓고 망치로 두들겨 단조한 후 물에 담금질하는 것을 반복한다. 이 실크로드를 따라가다 보면 장인들의 땀과 숨결이 배어 있는 훌륭하고 실용적이며 튼튼한 단조제품들이 많다.

기원전 청동 시대, 주조(鑄造)

청동(靑銅, Bronze)은 구리(銅)를 기본으로 주석(tin, Sn)을 합금한 것을 말한다. 구리(Copper, Cu)를 동(銅)이라고 한다. 주석이 10% 정도 합금된 것으로 단단해서 주물 주조에 쓰인다.

기원전 신석기시대에서 철기시대로 가는 중간의 가교가 청동기시대이다. 청동은 역사가 아주 오래되었고 중앙아시아도 우리와 대동소이하다. 안성맞춤이라고 알려진 주물유기(鍮器)는 쇳물을 녹여서 그릇의 형태를 뜬 주조(鑄造)를 말한다. 우리 보신각종, 에밀레종(성덕대왕신종), 미국의 '자유의 신종', 요령, 워낭 등 모든 종들도 주조한 것이다. 세종로의 이순신 장군과 세종대왕, 김구 선생 동상, 로댕의 '생각하는 사람', 브뤼셀의 '오줌 싸는 소년' 등도 전부 청동이다. 동메달,

거대한 찻주전자는 푸른 녹이 슨 청동기

동전, 장신구, 촛대, 향로를 위시한 생활용품도 전부 청동을 주조한 제품이다. 고대에 비파형동검, 세형동검, 다뉴세선문경 등도 청동으로 만든 산물들이다.

기원후 황동 시대, 단조(鍛造)

황동(Brass)은 구리(銅)를 기본으로 아연(zinc, Zn)을 합금한 것을 말한다. 부드럽고 연성이 있는 놋쇠를 황동(黃銅, 구리에 아연10~45%를 넣은 합금)이라고도 하며 금빛을 띠어 장식품 제작에 많이 이용된다. 황동은 청동과 달리 역사가 매우

시시케밥을 굽는 황동으로 된 구조물

짧다. 아연(Zn)이 발견된 16세기에 처음 인공적으로 만들어졌다.

황동은 우리 말로 놋쇠라 하고 일본말로는 '신주'라고 한다. 이 황동 제품이야말로 개개인 장인들의 솜씨를 엿볼 수 있다. 호탄에도 이런 방짜 단조제품들이 많이 있고 아직도 장인 아래에서 도제식으로 배우고 있는 청소년들이 많다. 우리 선조들도 이 놋쇠를 직접 두드려 방짜 유기를 만들었다. 놋쇠로 만든 가장 많았던 제품이 놋그릇이었다.

놋쇠를 불에 불려서 입이 넓은 그릇, 대야, 물통, 찜통, 주전자 등을 두들겨서 만든다. 소위 말하는 '불림, 망치질, 담금질'을 반복해 나간 것이다.

일반적으로 두들긴 매 자국이 남은 방짜(方字) 유기라는 것도 단조에 속한다. 유명한 장인 방씨(方氏)의 제품이 일반 명사화되어서 방짜유기라고 부른다. 실제로 초창기에는 그릇 밑바닥에 방씨 성을 가진 사람이 만들었다는 표시로 '방(方)'자가 찍혀 있는 것도 있었다. 그러나 세월이 가면서 방짜(方字)유기는 일반 명사화되면서 망치의 매자국이 모가 나는 것(모날 방, 方)을 모두 방짜 유기라고도 부른다.

방짜유기는 만드는 사람에 따라 합금의 비율이 조금씩 다르다. 놋쇠는 독성이 없으므로 식기로 사용하며 놋그릇이라 부른다. 해방 후 제상에 올라가는 그릇들이 대부분 놋그릇으로 제사 전날 놋그릇을 닦았다.

반(半)방짜는 주물과 방짜를 반씩 병행한 것도 있다. 유기는 주조, 방짜유기, 반(半)방짜유기 등 3가지로 분류한다. 이 중 놋쇠를 '망치로 두들기고 펴서 모양을 만드는 방짜유기'의 제작이 가장 어렵고 힘든 만큼 으뜸으로 친다. 종류로는 식기, 대야, 요강 등 생활용품과 징, 꽹과리 등 풍물용 악기에 이르기까지 고루 쓰였다.

소리를 부르는 시대, 향동(響銅)

꽹과리나 징 같은 타악기는 질 좋은 놋쇠인 향동(響銅)을 잘 두들겨서 만든다. 다른 모든 방짜 제품보다는 최고의 기술과 장인정신과 전문성을 요한다. 모양보다는 제대로 된 소리가 나오게 하는 것이 핵심기술로 소리를 만들어 나가는 것을 '울음깨기' 공정이라고 한다. 여기서 음색을 만드는 데는 장인의 솜씨도 중요하지만 계절 지역 합금 비율 등에 따라 달라진다. 구리를 기본으로 아연의 함유량이 징·꽹과리 등의 소리를 만드는 가장 중요한 비법이고 또 적은 양의 금이나 은을 섞는 것으로 음색의 변화를 주기도 한다. Brass가 놋쇠 황동 등을 말한다. 브라스 밴드(Brass Band)의 트럼펫, 호른, 색소폰 등은 놋쇠 종류이고 향동이다.

2부 |

서역남로에서
타클라마칸 사막으로

즐거운 것은 맥주이고, 괴로운 것은 나그네 길. 수메르의 문명인들은 먹고살만하니 문명의 상징(!)이랄 수 있는 술도 만든 것 같다.

즐거운 건 맥주고, 괴로운 건 나그네 길

여행은 힘과 사랑을 그대에게 돌려준다.

어디든 갈 곳이 없다면

마음의 길을 따라 걸어가 보라.

그 길은 빛이 쏟아지는 통로처럼

걸음마다 변화하는 세계,

그곳을 여행할 때 그대는 변화하리라.

— 잘랄루딘 루미(회교 신비주의 시인), 〈여행〉

넘치는 보리수확물 중 남는 것은 술을 빚다!

인생에서 괴로움이 없으면 즐거움도 없다는 상대성이 반드시 존재한다. 땀을 흘리고 노동에 지친 자에게 맥주는 달콤한 환상이다. 신강의 맥주는 참 맛이 있다. 맥주 하면 중국에서는 칭다오맥주를 이야기하지만 이곳 사막의 신장맥주는 더욱더 맛이 있다. 경험상 중국에서 음식과 술맛은 어디를 가나 뛰어나다.

'즐거운 건 맥주고, 괴로운 건 나그네 길'이란 제목은 맥주 광고 문구로 써도 손색이 없을 정도로 아주 뛰어난 멘트라고 할 수 있겠다. 그러나 이 말의 원조는 지금부터 5천 년쯤 전 유프라테스 강과 티그리스 강 하류의 메소포타미아 문명으로 거슬러 올라간다. 여기에 고대 도시를 건설했던 수메르인 중 누군가가 쓴 낙서(?)라고 한다. 수메르의 문명인들은 먹고 사는 의식주를 초월하여 문명의 상징(!)인 술도 만들었다. '즐거운 건 맥주이고, 괴로운 건 나그네 길'이란 명언(!)을 남길 정도로 수메르인들은 풍부한 인생경험과 맥주에 대한 사랑과 풍류가 거품처럼 흘러넘치는 느낌이 든다.

수메르인들이 맥주를 즐기게 된 건 그들의 뛰어난 보리 경작기술과 관련이 있다고 한다. 중세 유럽인들의 주식인 밀 수확량은 씨 뿌리는 파종량의 5~6배를 넘기 힘들었다. 고대 로마제국 기록을 보면 이탈리아 반도에서 밀 수확량이 파종량의 4배 이상 되는 경우가 거의 없었다고 쓰고 있다. 1되를 뿌리면 많게 4되를 수확할 수 있었다. 다음에 뿌려야 할 종자를 빼면 3되가 남는 셈이다.

더욱더 이태리 반도에서 북쪽으로 알프스 산맥을 넘어 유럽은 농사 짓기에는 무척 척박한 땅으로 알려져 있다. 그래서 척박한 땅에서 힘들게 살던 그들은 목축하던지 항해술을 발달시키고 전쟁을 일으키는 등 외부로 시야를 돌렸다. 그런데 고대 수메르인들은 뛰어난 농사꾼들로 파종량의 약 80배에 이르는 최고 수확을 올렸다는 점토판 기록도 있다. 수메르인들의 통상 수확량은 파종량의 20배 정도였다고 하는데, 이것은 유럽에서는 18세기에 이르러서야 비로소 파종량의 20배 정도를 수확할 수 있었다. 유럽인들이 18세기에 와서야 가능한 수확량을 수메르인들은 당시에 이미 수확할 수 있었다는 말이다.

참고로 쌀은 대체로 뿌린 볍씨 파종량의 40배를 수확하고, 보리 밀 같은 맥류(麥類)는 쌀의 절반인 20배 정도라고 한다. 통상 쌀 수확량이 밀과 보리보다는 2배 정도 많다. 일반적으로 활동과 보온과 안전에 필요한 의복(衣服), 먹기 위해서 또는 살기 위해서 필요한 음식(飮食), 외부 침입으로부터 보호하고 편히 쉬고 잘 수 있는 주거(住居)인 의식주가 바탕이 되어야 했다. 이런 의식주가 충족해야 생산이 늘고 인구가 늘어서 문명의 발전이 가능했다. 메소포타미아 지역은 따뜻하고 비가 적게 와서 의복과 주거의 문제가 추운 북쪽에 비해서 훨씬 덜했다. 그리고 농사를 잘 지어 수확량이 풍족하면 기근(飢饉)과 기아(飢餓)에서 자유롭고 여유가 있었다. 역사가들에 의하면 이러한 풍요 넘치는 생산물로 술을 담았다고 한다.

인간이 마신 맥주와 신이 마신 포도주

맥주를 처음 마신 이들은 어느 나라 사람일까? 많은 이들이 독일인들을 떠올리겠지만 사실 맥주는 기원전 4000년경 메소포타미아의 수메르 인들에 의해 처음 만들어졌다. 먼저 보리를 빻아 '맥주 빵'을 만든 다음, 이 빵을 부수어 물을 붓고 그것을 자연 발효시킨 뒤에 걸러내는 방식으로 만들었다. 이후 기원전 3000년경에는 이집트 나일 강 부근에서도 대맥(大麥)을 수확해

비옥한 초승달 지역
터키
유프라테스강
시리아
티그리스강
이란
이라크
요르단
사우디아라비아
인류 최초의 고등한 문명이 발생한 곳으로 맥주와 포도주 더 나아가 증류주의 시원이 된 아락(Arak)도 이 곳에서 탄생했다.

맥주 양조를 했다. 이 기술은 이후에 그리스와 로마로 전파되었다. 바빌로니아의 함무라비 법전에 맥주에 관한 내용이 있고, 고대 이집트 피라미드에는 맥주 양조장면을 묘사한 벽화가 있어 맥주가 당시 중동지역의 일상적인 음료였음을 짐작하게 한다. 맥주는 성질이 서늘하고 갈증을 없애주므로 사막에 어울리는 음료라고 할 수 있다. 맥주가 아니었으면 피라미드건설이 불가능했다고 주장하는 후세 사가들이 많다.

포도를 작물로 재배해 최초로 포도주를 만든 것 역시 메소포타미아 지방에서 유래했으며 포도주는 주로 국왕이나 귀족을 위한 음료였다. 서양 속담에 "맥주는 사람이 만들고, 와인은 신이 만들었다"는 말이 있다. 맥주는 보통사람이 마셨고 포도주는 귀족들이 마셨다. 맥주와 포도주의 관계를 보면 술에도 신분차별이 있었던 것을 알 수 있다. 맥주는 물이 필요하지만, 포도주는 물이 한 방울도 들어가지 않는다. 포도주를 증류한 브랜디(코냑)는 에센스 중의 에센스라고 할 수 있다. 세계적으로 포도나무의 종자는 8천 종이지만 와인을 만들 수 있는 포도는 약 50종정도 밖에 안 된다고 한다.

"즐거운 건 맥주이고, 괴로운 건 나그네 길"이다. 좋은 친구와 좋은 대화를 나누면서 취해서 세상을 바라보면 모든 것이 다 아름다워 보이는 것은 옛날이나 지금이나 마찬가지일 것 같다. 그러나 남부여대(男負女戴)하고 또는 육축을 이용해서 먼 길을 걸어서 가는 나그네 길은 지금이나 옛날이나 고달픈 것이 마찬가지였다. "집 떠나면 고생이다"는 말은 동서고금 다 통한다.

인생에서 만나는 괴로움(苦)은 무엇인가?

『맹자』를 읽다보면 "고난에 살고, 안락에 죽는다(生於苦難 死於安樂)"는 구절이 나온다. 고(苦)는 아무래도 인간의 심리를 극적으로 잘 파악한 불교의 해석을 인용할 필요가 있을 것 같다. 이 세상을 고해바다에 비유한다. 우리처럼 조금 낡은 사람들에게는 불교적인 설명이 쉽고 명쾌하게 와 닿는다. 그리고 오랜 세월 살아오면서 모국어 속에 익숙하게 존재하고 있는 용어들이라 친근하다. 불교에서는 인생의 괴로움을 어떻게 파악했을까?

생로병사, 사고(四苦)

불교에는 팔고(八苦)가 있다. 태어나서 늙고 병들며 죽는 생로병사(生老病死)의 괴로움을 사고(四苦)라고 한다. 이 세상에 태어나 삶을 누리는 생(生), 하루하루 육체적 정신적으로 성숙하고 변화하다가 늙어가는 노(老), 갖가지 정신과 육체가 아프고 시달리는 병(病), 급기야 쇠약해진 육체와 정신이 이 세상의 지수화풍(地水火風)과 어울리지 못해서 떠나는 사(死)가 누구나 알고 있는 생로병사이다. 나머지 사고(四苦)가 더 있다.

애별리고

애별리고(愛別離苦)는 사랑하는 사람과 언젠가는 반드시 헤어져야 하는 괴로움이다. 성장한 젊은 영혼들에게 얼마나 눈물을 짜게 하고 가슴을 애이게 하던가?

구부득고

구부득고(求不得苦)는 갖고 싶어 구하나 얻지 못하는 괴로움이다. 이것은 인간의 소유욕이 실현되지 않아서 생기는 괴로움이다. 얼마나 많은 사람들이 어제도 오늘도 내일도 이 구부득고의 고통에서 헤맬까? 그래서 선사들은 '무소유'와 '공(○, 空)'과 '텅 빈 충만'을 이야기했다.

오온성고

오온성고(五蘊盛苦)에서 오온(五蘊)은 안이비설신(眼耳鼻舌身)이다. 이 감각기관들은 모두 다 자기들이 좋아하는 것만을 원한다. 감각의 최전선에서 각각 자신이 좋아하고 즐기며 원하는 것을 보고, 좋은 소리를 들으며, 좋은 냄새 맡거나 숨을 쉬고, 좋은 맛을 보거나 말하며, 온몸에 기분 좋은 감촉을 느끼고 싶어 한다. 이 모두가 달면 삼키고 쓰면 뱉는 감탄고토(甘呑苦吐)를 하면서 시커먼 욕망을 쌓고 담으려고 하지만 이루어질 수 없는 괴로움이다. 이것은 생물학적인 동물의 가장 큰 관능적(官能的)인 욕망에 관한 것이다. 버려야 할 시커먼 욕망이라고 '이성'은 핏대를 올리지만, 차마 버리지 못하겠다고 강변하는 '감성' 사이에서 생기는 괴로움이기도 하다.

원증회고

원증회고(怨憎會苦)는 원한이나 증오하는 것들과 만나는 괴로움이다. 이것은 불행한 일이다. 불행은 결코 혼자 오지 않는다. 인생의 머피의 법칙 같은 것이다. 엎친 데 덮친 일들을 말한다.

이러한 고(苦)가 존재하기에 즐거운 낙(樂)도 있는 것 같다. 쓴맛만 있는 세상처럼 지겹고 괴로운 것이 단맛만 있는 세상이다. 고락이 어울릴 때 서로의 존재 의미를 찾을 수 있다. 내 인생은 8할이 고(苦)였다! 그래서 나는 내가 대하는 고(苦)에 대해서 고맙게 여긴다.

사막의 파수꾼 버드나무

시간의 걸음에는 세 가지가 있다.
미래는 주저하며 다가오고
현재는 화살처럼 날아가고
과거는 영원히 정지하고 있다.

—F.실러

바람이 불면 모래가 흐르고

뤄푸에서 처러[策勒]까지는 74km 정도로 여전히 315번 국도이다. 뤄푸를 벗어나니 모래 자갈사막이 나타난다. 건조한 사막 냄새는 피부로도 감지된다. 끊임없이 나타나는 오아시스, 작은 마을들이 다가왔다 멀어져가는 것

마을 진입로와 인가나 농지가 있는 곳엔 이렇게 늘씬한 나무들이 지키고 있다.

이 흰 돛배를 타고 섬이 많은 다도해를 항해하는 것 같다. 계속 우측 편에서 함께 하던 쿤룬 산맥은 잠시 구름 속에 숨었는지 보이지 않는다. 아스팔트 도로 위에는 바람이 불 때마다 모래가 물결처럼 흐르고 있다. 가슴 저리게 하는 서정이 한 움큼 밀려왔다가 흐르는 모래처럼 산산이 흩어진다. 아, 머나먼 쿤룬 산맥, 아득한 오아시스!

바람에 날리는 가는 모래들이 모여서 대유사(大流沙)가 되어 흐르는 것은 약하고 부드러운 것이 강함을 이긴다는 유능승강(柔能勝剛)과 약능제강(弱能制强)을 증명해 주고 있다. 작은 오아시스 마을과 황량한 자연의 뾰쪽하고 거친 요철에 마음이 찔려 저리고 아파진다. 메마른 이곳에 사는 사람들을 보면 짠한 마음이 가슴을 쓸어내린다. 오아시스의 풍경이 이리 막막한데 사막은 도대체 어떠할까? 이정표는 처러에 가까워졌음을 알려준다. 처러 전에는 백양나무 가로수가 길 양쪽 빼곡히 늘어서서 장관을 이루고 있다. 백양나무 사이로 어느새 서늘한 노래가 흘러나오고 있다.

중국에는 버드나무(楊柳)에 관한 시가 많다. 그리고 지나왔던 나의 오래된 여정(旅程)에 남아있는 라다크, 티베트, 서역남로, 오아시스에도 유난히 버드나무가 많다. 버드나무는 추운 산악지역이나 건조한 고원에서도 잘 자라면서 사막화를 막아주는 역할을 한다.

절양류(折楊柳)와 전선야곡

『훈몽자회(訓蒙字會)』에 양(楊)과 유(柳)를 아주 명쾌하게 정의했다. 가지가 위로 향하는 것을 양(楊)이라 하고, 가지가 아래로 휘늘어지는 것을 유(柳)로 구분하였다.

중국의 시문학에는 유난히 풍전세류(風前細柳)로 휘날리는 능수버들(柳)과 쭉쭉 빵빵 뻗은 버드나무(楊)가 많이 등장한다. 이 길을 따라서 민평에서 좌회전해 사막공로로 들어가지 않고 쭉 직진하면 양관(陽關)에 이른다. 둔황의 외곽 남서쪽에 양관이 있고 북쪽엔 옥문관이 있다. 당나라의 3대 시인으로 이백(李白, 701~762)은 시선(詩仙), 두보(杜甫, 712~770)는 시성(詩聖), 왕유(王維, 700~761)는 시불(詩佛)로 불렸다.

시불 왕유의 자(字)는 왕마힐(王摩詰)로 불교적이다. 시서화(詩書畵)를 겸비한 당대의 지식인으로 그는 '작시위무형지화 작화위불언지시(作詩爲無形之畵 作畵爲不言之詩)라 하여 '시를 짓는 것은 형이 없는 그림이 되고, 그림을 그리는 것은 말이 없는 시가 된다'라는 명언을 남겼다. 왕유의 송원이사안서(送元二使安西)라는 시에 붙인 가곡인 양관곡(陽關曲) 또는 위성곡(渭城曲)을 소개한다.

위성조우읍경진(渭城朝雨浥輕塵) 위성의 아침 비에 적시는 가벼운 흙먼지

객사청청유색신(客舍青青柳色新) 객사에 파릇파릇 버들 색 새롭다

권군갱진일배주(勸君更進一杯酒) 권하노니 그대 다시 들게 한잔 술

서출양관무고인(西出陽關無故人) 서쪽으로 양관을 나서면 아는 이 없나니

— 왕유(王維), 〈송원이사안서(送元二使安西)〉

찬찬히 읽어보면 먼 길을 떠나는 친구를 보내는 석별의 정이 수채화처럼 배어 나온다. 그래서 이 시는 벗과 이별할 때 부르는 대표적 가곡이다. 고등학교 때 배웠던 이 시를 읽으면서 흘러간 세월을 생각한다. 이 시는 남성을 상징하는 양관(陽關)에 대한 버들(≙) 양시(楊詩)이다. 양류(楊柳)를 음양으로 나눈다면 양(楊)은 양(陽)이고, 유(柳)는 음(陰)이다.

옥문관을 노래한 시가(詩歌)인 양주사(涼州詞)가 있다. 여성을 상징하는 옥문관(玉門關)의 버들(우) 유시(柳詩)로 화답한다.

황하원상백운간(黃河遠上白雲間) 황하는 먼 위 흰 구름 사이에 있고

일편고성만인산(一片孤城萬仞山) 한 조각 외로운 성은 만길 산이네

강적하수원양류(羌笛何須怨楊柳) 강족 피리소리는 하필 슬픈 이별곡인가?

춘풍부도옥문관(春風不到玉門關) 봄바람은 옥문관에 이르지도 않았는데!

— 왕지환(王之渙), 〈양주사(涼州詞)〉

둔황은 서역으로 가는 마지막 국경도시였다. 양관이나 옥문관은 국경수비

민평(民豊)에서 타클라마칸 사막으로 들어가기 전에 기름진 토양. 수양버들은 절양류(折楊柳)의 가는 가지로 둥근 환(環)을 만들어 떠나는 이에게 주었다. 류(柳)는 류(留)와 발음이 같아 더 머물러 달라는 상징이고, 둥근 환(環)을 만드는 것은 돌아올 환(還)을 염원한 것이다.

대 성(城)이 있는 곳이다. 여러 오랑캐 이민족들로 국경은 늘 전운이 감돌았고 크고 작은 전쟁도 빈번했다. 이 시에는 황하가 멀리 위 구름 사이에서 흘러나오는 장대한 묘사와 높고 외로운 변방 요새의 풍경이 파노라마처럼 그려진다. 옥문관에 아직 춘풍도 불어오지 않아 버들잎조차 피지 않았는데 강족의 피리소리는 하필 이별하라는 슬픈 절양류(折楊柳)인가? 왕지환은 옥문관을 배경으로 수자리(戌, 국경을 지키는 일) 서는 병사들의 고달픔과 향수를 시로 나타내었다.

한대부터 장안(西安)을 떠나는 사람들에게 버들을 꺾어 둥글게 만들어 이별할 때 건네는 풍속이 유행했다. 버들 유(柳)와 머물 유(留)가 발음이 같아서 떠나는 사람에게 버드나무를 꺾어 주고 늘 마음속에 머물러 있기를 바라는 염원이 있었다고 한다. 둥글게 환(環)처럼 만들어 주는 것은 다시 돌아오라는 환(還)을 의미한다고 한다.

옥문관과 양관은 최전선이었다. 만리장성 동쪽 끝 발해만의 산해관에서 서쪽 끝 가욕관은 제2선 최전방이었다. 제2선 뒤에서 후방지원하는 곳이 양주성(涼州城)으로 도로와 교역이 발달해서 물자보급과 병력을 집결하여 전방으로 향했다. 전방 지원 도시 성격이다. 서쪽에서 오랑캐가 침입하면 1차로 옥문관 양관을 거쳐야 하고 제2선인 가욕관이 있고 그다음에 제3선인 양주성이 있다. 양주성에 관한 왕한(王翰)의 'Another 양주사(涼州詞)'가 있다.

포도미주야광배(葡萄美酒夜光杯) 포도 맛난 술 채운 야광배
욕음비파마상최(欲飮琵琶馬上催) 마시려하니 비파소리 말에 오르라 재촉한다
취와사장군막소(醉臥沙場君莫笑) 취해 누운 곳 모래밭이라 그대 비웃지 말게
고래정전기인회(古來征戰幾人回) 고래로 전쟁 나가 몇 사람이나 돌아왔던가!

— 왕한(王翰), 〈양주사(涼州詞)〉

'위성곡'이나 '양주사'는 소위 '전선야곡' 같은 것이다. 이곳은 중국의 서쪽 최변방이었고 거친 이민족과 대적해야 하는 전선이었다. 그래서 변방으로 수자리 간 남정네와 머나먼 산천 고향에서 기다리는 지어미의 애끓는 사모곡들이 시대별 장르별로 많이 남아있다. 당나라에는 시가 유행했고, 송나라에는 사가 유행했으며 원나라에는 곡이 유행해서 당시(唐詩) 송사(宋詞) 원곡(元曲)이라고 했다.

1980년 광주민중항쟁을 그린 『모래시계』라는 드라마의 주제곡 〈백학(白鶴)〉

역시 전선야곡이었다. 전쟁에서 죽어간 병사가 백학이 되어 날아갔다는 가사는 너무 가슴에 사무친다. 삶과 죽음, 사랑과 이별을 그리고 있는 신파극 같지만 감동적이다. 친일문인 모윤숙도 〈국군은 죽어서 말한다〉란 시로 우리를 잠시 감동시켰다. 살아 돌아올 기약이 없이 전쟁터로 떠나는 병사의 처절한 심회가 그려진다.

세상의 모든 최악의 선택을 압도하는 것이 전쟁이다. 최악 중의 최악이 전쟁이라는 말이다. 전선으로 떠나는 병사의 심회(心懷)를 그리면서 전쟁을 생각해본다!

사막의 아스피린, 버드나무

식물 분류학상 버드나무(Salicales) 목(目, 식물분류단계)에는 버드나무 과(科)란 외아들을 두고 있지만 이 외아들은 버드나무속(屬), 사시나무속, 새양버들속이란 3형제를 두었다. 이 삼형제는 건강한 유전자와 강인한 생명력을 바탕으로 3대 Family를 형성한다. 풍요다산과 번식의 상징인 이 패밀리들은 지구상에 자그마치 350종의 후손을 두었다. 버드나무는 식구들이 너무 많아 '알면 알수록' 머리가 아프고 복잡해진다.

실크로드 남로에 서식하는 나무는 대부분이 사시나무속(屬)에 속하는 사시나무이다. 사시나무는 영어로 아스펜(Aspen) 또는 포플러(Poplar)라고 한다. 한자로 양(楊)이고 껍질이 하얗다고 백양(白楊)이라 부른다. 백양나무는 사시나무의 다른 이름이다.

전래민요에 '덜덜 떨어 사시나무'라는 말처럼 겁을 먹어서 이빨이 서로 부딪칠 정도로 덜덜 떨게 될 때 '사시나무 떨듯이 떤다'고 말한다. 우리만 그런 것이 아니고 영어권에서도 quaking aspen, trembling poplar라고 한다. '사시나무 떨듯 하다'라는 표현을 'tremble(quiver) like an aspen leaf'라 하고 사시나무를 떠는 나무(tremble tree)라고 부른다. 일본어는 과장이 더 심해서 산명(山鳴)나무라고 부른다. "포플러 잎사귀는 작은 손바닥~"이라는 동요처럼 사시나무속에 속하는 나무들은 다른 나무보다 몇 배나 가늘고 긴 잎자루 끝에 아기 주먹만 한 작은 잎들이 매달려 있다. 그래서 사람들이 거의 느끼지 못하는 산들바람에도 나뭇잎은 떨리게 되어있다. 이 소리를 들으면 더운 여름날에도 서늘한 느낌이 든다.

이렇게 서늘한 느낌을 주는 백양(사시나무)의 약성은 어떠할까? 동의보감에 백양의 껍질은 '각기로 부은 것과 중풍을 낫게 하며 다쳐서 어혈이 생기고 부러져서 아픈 것도 낫게 한다. 달여서 고약을 만들어 쓰면 힘줄이나 뼈가 끊어진 것을 잇는다'고 하였다.

이순신 장군이 무과 시험을 볼 때 말에서 떨어져 다리가 부러졌지만 버드나무 가지와 껍질로 부러진 부위를 묶고 다시 말을 타고 완주했다는 일화가 있다. 이것이 전해 오는 버드나무 껍질의 효능이다. Quaking aspen, trembling poplar, '덜덜 떨어 사시나무'라는 말의 뉘앙스에서 느낄 수 있듯이 이 나무껍질은 차가운 성질이다. 그래서 해열제, 소염제, 진통제로 많이 사용된다. 이집트 파피루스의 기록에도 있고 히포크라테스의 기록에도 나온다. 초기에는 버드나무에서 아스피린을 추출하기도 했다.

버드목과의 백양나무는 오아시스의 사막화를 막는 막중한 임무를 띠고 있다.

나무를 낮은 곳에 심어 놓은 것은 물을 쉽게 공급 받아야 하기 때문이다.

사막에서 바쁜 키 큰 백색 병사

이 길 양옆에 포진하고 있는 백양나무는 보통 가로수처럼 일렬로 서있는 것이 아니라 여러 줄로 서서 열병하고 있는 인공림이다. 이런 가로수 숲은 정겹게 나그네를 반겨준다. 위로 쭉쭉 뻗은 키 큰 나무는 따뜻한 봄이 오면 찾아오는 '바람과 황사'의 최악의 조합인 카라보란(검은 폭풍)을 막아준다. 무서운 사막의 모래바람이 신장의 오아시스 마을을 덮치는 4, 5월이 오면 모래에 집이 묻혀버리는 경우도 있다. 이때 빽빽하게 줄지어 서서 열병하고 있는 백색 병사들이 집을 에워싸서 모래의 공격을 막아준다.

여름이 오면 나무는 집과 도로에 짙은 그늘을 만들어 준다. 건조하고 뜨거운 사막 공기를 식혀주는 것은 이렇게 키 큰 백양나무 숲 덕분이다. 사람들에게 그늘을 만들어주고 맑은 산소를 제공해준다. 쿤룬 산맥에서 내려온 물은 하천을 흘러가다 햇볕에 증발하고 땅에 스며들어 허무(虛無)하게 사라져버리는 경우가 많다. 이 지역은 너무 건조해 모든 식물이 그냥 자생하기는 힘들기 때문에 높은 산의 만년설과 얼음이 녹은 물을 관개(灌漑)해서 오아시스 마을로 끌어온다. 이 백양나무의 패밀리들은 뿌리에 물을 간직하고 물 머금은 땅이 햇볕에 노출되어 증발하는 것을 막아준다. 그래서 풀이 없는 이 건조한 땅에서 나무와 풀을 자라게 하고 이 풀을 양들이 뜯어 먹게 하면서 공생하는 것이다.

마을 진입로와 물길을 따라서 10~15m 정도로 하늘 높이 뻗어있는 키 큰 백양나무 숲은 물을 머금고 풀밭이 너무 마르지 않게 그늘이 되어준다. 이런 초지에는 한가롭게 풀을 뜯는 양 떼를 볼 수 있다. 둑과 둑 사이에 자리 잡고 백양나무 열병식을 하는 곳에 물이 잠깐 고이면 나뭇잎은 탄소동화작용을 하면서 숨을 쉬고 녹음은 주변의 뜨거운 열기를 식히는 역할을 한다. 이 물은 나무를 키우고 일시적으로 고여서 에어컨 역할을 한다.

길이나 집은 높지만 백양나무는 반드시 낮은 곳에 심어져 있다. 그래서 높은 곳인 길과 집에서 나온 먼지와 오물은 비가 오거나 바람이 불면 낮은 곳의 백양나무 숲으로 운반된다. 사람들이 오물을 쓸어 넣기도 한다. 그렇게 쓸려 간 불필요하고 더러운 오물(汚物)은 백양나무와 그 아래에서 초목을 키우는 거름과 자양분이 된다. 이렇게 자란 백양나무는 언젠가 이들에게 필요한 목재가 되고, 가지와 뿌리는 땔감이 되며, 껍질은 약재로도 사용된다. 사막의 모래가 시시각각 위협하는 이런 현장은 현대문명을 상징하는 시멘트 콘크리트 토목공사로도 막을 수 없다. 우리 인류의 '오래된 미래'는 부수고 싸우면서 건설하는 데 있는 것이 아니라 이런 오물을 귀물로 만드는 삶의 지혜와 자연의 조화에 있다.

처러[策勒]에는 단단오일리크(Dandan Oylik) 불교유적이 있는 곳이다. 중국의 비단이 서쪽으로 전해진 전설(!)을 간직한 곳이다. 최초의 순례자 법현 스님은 399년 60이 넘은 나이에 승려 4명과 함께 실크로드 오아시스 길을 따라 인도에 들어가 12년간 순례한 후 스리랑카에서 중국행 상선을 타고 돌아갔다.

위텐의 『화엄경』과 꾸얼반 노인

이별이 하도 설어 잔 들어 슬으올제

어느덧 술 다하고 님마저 가는구나

꽃 지고 새 우는 봄을 어이할까 하노라.

— 일지홍

위텐 화엄경의 본산, 해남 달마산 미황사

처러[冪勒]에서 위텐[于闐]까지는 79km 정도가 된다. 위텐 직전 습지대는 쿤룬 산맥에서 발원된 칼리아 강이 흘러와 수원지 역할을 한다. 한나라 때 서역 남로 우기국의 동쪽이 위텐이었다. 시 중심지에 마오쩌둥이 이 지역 '꾸얼반 노인'을 맞이한 동상이 있다.

사천성에서 온 멋쟁이 여성들과 함께

여기에서 사천성에서 여행 왔다는 멋쟁이 복장을 한 세련된 중국 남녀 젊은이들을 만났다. 한 대원은 표정과 몸짓만 이용한 특유의 팬터마임 (pantomime)으로 아가씨들을 녹여내고 있었다. 폭소가 터지고 다정하게 사진 을 찍고 이메일 등을 주고받는 것 같다.

하여간 그가 중국어를 거의 모르면서도 뭇 여성들에게서 인기를 독차지하 는 것을 보면 오직 불가사의할 뿐이었다. 그는 이국 여성들만 보면 한국 남 성의 지존(至尊)을 보여주려는 사명감으로 불타는 조국을 대표하는 페미니스 트(Feminist) 같다. 점심을 먹었으니 서둘러 가야 한다. 민펑까지 가서 날이 어 둡더라도 달이 있으니 오늘은 밤늦게라도 바이크를 타고 사막공로로 들어 갈 것이다.

『신라 경덕왕 때 달마산 아래 사자포구(獅子浦口)에 석선(石船) 한 척이 와서 닿았다. ―중략― 배 안에는 화엄경 80권과 법화경 7권, 비로자나문수보살 및 40성중, 16나한상과 탱화 등과 금환(金環)과 흑석(黑石)이 실려 있고 금인(金人)이 노를 잡고 서 있었다. ―중략― 그날 밤 의조화상이 꿈을 꾸었는데 그 금인이 말하기를 '나는 본래 우전국(于田国) 왕으로 여러 나라를 두루 다니며 경상(經像)을 모실 곳을 구하고 있는데, 이곳에 이르러 산 정상을 바라보니 일만불(一萬佛)이 나타나 여기에 온 것이다. 소에 경을 싣고 가다 소가 누워 일어나지 않는 곳에 경(經)을 봉안하라'고 일렀다고 한다. ―중략―미황사의 미()는 소의 아름다운 울음소리를 뜻하고 황(黃)은 금인(金人)의 색을 취한 것이라고 한다. ―후략―』

머나먼 서역남로 위텐과 한반도의 끝 해남의 달마산 미황사가 오버랩 되는 현장이다. 호탄의 고대 이름은 우전이었다. 우전국은 인도에서 중국에 대승경전들을 전하는 전초기지 역할을 했던 곳이라고 한다. 이곳은 불교 경전『화엄경』을 역경(譯經)한 본산지로 7세기에 당나라를 거쳐 신라로 전해졌다. 그래서 위텐은 화엄경을 중시하는 한국 불교와 인연이 깊은 땅이다. 땅끝 해남의 달마산에 있는 고색창연한 아름다운 절 미황사의 사적비에는 사찰의 창건설화가 기록되어 있다. 이것은 단순한 상상력의 기록이 아닐 것이다. 그 옛날 신(新) 조선이 되기 전에는 북방과 교류가 어렵지 않았다.

마오쩌둥과 꾸얼반 노인의 만남

동상 기단에 마오가 우전국(于闐國)을 칭송하는 칠언 한시가 적혀있다. 중원

중국인들은 마오쩌둥의 공과(功過)를 공칠과삼(功七過三)으로 평한다.

과 변방 소수민족을 결속하는 상징물인 이 동상은 여기저기에 많다. 위톈[于田]에서 잠깐 쉬어간다. 우리는 한족 운전사가 안내하는 집으로 들어가 점심을 먹었다. 이 사나이는 이것저것 자기가 알아서 시켜버려 그의 입맛대로 질펀한 점심을 먹게 되었다.

1949년 10월 중화인민공화국 수립 후 인민들은 무상으로 토지를 분배받았다. 꾸얼반 노인은 위톈현에서 송곳 한 곳 찌를 땅조차 없는 아주 가난한 소작농으로 태어났다. 인민들에게 땅을 분배해준 중국공산당과 마오쩌둥에게 감읍(感泣)한 노인은 당나귀 수레를 타고 마오쩌둥을 찾아가 고마움을 전하기로 작정했다. 가족과 마을 사람 지방관리 등 모두 말렸지만 노인의 고집은 꺾을 수 없었다. 이 소문이 베이징에 있는 마오의 귀에 들어갔다. 당의 배려로 가는 곳마다 잘 모시라는 명령이 하달되어 노인은 무사히 베이징에 도착했다. 75세의 노인은 베이징 중난하이[中南海]에서 마오와 역사적인 만남을 가졌다. 중난하이는 중국공산당 지도층들의 베이징에 있는 집단 거주지이다.

이 소식은 대서특필이 되고 노인은 다시 극진한 대접을 받으며 돌아왔다. 이를 기념하는 동상이 2003년에 세워졌다고 한다. 이 사실은 중국 공산당을 홍보하는 최고의 사건으로 생생한 실화를 배경으로 하고 있다. 정말 너무 순진하지만 잔인할 정도로 강한 신념을 가진 노인은 사막의 타마리스크

같이 느껴졌다. "아는 것이 힘이다"는 말은 프란시스 베이컨의 이야기이다. "용자만이 미인을 얻는다(None but the brave deserve the fair)"라는 속담이 있다. "아는 것이 힘이다"라는 말의 대칭 선상에 "무식이 용기다"라는 말이 있다. 이 말은 아주 단순해서 개인의 행동강령으로 삼기에 좋은 말이다.

중국의 마오(毛澤東)의 대장정과 사회주의의 건설을 보면 참 느껴지는 것이 많다. 그 가장 대표적인 생각이 '무식이 용기'라는 화두이다. 마오는 참 의외(意外)로 '무식이 용기'인 병법(兵法)을 잘 썼다. 실제로 마오가 무식해서 그랬던 것인지 아니면 인민들의 수준과 심리를 잘 간파하여 '무식이 용기'라는 전술을 잘 구사한 것인지 모르지만 무식으로 도를 초월한 사건들이 많았다.

마오의 대약진운동, 문화대혁명과 홍위병!

1958년 영국을 15년 이내에 따라잡겠다는 목표로 일으킨 '대약진운동'은 3~4천만 명의 굶어 죽은 아사자(餓死者)를 남기고 처참하게 끝났다. 그리고 중화인민공화국의 철기란 철기는 모조리 녹여서 고철 덩어리로 만들어 버려 인민들을 철부지(鐵不知)로 만들어 버린 사건이었다. 1966년 '문화대혁명'을 일으켜서 철부지들인 9세부터 사춘기 물불을 안 가리는 여드름투성이 18세까지 아이들을 데려다가 붉은 완장과 머리띠를 묶어주고 홍위병으로 만들었다. 이 아이들은 세상을 바라보는 가치관과 철학이 정립돼있지 않고 중국 정부가 단순하게 입력시킨 열정만 있는 인화성이 매우 강한 신나(thinner)들이었다. 이 화염병 같은 새빨간 홍위병들을 선동해서 중국을 부수고 태우며 죽여서 공포의 도가니로 몰아넣었다.

마오어록을 들고 문화혁명에 환호하는 어린 홍위병들

필자는 이런 중국 현대사를 보면서 거대한 중국이 의외로 가연성(可燃性) 인 화물질이 너무 많다는 사실에 충격을 받았다. 어떻게 이런 수준 낮은 선동이 불이 붙어 타오를 수 있는지 신기할 따름이었다. 마오의 '무식이 용기'인 예를 살펴보면 1958년 '대약진운동'에서 사해(파리, 모기, 쥐, 참새)퇴치운동을 보면 극에 달한다.

그 중 참새박멸 방법으로 새총과 덫과 독약을 뿌려 놓기도 하지만, 인민들이 모두 나서서 참새를 향해 소리를 지르고 징과 양철북 그릇 등을 두들기며 소음과 굉음을 만들어 참새들이 공중으로 날아오르면 긴 막대를 흔들며 참새 떼가 내려앉아 쉬지 못하게 했다. 결국 참새는 하늘을 날다 지쳐서 추락사한다는 것이다. 우스꽝스러운 방법이라고 했지만 이들은 20만 마리의 참새를 박멸했다고 한다. 그러나 천적인 참새가 사라지면서 해충이 창궐해

중국 공산주의는 남녀를 평등하게 만들어 여성들을 적극적인 워킹우먼으로 만들었다.

서 식량생산은 급감하고 인민들의 대기근 아사로 이어졌다.

1966년 '문화대혁명'에서 사구(사상, 문화, 풍속, 습관)퇴치운동은 저질 코미디의 바보스러운 촌극을 보는 것 같았다. 우리 같은 행동주의자들 깊숙한 본능의 저변에는 무고(無顧) 무모(無謀) 무지(無智) 무식(無識) 4무로 무장되어 있다. 용기는 무식과 무지가 어느 정도 뒷받침되어야 한다. 행동가는 '하룻강아지 범 무서운 것을 모르는 그런 용기'가 필요하다. 개인적으로는 적당한 '무식과 무지가 약(藥)'이 될 수 있다. 그러나 이런 무식과 무지가 국가관이나 보편적인 가치관으로 자리 잡으면 정말 골치 아픈 사회악으로 변한다.

마오는 대중들 앞에서 카리스마와 선동력이 뛰어났다. 대중을 설득할 때 의외로 무식한 선동이 잘 통한다. 이를테면 '우리가 남이가?' 같은 말이다. 이런 말은 사람 속에 잘 스며들어 흡입성이 강하다. 무식과 무지가 일시적이지만 복잡하지 않고 단순하기 때문이다. 사람들은 크고 깊게 생각하려 하지 않으므로 자신과 생각이 같으면 바로 끌어다가 아전인수를 하고 자신에게 유리한 이기적인 일에 즉각 공감을 표시하는 것이다.

아전인수와 이기적인 행동은 혼자일 때는 혼자로 끝나지만 공감대를 가진 다른 사람들이 함께할 때 차츰 집단화되면서 괴력(怪力)을 발휘하게 된다. 대중의 용기는 사소(些少)하고 소소(小少)하며 이기적인 것에서 출발한다. 대륙에서 벌어진 1958년 '대약진운동'과 1966년 '문화대혁명'을 보면서 그런 생각을 해본다. 무식이 용기인가?

머물 수 없기에 애수가 남는 사막의 길

자고 나도 사막의 길 꿈속에서도 사막의 길

사막은 영원의 길 고달픈 나그네 길

낙타 등에 꿈을 싣고 사막을 걸어가면

황혼에 지평선의 석양도 애달파라

전 언덕 넘어갈까 끝없는 사막의 길

노을마저 지면은 갈 곳 없는 이 내 몸

떠나올 때 느끼며 눈물뿌린 그대는

오늘밤 어느 곳에 무슨 꿈을 꾸는고

달이 뜨면 천지도 황막한데

끝없는 지평선도 안개 속에 쌓이면

지구레코드 고복수 걸작집

> 낙타도 고향 그려 긴 한숨만 쉬고
> 새벽이슬 촉촉이 옷깃을 적시우네
>
> —김능인 작사, 손목인 작곡, 고복수 노래, 〈사막의 한〉, 1935년

이 노래를 기억하는 사람이라면 연식이 제법 오래된 사람일 가능성이 크다. 손목인이나 고복수는 나이 든 중년과 노년의 기억 속에 대부분 남아있는 이름이다. 이 곡은 가물가물한 1935년 일본 강점기에 나온 노래이다. 고복수는 1930년대 〈짝사랑〉, 〈타향살이〉란 곡을 불러 히트시킨 가수이고, 〈알뜰한 당신〉이란 노래를 부른 인기가수 황금심의 남편이기도 하다.

사막의 한

이런 풍의 시나 노래가 어느 시절에 풍미했는지 소금에 절여진 오래된 기

오르막과 내리막이 계속 반복되는 사막. 기회가 된다면 노르딕스키를 이용해서 종단해보고 싶다.

억의 창고를 검색해 본다. 이런 유형은 해방 후 남북이 분단된 시기보다는 조선인들이 일제의 압제를 피해서 간도나 만주 중국에 들어가고 나오기가 그리 어렵지 않던 강점기에 집중적으로 많다. 빼앗긴 말, 빼앗긴 들, 빼앗긴 나라, 망국의 백성들 입장에서 사랑 타령은 할 수 없었던 걸까!

이 노래의 오브제(objet)는 '사막', '낙타', '지평선', '노을', '황혼', '달' 같은 것들이다. 막막하기 때문에 사막이고, 사막이기 때문에 더욱더 막막한 나그네에게 사랑 따위는 어림 반 푼어치도 없는 감성의 사치라는 듯이 이 노래는 시종일관 무거운 나그네의 객수를 비장하게 풀어내고 있다!

먼 훗날 뭇 가수들도 부지기수로 많은 사랑 노래를 했겠지만 가수 심수봉은 〈사랑밖에 난 몰라〉란 강한 제목의 노래로 명약관화하게 사랑의 시대

임을 선포한다. 시대가 바뀌어 유행가의 80% 이상이 '사랑'을 주제로 하고
있다. 지금이 사랑이 넘쳐나는 사랑의 시대인가, 아니면 궁핍 때문에 더 사
랑에 목말라하는 시대인가? 때때로 사랑은 나그네의 바짓가랑이를 잡기도
한다. 지금은 가야 할 길 앞에 선 라이더들은 〈사랑은 이제 그만〉을 부르
짖으면서 막막한 사막공로를 달려야 한다.

나그네를 달래주는 사막의 수이꾸오

민펑은 사막 주변 오아시스도시로 타클라마칸 사막공로의 남쪽 출발지이
자 북쪽의 종착점이다. 타림분지에서 나오는 석유와 천연가스를 수송하는
산업도로 겸 북쪽에 톈산 산맥 아래에 있는 톈산남로와 남쪽에 있는 쿤룬
산맥의 북쪽 기슭에 있는 서역남로를 연결하는 사막공로는 샤오탕과 민펑
사이를 연결하는 길이다. 우리 Bike의 사막공로 종단은 이미 잘 닦여진 포
장된 길을 따라서 가는 것이라면 앞에서 소개한 적이 있는 스웨덴 출신 탐
험가 스벤 헤딘이 1895년 낙타를 끌고 종단한 탐험에 비교해서는 안 된다.
스벤 헤딘은 진짜 길 없는 길을 따라가면서 수 마리의 낙타와 수명의 사람
을 희생시키고 천신만고 끝에 겨우 목숨을 건져서 돌아온 위험하고 어려운
탐험을 했다.

중국어로 과일을 수이꾸오[水果]라고 한다. 사막의 과일을 소개해 본다. 오아
시스 지역의 하미꽈[哈密瓜]는 럭비공 모양의 타원형이라면 티엔꽈[甜瓜]는 약
간 원 모양을 닮아 둥그스름하게 생겼다. 하미꽈는 신장[新疆]에 있는 실크로
드의 톈산북로의 하미[哈密]가 기원인 멜론(melon)이라는 말이고, 티엔꽈는 참

릭비공을 닮은 하미꽈

녹슨 반달 칼로 잘 잘라진 수이꽈(水瓜)

외를 말하며, 수이꽈[水瓜]는 수박을 이른다. 오아시스에서 나는 과일은 생명력이 매우 강하고 당도도 높으며 향기 또한 강하다. 여기서 북동쪽으로 가면 나오는 중국에서 뜨거운 한증막으로 실크로드의 톈산북로가 지나가는 투르판은 세계적으로 유명한 포도의 주산지이다.

오아시스로 사람들이 대부분 그렇지만 민펑 사람들도 낮에는 모래를 먹고 밤에는 모래를 덮고 잔다고 한다. 이곳 작은 당나귀 마차는 중요 교통기관으로 남녀노소가 모두 타고 다니는 작은 승합차 역할을 한다.

민펑은 가을이 한창이다. 백양나무 가로수는 아직 금빛으로 물들기 직전이다. 그 길을 뽀시뽀시(비키라는 말)를 외치며 목화 수레를 끌고 가는 농부들의 목청이 환청처럼 들려온다.

모래에 묻혀가고 있는 문명

실크로드가 갈라지는 가장 중요한 거점인 '둔황'의 서남쪽 '양관'에서 출발한 서역남로 중간이 민펑이고 민펑을 거쳐야 천축국(인도)으로 갈 수 있고 카슈가르에도 이를 수 있다. 타클라마칸 사막의 남쪽이자 쿤룬 산맥의 북쪽 기슭을 흐르는 니야강 유역에 기원전 3세기에서 기원후 4세기까지 취락지를 볼 수 있는 니야[尼雅 Niya]유적지는 민펑 북쪽 120km 지점에 있다. 이곳은 기원전 1세기 전한(前漢) 때 인구 3천 명인 정절국(精絶國)이었다. 지금은 이 니야 유적지도 사막화가 되어서 묻혀 버렸다. 민펑은 이 유적지에서 120km를 남하해 내려온 곳이다.

지금의 오아시스 북도, 오아시스 남도를 보면 끊임 없이 사막에 침식당

모래 바람이 부는 길가에서 뭔가를 팔고 있는 이슬람 여성들

어쩌자고 소녀는 저렇게 위험해 보이는 물건을 들고 있는 것일까?

하고 있는 것을 알 수 있다. 지금 서역남로(오아시스 남도)는 남쪽으로, 톈산남로(오아시스 북도)는 북쪽으로 많이 밀려나 있다. 지금 이들은 사막의 외연이 확장되는 것을 막기 위해 최대한 노력하는데 이것은 개인 또는 지방자치단체가 하기에 너무 어려운 일이다. 오아시스와 오아시스 사이의 황무지 또한 사막이다. 사막은 도시화로 인구가 늘고 인간이 살아가는 데 필요한 물과 화석연료의 과다사용으로 인한 기상이변이 가장 큰 주범이라고 생각한다. 오늘날 이들 문명도 먼 훗날 모래 속에 묻혀서 화석화되는 것은 아닌지 우려가 된다.

『실크로드 문명기행』을 쓴 깐수 교수의 글을 인용해 본다.

『영국 탐험가 오랄 스타인은 1901년 발굴 이래 3차례나 발굴을 하고 갔다. 니야 유적지는 동서 7km이고 남북 22km 정도 된다고 한다. 여기에는 석기 목기 도기 뽕나무밭, 농기구 간다라미술을 통한 그리스 로마문명의 동진을 짐작하게 하는 아테네상, 에로스상, 헤라클레스상 같은 그리스 신상을 그려 넣은 봉니(封泥)와 문서 등이 있다. 작성 연대가 3, 4세기로 추정되는 목간과 가죽에 카로슈티문자로 쓴 800여 점의 문서는 그 당시 서역남로에 존재하던 나라들의 실태와 풍습 문화 동서교류 등을 짐작할 수 있게 한다. 한나라의 지배와 영향을 짐작케 하는 오성출동방이중국(五星出東方利中國)이라고 쓰인 비단 조각이 발견되기도 했다. 이것은 한나라 중원정부가 정절국에 보낸 하사품으로 자기중심의 중화주의를 여실히 반영하고 있다.』

니야 유적지도 모래에 묻힌 문명이다. 영국인 장물아비, 도굴꾼, 학자, 탐험가라는 '다중인격체'인 오랄 스타인은 이런 물건들을 나무 박스에

단단히 포장해서 수없이 많이 빼돌렸다. 그의 조국 대영박물관에는 그
가 훔친 장물들을 전시해 놓고 있다.

사막의 인공혈관, 사막공로

분명한 목적이 있는 자는 아주 험한 길일지라도 조금씩 앞으로 나아가고,
목적 없는 사람은 가장 좋은 길에서 조차 앞으로 나아가지 못한다.

— 토마스 칼라일

자전거에 불을 밝히고 사막공로를 달리다!

민펑에 도착시간이 밤 8시로 많이 늦어졌다. 시골에 가면 거리와 시간 개념
이 늘 팬티의 고무줄처럼 늘었다 줄었다 한다. 나그네들은 현지인들의 시
간과 거리의 무개념에 대해 불평한다. 그러나 정확히 말하면 현지인들은
그 지형에 익숙하므로 실제 걸리는 시간보다 짧게, 실제 거리보다는 짧게
말하는 경향이 있다. 상대적으로 지형에 낯선 나그네에게는 실제 걸리는

시간보다 많게, 실제 거리보다는 길게 느껴진다는 것은 서로 간 당연한 인지상정의 차이이다.

오후부터 달리려던 계획이었는데 저녁에 도착했으니 당일 밤에 100km 이상 달려놓지 않으면 사막을 종단하는 것이 물거품이 될 수 있다는 위기감이 생겼다. 그래서 고민 끝에 야간 라이딩하기로 했다. 야간 라이딩 출발시간이 저녁 8시 20분이었다. 타클라마칸 사막 종단은 야간 라이딩으로 시작되었다. 달빛에 사막의 모습이 희미하고 서늘하게 들어온다. 사막 특유의 분위기와 냄새가 느껴진다. 야간 라이딩은 온도가 낮아 집중이 잘되므로 최대 속력을 내지 않더라도 꾸준히 많은 거리를 이동할 수 있다.

충분히 카르보로딩(Carbo-loading)한 상태라 모두 다 힘이 넘쳐 보인다. 자전거를 점검한 뒤 라이트를 장착했다. 뒤에 깜빡이, 앞은 핸들라이트, 헬멧의 뒤쪽은 또 깜박이를 붙였다.

밤이 되니 차량의 통행은 그리 많지 않지만 대형관광버스와 장거리 버스들이 간헐적으로 승객을 태우고 달리고 있다. 야간 라이딩은 후레쉬의 불빛으로 다른 차량에게 우리 선단(!)의 존재를 알려야 한다. 직선으로 쏘는 전방라이트와 붉게 명멸하는 깜박이(Tail light)는 항해하는 대형유조선에 작은 돛배가 가고 있음을 알리는 신호 같다.

타클라마칸의 사막공로는 남쪽의 민펑[民豊]에서 샤오탕[肖塘]까지 522km로 20세기의 실크로드라고 부른다. 지금 21세기엔 지구상에 사람의 발길이 닿지 않는 곳은 없다. 이 도로는 1993년 3월에 공사를 시작하여 1996년 9월에 개통을 했다. 도로의 폭이 10m인데 주행도로가 2차선으로 7m이고 갓길이 3m가 된다. 이 도로를 관리하기 위해서는 모래 흐름을 막는 것이 주요한 관건이다. 유동성이 매우 심한 대유사(大流砂)가 언제 도로를 묻어버릴지 모르기 때문이다. 그래서 길 양쪽 편에는 길보다 훨씬 더 넓은 면적에 모래의 침입을 막아주는 초목들이 심어져 있다. 수정방(水井房)에서 나온 검은 호스에 작을 구멍을 뚫어 뿌리 바로 아래까지 물을 공급해 준다. 길가에는 사막에서 생존력이 가장 강한 특수부대 전사(?)들만 자리를 지키고 있다. 바이크는 달빛만 뿌연 고요한 공간을 파문을 일으키며 지나가고 있다. 삼각대 위에 카메라를 고정하고 Slow 셔터로 찍으면 한 개의 줄을 그리며 달리는 자전거 선단이 찍혀질 것 같다. 부딪히는 바람은 습기가 없어서인지 쓸쓸하고 호젓하게 와 닿는다.

야간 비행과 생텍쥐페리

지금 대로가 닦여진 모래 바다를 건너는 항해를 하고 있는 셈이다. 대양을 건너는 배들도, 연안을 다니는 배들도, 작은 요트마저도 모두 야간 항해를 한다. 야간항해할 때 배는 좌측은 적색, 우측은 청색, 후미는 백색 불을 켠다. 그래서 불빛만 보면 대략 배의 진행 방향을 읽을 수 있다. 좌적우청미백(左赤右靑尾白)이다. 예를 들어 어둠 속에 적색이 보인다면 좌측으로 진행하는 배이고, 청색이 보인다면 우측으로 진행하는 배이며, 적색 청색이 동시에 보이면 가까워지는 배이고 백색이 보인다면 멀어져가고 있는 배라고 할 수 있다. 바다가 육지보다 훨씬 더 넓은 이상 '대항해시대(Age of Discovery)' 이래 야간항해는 계속되고 있다.

생텍쥐페리의 소설 중 1931년에 쓰인 『야간비행』이 있다. 그는 조종사 출신으로 온몸으로 자신의 생각과 사상을 실천한 행동주의 작가로 널리 알려져 있다.『야간비행』의 줄거리를 요약하면 다음과 같다.

『세계 3대 미항으로 불리는 부에노스아이레스는 남미 각지에서 유럽으로
가는 우편물을 운송하는 우편비행기들이 뜨고 내리는 곳이다. 이곳에서 비
행 중대장으로 근무하는 리비에르와 그의 명령을 받아 임무를 수행하는 조
종사 파비앙이 주인공이다.

순간순간 죽음에 직면하는 조종사와 그들을 보내고 맞이하는 인물들의 감
상을 표현하고 있다. 리비에르는 자기의 모든 부하들이 맡은 바 임무를 철
두철미하게 수행하기를 요구하는 책임감이 강한 완벽주의자 성향의 상관
이다. 그는 감정이 없는 냉혈한처럼 묘사된다. 삶과 죽음 사이에서 일어나
는 일체의 파란만장한 감정에 동요하지 않고 책임자로서 묵묵히 '비행기'를
띄운다.

또 다른 주인공인 파비앙 역시 책임감과 사명감이 투철한 인물이다. 동료
중 낙오자가 생겨도 상관 않고 수단과 방법을 가리지 않고 편지를 목적지
에 전달하는 데 최선을 다한다. 그는 한 개인이 아닌 '조종사'로서만 존재한
다. 이런 강한 성격은 파비앙의 다가올 운명을 추측하게 한다.

파비앙은 파타고니아 선(線) 비행사로 부에노스아이레스로 돌아오는 야간
비행을 강행한다. 그러나 비행기가 갑자기 뇌우(雷雨)와 폭풍을 만나 칠흑
같은 어둠 속에 빠져든다. 남편이 걱정되어 회사로 찾아온 그의 어여쁜 부
인은 결혼한 지 6주밖에 안 된 앳된 신부였다. 파비앙이 비행기를 상승시켜
폭풍과 구름 위에 반짝이는 별을 보며 '아름답다'는 말을 되뇔 때 비행기의
연료는 30분 정도밖에 남지 않았다. 돌아올 시간이 지나가자 사람들은 파
비앙의 종말을 직감한다. 책임자인 리비에르는 일순 동정심과 죄책감을 느

낀다. 그러나 그는 지금 하는 일이 한 생명이 희생되더라도 반드시 해야 할 일이라고 생각한다. 그리고 다시 누군가 다른 동료 비행사에게 파비앙이 사라진 밤하늘을 향해서 비행하도록 명령한다.』

요즘같이 전자통신 기술이 발달한 시대에는 야간 우중 비행도 큰 문제가 안 되지만 예전에는 목숨을 걸어야 하는 위험하고 어렵고 힘든 비행이었다. 『야간비행』은 늘 죽음과 부딪히면서 죽음의 위험을 이겨내고 살아 돌아와야 하는 조종사들의 꽃다운 생명이 철두철미한 사명감과 책임감과 임무 수행을 위해서 묵살되는 비장하고 운명적인 감정이 주제이다.

'비행'을 통해 어쩔 수 없이 받아들여야 하는 '죽음'의 저편을 묘사하고 있다. 생텍쥐페리는 이런 불확실성, 위험, 한계상황이 상존(常存)하는 '비행'을 '죽음'의 저편으로 날아가는 것으로 묘사하고 있다. 마지막 비행은 죽음을 초월하여 영원을 향해 날아간다. 작가는 주인공들에게 자신이 추구한 이상을 넘어 영원을 향한 비행을 꿈꾸게 했는지 모르겠다.

소설의 플롯(plot)을 짐작하는 것은 어렵지 않다. 맑고 고요하던 하늘에 예기치 않게 폭풍우가 들이닥치고 날은 어두워진다. 연료통에 기름은 얼마 남지 않았다. 달리 선택의 여지가 없다. 어쩌란 말인가? 이보다 어떻게 더 비장할 수 있겠는가! 야간 비행은 시종 두렵고 절박하며 암담하고 죽음마저 감수해야 하는 무거운 책임감이 억누르고 있었다.

그러나 우리는 두 발을 땅에 딛고 있지는 않지만 가장 안전한 삼각형 2개와 2개의 원으로 구성된 구조물을 타고 달리고 있다.

보이지 않고 들리지 않으면 느껴야 한다!

사람은 오직 '마음으로만' 올바로 볼 수 있다.

본질적인 것은 눈에 보이지 않는다.

— 앙투안 데 생텍쥐페리

육신의 장애를 통하여 마음의 눈을 뜬 사람들

북쪽의 톈산산맥과 남쪽의 쿤룬산맥이 에워싸고 있는 큰 그릇이 타림 분지이고 그 그릇 안에 있는 것이 타클라마칸 사막이다. 에워싸고 있는 산맥 덕분에 분지는 해발 고도가 높고 기온 교차가 큰 대륙성 기후를 띠고 있는 것이 보편적이다. 희뿌연 달빛이 비치는 서늘한 밤에 살색 사막은 포근하게 느껴진다. 밤은 사람을 사색적으로 만든다.

브레드피트가 주연한 영화『트로이』

눈이 안 보이는 사람은 소리로 보아야 하고 마음으로 들어야 한다. 그들은 범인(凡人)보다 마음의 눈이 더 발달해있다고 한다. 육신의 장애를 넘어서 위대한 업적을 남긴 사람들이 많다.

호메로스

문자로 기록된 유럽 최초의 문학이라고 한다면 BC8세기에 쓰여진 호메로스의 서사시인『일리아드』와『오디세이』라는 두 개의 섬이라고 할 수 있겠다.『일리아드』는 '트로이전쟁 이야기'이다. 그리스 최고의 여신들인 헤라와 아테나와 아프로디테가 '황금사과' 하나를 놓고 쟁탈하다고 생긴 전쟁이 트로이 전쟁이다. 아프로디테는 판관으로 임명된 '파리스'에게 자기만큼 아름다운 여자를 주겠다고 제안해 황금사과를 받았다. 그러나 그 여자는 스파르타 왕 메넬라오스의 왕비 '헬렌'이었다. 스파르타의 왕비를 트로이왕자(파리스)에게 약탈당한 만큼 스파르타와 '트로이의 전쟁'은 불가피했다. 일진일퇴 우여곡절 끝에 결국 트로이는 멸망했다.
『오디세이』는 트로이전쟁 영웅 오디세우스가 바다의 신 포세이돈의 아들을

눈 멀게 한 저주로 지중해를 십여 년 떠돌다가 천신만고 끝에 고향 '이타카'
로 돌아오는 여정을 그린 귀향 모험담이다.

이 모든 신화의 전형을 쓴 사람이 바로 서사시인이자 음유시인인 호메로스
였는데 그는 장님이었다. 호메로스가 『일리아드』와 『오디세이』를 쓸 때는
역사의 여명기(黎明期)인 BC8세기였다. 문자로 된 유럽 최고(最高) 문학 작품이
고, 유럽문학의 효시이며, 서양 정신의 출발점이라고 한다.

밀턴

『실락원』을 쓴 밀턴(John Milton, 1608~1674)도 장님이었다. 이 남자는 과로, 스트레
스, 상처(喪妻), 감옥 수감 등으로 50세 초반에 시력을 완전히 잃었다. 그는 딸
의 도움을 받으며 시작(詩作)에 몰두해서 아담과 이브의 낙원 추방에 대한 성
서의 이야기를 소재삼아 인간의 자유의지와 원죄, 구원 문제를 다룬 대서
사시 『실락원』을 썼다. 그는 서사시(敍事詩)의 대가로 영시(英詩) 사상 극시(劇詩)
를 주로 쓴 셰익스피어 다음가는 지위를 부여받았다. "앞을 못 보는 것이 비
참한 것이 아니라, 앞을 못 보면 어려움을 이겨낼 수 없다며 주저앉는 것이
비참한 것이다"란 말을 남겼다.

베토벤

베토벤은 청각 장애인이었지만 마음으로 소리를 듣고 마음으로 소리를 내
었다. 귓병이 진행되는 도중에도 상을 놀라게 했던 명곡들인 〈제2 교향곡〉
과 〈크로이처 소나타〉 그리고 소나타 〈발트슈타인〉과 〈열정〉 또한 교향곡
인 〈운명〉과 〈전원〉 등을 완성해 내었다.

병은 점점 악화되어 대화조차도 불가능했을 때 신이 내린 시련을 비웃기

라도 하듯 마지막 예술적 경지에 도달해서 피아노소나타 〈함머클라비어〉, 〈장엄미사곡〉, 〈제9 교향곡〉 등을 창작하였다.

사마천

사마천(BC145-86)은 패장을 변호하다가 궁형(宮刑, 거세)을 당했다. 분노와 치욕과 울분을 에너지 삼아서 역사에 길이 남을 『사기(史記)』를 썼다. 한족의 나라를 건설한 보이지 않는 틀을 만들어 준 것이 사마천이라고 한다.

데모스테네스와 한비자

동양과 서양에서 심한 말더듬으로 이름을 떨친 두 사람이 있다. 그리스의 유명한 웅변가 데모스테네스(Δημοσθένης, BC384-322)는 심한 말더듬으로 정확하지 못한 발음을 교정하려고 입에 자갈을 물고 피나는 연습을 해서 유명한 웅변가가 되었다고 한다. 한비자(韓非子) 또한 심한 말더듬이라서 자신의 콤플렉스를 극복하기 위해 쓴 책이 자신의 이름을 딴 『한비자』이다.

세르반테스

『돈키호테』의 작가인 스페인의 문호, 세르반테스(1547~1616)는 '레판토해전(Battle of Lepanto, 1571)'에서 오스만투르크 군대와 싸우면서 한쪽 팔을 다쳤지만 큰 공을 세웠다. 24세로 혈기 충천하던 그는 레판토해전이 승리로 끝나자 "과거나 현재의 사람들이 보았고 미래의 사람들도 보고 싶어 할지도 모를 가장 고귀한 순간"이라는 어록을 남겼다. 그러나 가슴과 왼손에 부상을 입어 평생 왼손을 못 쓰게 되었고 5년간 군 생활을 더 하고 스페인으로 귀환하다가 해적선에 포로가 되어 알제리에서 5년간 포로 생활을 했다. 알제리

스페인 사람들이 석방금을 내주어
서 천신만고 끝에 자유의 몸이 되
었다. 이후 세비야에서 하급관리
가 되어 비리에 연루되어 감옥에
갇혔을 때 소설『돈키호테』를 구상
했다고 한다. 59세에『돈키호테』가
출판되고 69세에『돈키호테』2부
가 완성되지만 1년 후인 70세에 졸
(卒)한다. 그의 인생은 파란만장(波瀾
萬丈)이란 한 단어로 정리할 수 있을
것 같다.

세르반테스의 '돈키호테' 영화 포스터

루스벨트

미국 루스벨트 대통령(1882~1945)은 서른아홉 살에 소아마비로 두 다리를 못
쓰게 되었음에도 뉴딜정책으로 1929년 세계 대공황을 극복하고, 2차 세계
대전 승리와 세계적인 주도권을 잡는 등 미국 국민들의 열렬한 사랑을 받
아서 미 대통령 사상 초유의 4선에 당선되는 신화를 창조하였다.

이러한 다양한 장애에도 불구하고 자신의 노력에 따라서 본질적인 것에 더
접근할 수 있다. 그리고 육신의 장애를 통하여 마음의 눈을 뜰 수 있고 세상
의 거시적인 각성도 할 수 있을 것 같다.

꿈에 그리던 사막공로 북쪽을 향해 달리기 시작한다. 지나다니는 차량이
많아서 걱정은 좀 되지만 잘 달리고 있다. 밤이 깊어가면서 차량의 운행도

뜸해진다. 뒤에 깜빡이만 2개 더 달아서 후방에서 오는 차량을 견제하기로 했다. 야간 라이딩은 온도가 낮고 어두워서 집중이 잘되므로 최대 속력을 내지 않더라도 꾸준히 먼 거리를 이동할 수 있다.

본질적인 것은 눈에 보이지 않는다

일본의 NHK 제작 『실크로드』의 음악을 담당한 '기타로'의 OST 음악이 가슴에서 머물다가 전율이 되어 웅장하게 스며든다. 달무리가 약간 음산한 사막의 정취에 섞여서 특유한 음으로 리메이크된다. 잘 보이지는 않지만 사막 분위기와 냄새가 느껴진다. 때가 암(暗)흑으로 에워싸는 밤인지라 어디까지 가야 한다는 명(明)확한 목적지가 없고 대략 100km 전후에 수정방 부근에서 야영하기로 했다. 정처 없다는 말이 이런 경우를 두고 하는 말이렷다! 일단은 기본적인 '의식주(衣食住)'는 준비되어 있다. '옷(衣)'은 지금 입고 있는 바이크 복장에 여벌의 옷과 바람막이 등을 껴입으면 된다. '식량(食)'으로는 쌀, 물, 취사도구, 휘발유 스토브가 있는 만큼 며칠간 굶어 죽지는 않을 것이다. '텐트(住)'가 있는 이상 어디에서 잠을 잘지 모르겠지만 기본적으로 얼어 죽지는 않을 것이다. 최소한의 의식주가 갖춰진 상황이라면 단순해지고 낙관적이어야 한다. 그리고 나머지 예기치 못한 상황이 도래하면 무조건 견디고 참으면 된다. 미혹(迷惑)함이 없는 혹자(或者)들의 따뜻한 잠자리, 풍요로운 식사, 힘들지 않은 적당한 라이딩은 어떤 상상력이나 영감도 주지 않는다. 좌충우돌 부딪히면서 튀어나오는 자유로운 영감(Inspiration)을 위해서는 달콤한 안일은 과감히 벗어버리고 포기해야 한다. 때로는 거칠고 맛없는 음식, 과도한 노력(勞力)과 노동(勞動)이 함께 하는 라이딩, 몸을 오그라들게 하는 추위 속에서라도 달게 자야 한다. 힘든 라이딩을 한 다음 젖산으로 빵빵한 근육, 춥고 불편한 잠자리, 타는 갈증도 훗날 세월이 가면 강렬한 느낌과 뿌듯함으로 되살아날 것이다. 이렇게 온전하지 않은 현실을 관대하고 여유롭게 포장을 했다.

바이크를 돌리는 페달링이 자리를 잡고 일정해지면 다리는 기계적으로 움직이게 된다. 이 순간은 비록 빠르고 일정한 속도로 움직이고 있기는 하지만 정지(停止)해 있는 느낌과 별로 차이를 못 느낀다. 그래서 이런 순간 곧잘 동중정(動中靜)으로 가는 사색이 시작된다. 모든 것을 어둠이 뒤덮고 있다. 우리가 볼 수 있는 것은 기껏해야 얼마 되지 않는다. 이 순간 우리의 오감인 시각, 청각, 후각, 미각, 촉각 중 '시각'으로 볼 수 있는 것은 일부일 뿐이다. 보이지 않는 것이 많아질수록 여타의 감각이 더 섬세해진다.

시각은 가장 표면적인 겉모습을 보는 것이다. 표면 안의 내면이 본질이다. 보이는 것, 들리는 것, 냄새 맡는 것 등 오감으로 느끼는 것 또한 전체에 대한 부분(部分)이다. 전체는 마음의 눈으로 볼 수 있고, 마음의 소리로 들을 수 있으며, 마음의 코로 맡을 수 있고, 마음의 혀로 맛볼 수 있으며, 마음의 촉각으로 느낄 수 있을 뿐이다. 그런 말초적인 오감을 초월한 무형이 유형을 지배한다.

"본질적인 것은 눈에 보이지 않는다."고 한다. 그래서 사람은 오직 마음으로 보아야 한다. 사막은 명상하기 좋은 곳이다. 4세기 기독교의 '사막 교부들(Desert Fathers)', 유대교의 신비주의 '카발라(Kabbalah, 傳承)', 이슬람교의 신비주의 '수피즘(Sufism)'은 사막이란 도량(道場)에서 닦여졌다.

타클라마칸의 검은 바람, Dust in the Wind

세계적인 그룹 캔자스(Kansas)가 1977년 발표한 곡의 이름이 〈바람 속의 먼지(Dust In the Wind)〉이다. 그들의 전선을 통해서 나오는 꺼칠한 목소리가 호소력이 강하게 느껴진다. 가사(歌詞)가 이러하다.

그룹 캔사스의 레코드판 자켓

『잠깐 눈을 감으면 그 순간은 지나가 버린다. 내 모든 꿈들 눈앞에서 사라진다. 호기심도 바람 속의 먼지, 그것들 모두가 바람 속에 먼지이다. 똑같은 옛 노래. 끝없는 바다에 작은 물 한 방울. 우리가 행한 모든 것이 비록 우리가 보길 거부하지만 가루가 되어 땅으로 돌아간다. 붙잡지 마라. 땅과 하늘 말고는 아무것도 영원하지 않다. 모두 사라진다. 당신의 재산을 몽땅 털어도 단 1분을 사지 못한다. 바람 속의 먼지다. 우리 모두가 바람 속의 먼지이다. 모든 것이 바람 속의 먼지이다』

이 글은 먼지에 대한 글이다. 중앙아시아와 중국 서역 몽골 지역의 사막화 현상은 히말라야 산맥의 생성과 관련이 있다. 인도대륙 판(Pan)과 아시아대륙 판이 충돌하는 과정에서 융기한 히말라야 산맥과 티베트 고원, 서쪽으로 인도 아프가니스탄 판이 밀어 올린 파미르고원 카라코람산맥 쿤룬 산맥

등이 중앙아시아와 중국 서역 지역에 장막을 쳤다. 이들 고원과 산맥에 가로막혀 아라비아 해와 인도양과 태평양으로부터 수분 공급이 차단되어버렸다. 이 중앙아시아 지역은 오랜 세월 바다에서 생성된 습한 바람이 산맥에 걸려 버렸다. 그래서 산맥의 남쪽은 강수량이 많지만, 고원과 산맥 북쪽은 연평균 강수량 300mm 미만인 데다 작열하는 일광으로 수분 증발이 과도하게 일어나 지극히 건조한 땅이 되어 버렸다. 타클라마칸 사막, 고비 사막의 형성에 가장 큰 영향을 미쳤다는 말이다.

인도양의 습기를 머금은 공기를 차단한 파미르 고원과 쿤룬 산맥이 타림분지 타클라마칸 사막을 탄생시킨 주역(主役)이라고 할 수 있다. 타클라마칸 사막이 있는 타림 분지의 건조한 토양은 봄이 되면서 겨우내 얼어있던 흙이 녹으면서 잘게 깨져 대유사(大流砂)가 되어 흘러 다니면서 절차탁마(切磋琢磨)의 과정을 거친다. 그래서 20마이크로미터(㎛) 이하의 작은 모래 먼지가 되면 비상(飛翔)하게 된다.

이것이 4, 5월 타클라마칸의 용오름(Tornado)이라고 할 수 있는 카라보란(검은 폭풍)을 타고 우화등선(羽化登仙)하여 저 높은 하늘로 솟아오르게 된다. 대류이 풍화작용(風化作用)으로 깎여나간 미세먼지가 제트기류를 타고 동진을 하게 된다. 제트기류는 약 1만m 상공에서 100~200km의 속도로 서쪽에서 동쪽으로 불어간다. 그래서 이 황사는 타클라마칸과 준가리 분지, 고비 사막 등지에서 비행을 시작해서 중국의 동부는 물론 한국을 거쳐 일본까지 간다. 그러나 높이 올라가 제트기류에 실린 먼지는 시속 100~200km의 속도로 서쪽에서 동쪽으로 불어간다. 이 제트기류를 이용해서 미국인 백만장자 탐험가 '스티브 포셋'이 2002년 사상 최초로 열기구를 이용해 단독 세계 일주 비행에 성공했다.

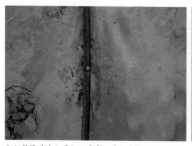

호스 물줄기의 은택으로 자라는 작은 초목

황사의 입자가 약 1㎛ 정도면 수년 동안 공중에 체류할 수 있고, 10㎛ 정도면 수 시간에서 수일 정도 공중에 떠다닐 수 있다고 한다. 이런 황사의 미세먼지가 강한 상승기류에 편승하면 일단 3000~5,000m의 상공으로 올라가서 초속 30m 정도의 편서풍과 약 1만 m상공에서 제트기류를 타고 동쪽으로 이동하다가 바람이 약해지거나 저공비행을 하는 것들이 우리나라에 온다.

황사의 역사는 인간의 역사보다 오래된 자연계의 순환이고 대류라고 할 수 있다. 실제로 중국에서는 기원전 1150년부터 황사 관측 기록이 전해지고 있고, 우리나라의 역사 기록으로는 고려 시대 김부식의 『삼국사기』의 기록에 의하면 서기 174년 '우토(雨土)'라는 표현으로 황사가 처음 등장했다. 그러나 이때의 황사는 크게 위험하지 않았고 오히려 황사가 땅을 비옥하게 만들어 주는 역할도 했다.

최근 중국의 급속한 산업화와 도시화가 일어나면서 화석연료 사용의 급증, 산림훼손과 식생 파괴 등으로 인한 사막화 현상이 주원인으로 지적되고 있다. 그래서 사막화가 점점 늘어나면서 황사 피해도 갈수록 심각해지고 있는 것이 현재의 실정이다. 우리나라에 영향을 주는 중국의 황사먼지 속에는 공해물질이 섞여 있어 산업에 피해를 주고 국민건강에도 심각한 영향을 준다. 참고로 한국과학기술원에 의하면 겨울철 제트기류나 편서풍을 타고 중국에서 우리나라로 날아온 아황산가스가 시간당 300톤에 이른다고 한다. 이는 우리나라에서 발생하는 공해물질의 두 배에 해당하는 양이라 우리의 생존과 직결된 심각한 문제라고 할 수 있다. 이에 대한 피해도 수조 원에 이른다고 한다. 중국 황사의 제일 큰 문제점은 해로운 대기오염 물질을 포함하고 있다는 것이다.

사막은 Fantasy, Illusion, Mirage의 고향

사막은 아름답다. 사막은 깨끗하다. 이런 말들은 일시적이고 단편적인 환상이거나 착각일 수 있다. 판타지(Fantasy)와 일루전(Illusion)은 어떤 차이일까? 사전에 따르면 Fantasy는 미래에 대한 즐겁고 아름다운 환상을 말한다면, Illusion은 현실에 없는 착각이나 착시 같은 망상을 말한다. 판타지는 긍정적이고 밝은 반면, 일루전은 약간 어두운 면이 있다. 미라지(Mirage)는 신기루(蜃氣樓)로 사막의 아지랑이 착시를 말한다. 사막의 현상은 경우에 따라서 Fantasy가 되기도 하고 Illusion이 되기도 한다.

신기루(Mirage)라는 것은 사진, 영화, 다큐멘터리같이 밖에서 들여다보면 아름답고 기이한 판타지가 된다. 그러나 절박한 낙타 몰이꾼이나 사투를 벌여야 하는 탐험가처럼 직접 속에서 체험한 신기루는 일루전에 가깝다. 비슷한 말이지만 그런 뉘앙스로 이해할 수 있겠다. 사막은 간결하다. 대지를

타클라마칸의 모래는 너무 가늘고 부드러워 발이 푹푹 빠져서 건너는데 애로가 많다.

뒤덮는 모래 위에 바로 하늘이 있다. 하늘과 땅 사이에 항상 생성 소멸하는 곳이 사막이다. 사막은 단순한 이상 광기와 광란을 간직한 곳이다. 사막의 카라보란(검은 폭풍)은 굳건한 대지를 뒤엎으면서 안일하고 단조로운 신진대사를 광적으로 일어나게 한다.

664년 현장 스님은 스키타이어로 '돌아올 수 없다'는 타클라마칸 사막을 오직 법력(法力)으로 건넜다. 침략자 도굴꾼 장물아비 등 다양한 장비(?)로 무장한 탐험가에게는 신의 가호가 함께하지 않았겠지만, 가난한 순례자 스님에게는 부처님의 가호가 함께했을 법(法)하다. 그는『대당서역기』에 이렇게 기술하고 있다.

『행인들이 지나간 뒤에는 어떤 발자국도 남아있지 않으니 사람들이 길을 잃고 헤매게 된다. 사방을 돌아봐도 모래만 쌓여 일망무제하니 도대체 방향을 분간할 수가 없다. 그리하여 내왕하는 행인들은 죽은 자가 남긴 해골을 주워 모아 길 표지로 삼는다. 여기에는 물이나 풀이 없으며 바람은 대개 열풍이다. 열풍이 휘몰아칠 때 사람이나 짐승은 정신 혼미해져서 병에 걸리게 된다』

이 검은 회오리 바람이라도 만나면 온전히 살아나오기 힘들고 열사병에 걸려 정신이 혼미해진다는 말이다. 19세기 이전 서구 탐험가들이 횡단과 종단을 시도했지만 19세기 말까지 제국주의 열강의 팽창주의로 무장한 서양의 많은 탐험가들에게 돌아올 수 없는 '죽음의 바다'로 불렸지만 1895년 스웨덴의 스벤 헤딘이 천신만고 끝에 종단에 성공했다.

사막공로를 지키는 109개의 편의점

어쩌면 너와 나 떠나야겠으며

아무래도 우리는 나눠야겠느냐

우리 둘이 나뉘어 생각하며 사느니보다

차라리 바라보며 우는 별이 되자.

— 이상화(李相和), 〈이별을 하느니〉 중에서

늙은 부부의 쉬징팡(水井房)

사막공로(公路)에는 대략 5km 간격으로 남에서 북을 향해 바라보면 도로의 우측 편(동쪽)에 빨간 지붕과 연한 미색과 하늘색으로 칠해진 수정방이란 편의점(?)이 있다.

고달픈 부부가 기대고 의지하며 자는 침대-너무 짠해서 주머니 사탕을 털어서 놓고 왔다.

비폭력, 무저항, 무소유(無所有)의 상징 마하트마 간디(Mahatma Gandhi)도 울고 갔을 정도로 가난한 살림살이

당국의 조처로 결혼한 부부들이 이곳에 와서 일정 기간 이 방사림(防沙林)과 주변 도로를 관리하는 거처가 '수정방'이다. 이곳에 지원한 부부는 신혼부부도 있고 늙은 부부도 있어 일명 '부부방'으로도 불린다. 이들은 3년 정도 근무연한을 정하고 매달 1,000위안(한화 17만 원) 정도 결코 많지 않은 급료를 받지만 사막 한가운데라서 돈 쓸 곳이 없어 목돈을 모을 수 있다고 한다. 이들이 머무는 수정방은 종일 많은 차량이 스쳐 지나가지만 십 리(3-5km) 정도를 걸어가야 이웃 수정방 사람들을 만날 수 있다. 그래서인지 사람이 무척 그리운 듯했다.

우리가 들린 곳은 새벽 1시쯤 중국 사천성에서 왔다는 60은 넘어 보이는 늙은 부부의 수정방이었다. 이들은 자다가 깨어났지만 아주 친절하고 반가운 표정이었다. 그들이 묵는 방에는 작은 침대 두 개와 작은 옷장이 있고, 부엌에는 무쇠로 된 간단한 전기 히터, 솥, 후라이팬, 그릇 몇 개가 살림의 전부였다. 마하트마 간디(Mahatma Gandhi, 1869~1948)가 보았더라도 울고 갔을 정도로 가난한 살림살이였다.

우리를 하룻밤 재워준 수정방과 외롭고 짠한 두 부부와 함께. 수정방은 지하수를 끌어내어 사막공로 주변 초목
에 물을 준다.

우리 원정대가 이 수정방 부엌에서 라면을 끓이려고 하니 전기 히터만 있
었다. 이 히터를 사용하기 위해서는 기관실에서 펌프를 작동시키는 디젤
엔진을 돌렸는데 소음이 장난이 아니었다. 라면을 끓여서 식은 밥과 함께
늦은 저녁 요기를 했다. 그리고 텐트와 기관실에 나누어 잠을 잤다. 이 집은
사막에서 우리에게는 오아시스였다.

수정방의 부부들은 사막공로가 흐르는 모래에 침식되지 않도록 하는 파수
꾼들이었다. 술 이름으로만 알고 있던 이 수정방에는 가난하고 외로운 힘
없는 늙은 부부가 서로 의지하면서 기대어 사람 인(人)을 그리고 있었다. 이
들에게서 모습에서 묘한 엘레지(Elegy, 哀歌)가 짠하게 흘러나오고 있었다.

사막공로를 건설한 후 중국석유는 수정방(水井房)이라는 우물집을 3~5km 간

북쪽 방향 지평선으로 뻗어있는 사막공로의 좌우에 모래 바람을 막아주는 방사림이 펼쳐져 있다.

격으로 지어놓고 디젤 엔진을 이용해서 물을 퍼내면 물탱크에서 약 20개의 검은 호스로 물을 내보내서 호스의 미세한 구멍으로 물이 품어져 나오게 해서 식물에 물을 준다. 이 사막공로에는 이런 수정방이 무려 109개나 된다. 이렇게 기른 초목들은 사막공로의 모래 침식을 막아주는 방풍 방사림 역할을 한다. 구체적으로 이 사막에서 석유를 캐내는 중국석유에서 수정방을 관리하고 급여도 준다. 이들이 입은 파란색 유니폼에는 중국석유라는 마크가 붙어 있다.

사막공로는 유전에서 생산된 원유를 운송하는 중요 통로이므로 중국석유의 지원은 지극히 당연해 보인다. 타클라마칸 사막에는 중국 총 석유매장량의 30%가량이 매장되어 있다고 한다.

민망한 고량주, 역겨운 샹차이

민망한 고량주

우리가 늘 만나는 우물집인 수정방(水井房)과 술 이름 수정방(水井坊)은 중국발음으로 '수이징팡'인데 끝 자만 다르다. 한국인들에게 알려진 중국의 3대 명주는 마오타이[茅臺], 우량예[五糧液], 수이징팡[水井坊]이다. 중국인들이 꼽는 3대 명주를 '마오타이, 우량예, 검남춘'이라고 주장한다. 그러나 일부 사람들은 수정방의 깔끔한 맛과 향에 반해서 과감히 3대 명주로 평가한다.

중국 술은 중국사람들처럼 처음에 사귀기가 정말 힘들다. 고량주에서 풍기는 야하고 구린내 같은 '민망한(?) 냄새' 때문에 처음에는 몹시 꺼려진다. 그리고 20도 이하의 술을 먹던 사람들이 대부분 40도를 넘는 도수(度數)에 기겁한다. 술자리에서 중요한 상대라고 할 수 있는 여성들이 특히 이런 냄새를 좋아하지 않는다. 그리고 고급술은 가짜 짝퉁이 많다는 불신감도 꾸린 내를 풍기면서 에워싼다. 그러나 서서히 친해지면 그런 냄새에도 불구하고 혀에서는 목구멍을 넘어가며 진한 향기와 함께 깊은 맛이 느껴진다. 3대 명주 중에서 식도를 넘어간 다음 향이 여운처럼 뒤따라오는 술이 수정방이다.

역겨운 샹차이

중국 동남아 중동 등 남방지역을 가면 음식마다 들어간 샹차이[香菜, 韓, 고수, 빈대풀]의 독특한 냄새(노린재의 냄새와 비슷)에 적응하지 못해 애를 먹는 경우가 많다. 샹차이는 처음에 사귀기가 정말 힘들다. 우리 한국 사람들은 이 샹차이가 조금만 들어가도 거의 발작적으로 심한 거부 반응을 보인다. 비위가 약한 사람들은 대부분 뱉어낸다. 그러나 법력이 강한 스님들은 이 샹차이를 즐긴다. 샹차이를 넣어 밥도 비벼 먹고 고춧가루와 조선장에 무쳐서 먹는 스님들도 많다.

샹차이는 가까이 일본 중국 인도차이나의 모든 지역, 인도, 파키스탄, 중동, 멕시코, 미국, 스페인, 유럽 등 세계적으로 많은 요리에 약방의 감초처럼 들어가는 향신료이다. 영어로 코리앤더(Coriander), 스페인어로 실란트로(Cilantro), 인도에서는 다니아(dhania)라고 한다. 많은 사람이 즐기는 아주 친근한 향신료인 만큼 노린재 냄새 같은 샹차이에 잘 적응해야 국제적인 식성이 될 수 있다. 샹차이만 나오면 뒤집어지는 사람들은 진정한 미식가, 음식의 Cosmopolitan이 될 수 없다. 이 역겨운 샹차이도 잘 달래서 사귀어보면 의외로 깊은 맛과 신선한 우정을 나눌 수 있다.

영남 해안지방의 미식으로 딴 지방 사람들이 잘 못 먹는 향신료가 "방아잎"이 있다. 장독대나 우물가 울타리 아래 등에서 자라는 풀인데 민물매운탕, 생선찜, 된장찌개 등에 넣어 먹는데 이 향채를 처음 대하는 타지방 사람들은 방아의 묘하고 특이한 향에 질겁한다. 그러나 오랜 세월 이 방아풀(回茉花)을 먹어온 원주민들은 환호한다.

맛이란 하루아침에 한두 번에 익숙해지지 않는다. 그런 음식은 인내심을 가지고 접근할 필요가 있다. 바이크 라이더가 가장 중요한 것이 방향을 가리키는 지(指)를 생각하는 역지사지(易地思指)이다. 미식가가 타관객지에 나가서 가장 중요한 것이 맛있는 지(旨, 맛있을지)를 생각하는 역지사지(易地思旨)이다.

먼 길을 가는 순례, 일낭일막(一囊一幕)

쉽고 편안한 환경에선 강한 인간이 만들어지지 않는다.

시련과 고통을 통해서만 강한 영혼이 탄생하고,

통찰력이 생기며, 일에 대한 영감이 떠오르고,

마침내 성공할 수 있다.

— 헬렌 켈러

정중동(靜中動)을 추구하는 수행, 일의일발(一衣一鉢)

선사들이 무소유와 청빈한 수행을 이야기할 때 일의일발(一衣一鉢)이란 간결한 표현을 한다. '옷 한 벌에 발우(그릇) 하나'로 무소유와 최소한의 탁발을 의미한다. 그러나 시공간적(時空間的)으로 더 오래 더 멀리 가려면 일의일발로는 안 된다. 하루 거리이거나 유숙할 곳이 있는 시공간의 여행길이라면 일의 일발(一衣一鉢)은 '일장일낭(一杖一囊)'으로 변해야 한다. '지팡이 하나 짚고 괴나리봇짐 하나' 진 기본적인 나그네 길이 일장일낭(一杖一囊)이다.

여기에 더 멀리 더 오래 사람이 안 머무는 곳에서도 자유롭고 독립적이고 주체적이려면 생존을 위한 최소의 소유를 해야 하는 일낭일막(一囊一幕)이 되어야 한다. '배낭 하나에 천막 한 동'이라는 의미로 일낭일막이다. 짐작하듯이 소유로 점점 더 무거워지고 있다.

원정을 자주 다니다 보면 무거운 짐 무게에 몸서리치게 민감해진다. 전년 원정에서 너무 무거운 가옥형 텐트를 2동 가져가서 오버차지 비용이 숙박비 이상이었다. 이번 원정에는 학창시절에 구입한 가벼운 5인용 돔형 텐트 한 동만 가져갔다.

만약 무서운 카라보란(검은 폭풍)이 불면 최소한 괴로운 모래바람을 피할 텐트가 꼭 필요하다. 소나기는 피해가라는 말처럼 이 모래 폭풍도 피해가야 한다. 바람이 불어 용오름이 거세져서 땅과 하늘이 뒤집어지면 텐트의 폴대가 휘어지고 부러지거나 강풍에 날아갈 수도 있다. 그리고 미세 모래 먼지는 조그만 틈을 비집고 텐트 속으로 들어오므로 최대한 문을 잘 닫아야 한다. 정밀한 카메라, 캠코더 등은 밀폐시켜서 보관하고 음식물은 지퍼백이나 락앤락 같은 통에 잘 담아두어야 한다. '바늘구멍으로 황소바람 쳐들어오듯' 미세 모래들이 들어오기 때문이다. 이렇게 텐트 안을 잘 정리해 두었으면 앉아서 기도를 하든지, 누워서 꿈을 꾸면 된다. 이런 준비(備) 덕인지 다행히 카라보란의 환(患)은 피할 수 있었다. 이런 것을 유비무환(有備無患)이라고 하나 보다!

사막에 가면 '알라하 아끄바르(신은 위대하도다)!', '인샬라(신의 뜻대로)!', '앗살람 알레이쿰(알라신의 영광이 당신에게)' 정도의 문장은 기억하고 있어야 한다. 그래야 당장 신의 가호와 은총이 필요할 때 바로 부탁하고 기원할 수 있다. 당장 위급한 상황이 오면 119에 연락해서 한국에 상주하고 있는 동시통역사(!)를 여기까지 불러오는 것은 시간도 오래 걸리고 쉽지도 않다.

누워서 꿈을 꾸고 앉아서 기도하다 보면 신은 분명히 바람을 멈추고 카라보란을 잠재우는 평화의 계시(啓示)를 내려 준다. 이것은 알라신이 622년 헤지라(Hegira, 聖遷)부터 사막과 태양의 땅을 지배하면서 수 세기 동안 확인되고 증명된 진리이다. 밤은 언제나 밝아오고, 낮은 언제나 어두워진다. 폭풍이 불면 언젠가 잦아들고, 평화로운 하늘도 언젠가는 폭풍이 몰아친다. 그러한 자연을 주재하는 신은 정녕 위대하지 않는가?

사막에서 텐트 생활은 동물적이다. 씻지도 못하고 모래 묻은 몸으로 천막에 들어가야 한다. 그러나 물 한 컵을 덜 마시더라도 최소한의 '양치질과 탁족(濯足)'은 장기간 야영에서 가능하면 지켜야 할 약속이다. 날씨가 건조한 탓에 종일 흘린 땀의 잔해(소금)는 털어내고 약간 편한 옷으로 갈아입고 자면 된다. 한서의 격차가 심한 사막 밤의 적막과 써늘한 한기는 몸을 더욱 웅크리게 한다. 그래도 코끝을 싸하게 하면서 맞이하는 동트는 아침, 여명은 찬란하다.

동중정(動中靜)을 추구하는 만행, 일장일낭(一杖一囊)

불가에서는 밥 한 톨 버리면 '축생지옥'과 '아귀지옥'으로 떨어지는 업(業)을 짓는다고 했다. '모든 살아있는 존재에 대한 중생론(衆生論)'은 불교에서 흔히 다루는 주제이다. '쌀 한 톨', '밥 한 톨'의 담론은 '경제적 가치'가 아니라, 버리는 꼭 그만큼 불필요한 살생을 더 하는 '생명적 가치' 때문이다. 생명존중에 대한 사상이 가장 강한 종교가 불교가 아니던가? 버리고 남겨서 생명을 죽이지 말자는 말이다. 신랄하게 말해 '버리는 것은 곧 죽이는 것이다'. 가능하면 '더불어 함께 살자'는 공존론은 모든 중생들 간의 불문율, 무언의 약속, 생태계의 기본 법칙이다. 이 원칙에 따르면 음식을 버리는 것은 살생이다.

인간의 삶은 안락을 지향하는 욕망의 찌꺼기들에 의해 강과 들 바다와 산이 오염되고 있다. 엄청나게 많은 음식찌꺼기, 비닐, 플라스틱, 합성세제, 제초제, 농약, 배기가스, 산업폐기물, 원자력 폐기물 등은 대부분 사람은 피해 가지만 자연을 치명적으로 해치고 있다. 우리가 매일 쓰는 석유화학제품 비닐이나 플라스틱 일회용품 등은 반영구적으로 분해가 안 된다. 바다에서 닳고 부서져 생긴 '미세 플라스틱'은 화학 성분이 달라붙기 쉽다. 어류 해조류 등 수중 생물들이 '미세 플라스틱'을 먹으면 이 어류와 해조류를 먹는 사람들에게 악순환이 이어질 수 있다. 이런 지속 가능한 위험은 개인이 아니라 UN 같은 국제기구에서 국가적 협의와 실천을 끌어내야 한다.

일시적으로 위험한 것은 산불을 일으키는 담뱃불 같은 사소한 것이고, 더 위험한 것은 '전쟁'이라고 생각된다. 남한의 폐(肺)라고 할 수 있는 강원도 고성 일대 100만 평 이상 되는 숲이 담뱃불에 인화되어 초토화된 적이 있다. 6·25전쟁 중 남북한의 엄청난 산하가 불태워지고 잿더미가 됐다.

쓰레기 안 버리고, 버린 쓰레기를 줍는 것만 환경보호가 아니다. 원천적으로 쓰레기를 만들지 말아야 한다. '쓰레기를 버리지 말자', '아껴 쓰자', '재활용하자!' 등은 늘 우리 귓전을 맴도는 구호들이다. 그러나 이런 말은 공염불로 들리고 잘 지켜지지 않는다. 꼭 갈 데까지 가봐야 하는 것일까?

썩지 않는 플라스틱 일회용품 사용이 날로 늘어나서 지구를 절망하게 한다. 북태평양에 한반도 크기의 7배나 되는 커다란 플라스틱 쓰레기섬(Great Pacific Garbage Patch)이 생겼다. 인간의 이기적인 탐욕 타락 남용을 보면 희망이 보이지 않는다. 지구상에 남은 화석연료가 고갈되면 그때부터 조금씩 나아질까? 파랑새의 꿈을 꾸어본다. 이 지구가 빨리 '불의 시대'를 벗어나 '토의 시대'로 이행되는 것만이 해결책일까?

무소유와 청빈한 수행을 하는 일의일발(一衣一鉢)을 생각해본다. 그러나 만행을 하는 나그네에게 일의일발(一衣一鉢)은 공간착오다. 만행을 하는 나그네들은 일장일낭(一杖一囊)이 정답이다. '지팡이 하나에 괴나리봇짐 하나'를 말한다. 일의일발은 청빈과 무소유의 절대적인 상징이다. 이런 상징을 물려주는 것을 '의발(衣鉢)을 전수(傳授)한다'고 했다. 형이하학에서 형이상학으로 넘어가고 있다.

먼 길을 가야하는 순례, 일낭일막(一囊一幕)

배낭 하나에 천막(tent) 한 동의 자유! 이렇게 배낭(囊) 하나에 천막(天幕) 한 동을 지고 젊은 날 수많은 곳을 주유(周遊)했던 기억이 난다. 일낭일막은 힘든 만큼 '자유롭고 독립적이며 주체적'이다. 그러나 소유와 무게의 노예가 될 수밖에 없다.

신장 웨이우얼 자치구와 베이징 공산당의 서북공정 이야기는 성격상 상당히 심각할 수밖에 없다. 딱딱한 이야기는 그만두고 잠시 캠핑에 대해서 알아보자. 텐트 치는 방법을 확실히 모르면 시간이 오래 걸린다. 이런 캠핑이 부담스러우면 불편해서 캠핑을 가능하면 피하고 민박을 하게 된다.

그러나 텐트를 치는 방법이 익숙하면 언제 어디서든 원하는 곳에 작은 별장을 지을 수 있다. 모든 원정, 야외생활, 아웃도어의 성격은 3개의 축 삼위일체로 이루어진다. 입는 것, 먹는 것, 자는 것이란 삼위일체가 제공되어야 목적한 행위가 나오는 것이다. 잘 자고 잘 입고 잘 먹어야 잘 움직일 수 있다. 먹고 자는 것이 정(靜)이라면 입고 라이딩하는 것은 동(動)이다. 정에서 동이 나오고, 동이 정을 부르는 것이다.

집에서도 텐트를 쳐 놓으면 꼬맹이들이 제일 환호하며 참새 방앗간 들락거리듯 자기들 나름대로 꿈의 공간을 만들어 나간다. 어른들도 텐트에 들어가면 아늑한 느낌이 가슴을 꽉 채우면서 행복에 겨워한다. 추억을 생각하며 막영법에 대해 알아본다.

필자는 죽은 이들의 음택(陰宅)을 선정하는 풍수는 잘 믿지 않는다. 그러나 캠핑 시 풍수지리(風水地理)는 아주 중요하다. 캠핑은 양택(陽宅)을 선정하는 것이기 때문이다. 강가, 호수가, 초원, 능선, 숲 속 등 아름다운 풍경이 있는 곳에 조그만 집을 짓는다. 이때 장소 선정을 위해서 필요한 것이 있다. 캠핑은 집과 같아서 기본적으로 안전(安全)하고 안락(安樂)하며 편리(便利)해야 한다. 강풍, 낙석, 산사태, 눈사태의 통로, 비가 내리면 물이 불어나는 낮은 곳, 절벽이나 경사가 심한 곳, 벼락이 치기 쉬운 곳 등 위험한 곳은 절대 피해야 한다. 이것은 꼭 지켜야 하는 큰 원칙이다. 그리고 물을 구하기 쉬운 곳이면 더 바람직하다. 이미 충분한 물이 준비되었다면 캠핑장소 선정에 자유로울 수 있다.

보통 종주를 할 때 리더는 목표를 정하고 예정 도착시간의 2~3시간 전부터 물에 신경을 쓴다. 그래서 취사에 충분한 물을 대원들이 나누어서 짊어지게 한다. 텐트를 치고 나서 물이 없어 1~2시간 걸려 물을 구하러 갔다 오는

열사(熱砂)의 사막이라도 어둠이 다가 오면 이런 천막이 하나 있어야 견딜 수 있다.

것보다는 2~3시간 전에 물 1~2kg을 더 지고 가는 것이 당연히 더 낫다.

집 떠나면 고생이지만 캠핑은 안락함과 쾌적함에 역점을 두어야 한다. 습하거나 물기가 많은 곳, 진흙탕 위에서는 캠핑할 수 없다. 그 가벼운 휴대용 이동가옥이 진흙 개펄에 젖는 것은 끔찍한 일이다. 당연히 배수가 잘되는 곳을 선택한다. 그리고 비가 올 것 같으면 텐트(Tent) 주위에 홈을 파서 물길을 내어준다. 바위 위는 맑은 날이 아닌 경우 빗물이 스며들지 않고 물길을 만들기가 불가능하니 피한다. 약간 경사가 있더라도 평탄하고 배수가 잘되면 된다.

겨울에는 햇볕이 드는 양지쪽에 바람막이가 있는 곳이면 더 좋고, 여름이라면 주위보다 높고, 나무 그늘이 있고 환기가 잘되는 곳을 선정한다. 경치가 좋다면 금상첨화이다. 그러나 경치까지 욕심내는 것은 과유불급

(過猶不及)! 이러한 위치 선정이 끝나면 텐트를 꺼내어 집을 지어보자. 초보자가 많으면 유경험자 지시에 따르는 것이 좋다. 텐트 생활의 가장 중요한 수칙은 '정리'이다. 첫째도 정리요, 둘째도 정리임을 꼭 기억하자. 돌멩이가 밖으로 노출된 것을 제거하고 먼저 땅을 고른다. 그리고 텐트 입구가 바람을 직접 받지 않게 바람을 등지고 친다. 환기를 위해서도 아주 중요하다. 이때 바닥이 골라진 자리에 낙엽이나 풀을 깔아준다면 땅의 한기가 직접 전달되는 것을 막아주어서 더욱더 포근한 안식을 누릴 수 있다. 마른 풀이나 낙엽이 없으면 신문지라도 깔면 습기를 머금어서 좋다. 그리고 그 위에 판초나 비닐을 깔아 습기를 막아준다. 그 위에 비로소 텐트를 친다. 텐트의 바닥은 방수가 되지만 나머지 텐트의 원단은 통기성이 있어 숨을 쉬고 습기를 배출하게 되어 있다.

바람이 세차면 텐트 치는 것이 몹시 힘들어진다. 입구를 정하고 바닥을 완전히 편 다음 바람에 텐트가 날리는 것을 방지하기 위해 미리 팩을 박고 조립한다. 그런 상태에서 폴과 텐트를 결합한다. 보통은 텐트가 다 쳐지면 필요할 경우만 팩을 박는데 바람이 세게 불거나 눈비가 내릴 때는 먼저 팩을 박아 주어야 한다. 이 텐트 위에 덮는 플라이는 방수가 되므로 수분 배출이 안 되니 플라이와 텐트의 간격을 넉넉하게 하여 습기가 차서 텐트 안으로 스며들고 떨어지지 않게 한다. 이 정도면 스위트홈으로서 손색이 없다.

이어서 짐을 집어넣어 정리한다. 매트리스가 말리지 않게 뒤집어서 넓게 펴고 당장 필요한 물건을 꺼낸다. 필요한 물건을 분류하여 몇 개의 작은 '분류(分類) 주머니'에 넣어두면 필요한 주머니만 꺼내면 간단하게 찾을 수 있다. 용도에 따라서 입구를 기준으로 순서를 정해서 둔다. 요즈음 텐트는 천장에 고리가 있어서 랜턴을 걸게 되어 있다. 어두우면 랜턴 불을 밝히고 짐을 풀어 텐트 안을 정리한다. 입구에서 전후로 나와 있는 텐트와 플라이 사이 빈 공간을 잘 활용한다.

앞 입구는 중간에 신발, 한쪽은 먹을 것과 취사도구와 물, 한쪽에는 스토브와 연료를 둔다. 등산화 옆에 슬리퍼를 놓아두면 너무 편리해진다! 부피가 큰 배낭과 야영에 불필요한 짐은 배낭에 집어넣은 뒤 반대편 문밖 플라이 아래 빈 공간에 두면 된다.

전등이나 자주 쓰는 작은 물건은 텐트에 딸린 잡주머니에 넣어둔다. 두루마리 화장지 중간 구멍에 줄을 끼워 걸어둔다. 장기산행이 계속될 경우 텐트 안에 줄을 치고 젖은 옷가지는 널어둔다. 혹한기 동계 종주 산행일 경우 젖은 신발 겉에 묻은 오물을 제거하고 얼지 않게 슬리핑백 안에 넣고 잔다.

완벽한 고독과 고요가 지배하는 사막의 아침

청산혜요아이무어(靑山兮要我以無語) 청산은 나를 보고 말없이 살라하고
창공혜요아이무구(蒼空兮要我以無垢) 창공은 나를 보고 티 없이 살라하네
요무애이무증혜(聊無愛而無憎兮) 사랑도 없애고 미움도 없애고
여수여풍이종아(如水如風而終我) 물같이 바람같이 살다가 가라하네

— 나옹 선사(懶翁禪師)

나옹(懶翁)은 고려말 선승으로 20세에 친구의 죽음을 보고 출가하였다. 대부분 선승들과 달리 생몰연대가 분명하게 남아있다. 원나라 연경(燕京)에 가서 공부하고 돌아와 공민왕의 왕사가 되었다. 그의 32제자 중 한 명이 조선을 건국한 이성계의 멘토(Mento)가 된 무학대사이다. 시가 물처럼 바람처럼 맑고 담백하지만 호탕한 호연지기가 넘친다.

생종하처래(生從何處來) 생은 어디에서 오고

사향하처거(死向何處去) 사는 어디로 가는가?

생야일편부운기(生也一片浮雲起) 생은 한조각 뜬구름이 일어나고

사야일편부운멸(死也一片浮雲滅) 사는 한조각 뜬구름이 멸하는 것

부운자체본무실(浮雲自體本無實) 뜬구름 자체가 본래 실이 없으니

생사거래역여연(生死去來亦如然) 생사 가고 옴 또한 그럴 것 같으니

담연불수어생사(淡然不隨於生死) 담연하여 생사에 따르지 않도다.

　　　　　　　　—나옹누님, 〈동생에게 염불을 배우고 난 후 화답시(和答詩)〉

하룻밤쯤 잠을 안자도 라이딩에 큰 지장이 없다?

이 사막공로는 고대 2천 년 이상 지속되어 온 오아시스 북로(톈산남로)와 오아시스 남로(서역남로)를 연결한 거대한 토목공사의 현장이다. 한가위가 지났지만 달이 떠 있어서 그렇게 어둡지 않고 돌아올 수 없는 타클라마칸에서 죽어간 수많은 길손들의 혼불(!)이 길을 밝혀주어서 잘 달리고 있다. 든든하게 전해져 오는 대지의 저항과 마주하는 느낌이 발바닥에서 무릎을 거쳐 허벅지와 엉덩이로 전해져 와서 오히려 더 큰 안정감이 생긴다.

새벽 1시까지 라이딩했음에도 불구하고 아침 일찍 일어나야 했다. 수면시간도 짧고 숙면도 아니지만 크게 피곤하지는 않다. 이것저것 껴입고 불편하지만 잤다. 사람들은 결전의 날을 앞두고 불면의 밤을 지새우는 경우가 많다. 그러나 크게 걱정할 필요가 없다. "대부분 선수들은 경기 전 60시간 정도 자지 않아도 이전에 체력 소모가 없었다면 경기에 큰 지장이 없다"고

한다.

종단에 대한 부담감 때문에 일출과 함께 출발하려고 하지만 늘 현실은 늦어진다. 아침 일찍 식사준비를 한다. 빨간 통에 들어있는 Phoebus 스토브에 불을 붙인 후 압력밥솥을 올리고 아침 일찍 식사준비를 한다. 나에게 아침잠은 꿀 같이 단잠이다. 저녁형 인간이라 늘 아쉬움과 미련처럼 피로의 찌꺼기들을 몸속에 남겨두고 아침을 시작한다. 찌뿌둥한 현실(現實)과 맑고 상쾌한 이상(理想) 사이의 갈등과 괴리감! 향기 좋은 원두커피라도 한잔하면 영혼이 더 쌕쌕해질 것 같다.

산속이 아닌 사막의 아침은 먼동이 일찍 터온다. 산이 아닌 지평선에서 해가 뜨기 때문이다. 일찍 일어나서 집안일을 하는 수정방 부부의 밝은 모습을 보니 어제보다 훨씬 더 닮아 보인다. 일란성쌍생아(一卵性雙生兒) 같이 닮은 그들에게서 지난밤의 연민보다 살가운 부러움이 생겨난다. 이들은 왜소한 몸으로 흘러온 유사(流砂)를 쓸어가면서 사막공로가 침식되지 않도록 지키고 있다.

검은 석유가 어둠을 밝히는 아이러니!

오늘은 바이크 라이딩을 하기에 최적의 날씨 같다. 적막이 깔리는 사막의 아침, 낮게 깔린 안개를 말리고 있는 햇볕. 밤에서 낮으로 바뀌는 사막의 아침은 고요하지만 초원의 아침처럼 맑지 않고 뿌옇다.

'황후의 밥 걸인의 찬'을 노래하며 하얀 쌀밥에 가난한 밑반찬이지만 아침을 든든하게 먹었다. 최대한 일찍 아침을 먹고 서둘러서 길을 떠나야 한다.

아침밥은 7, 8인분은 될 것 같다. 나머지 식은 밥은 점심때 저녁때 간단하게 라면 밥으로 해결하면 된다. 우리에게 몇 시간의 머무름을 허락해준 부부와 함께 중국석유에서 운영하는 수정방 78호 집을 배경으로 기념사진을 찍고 출발한다. 사막의 곳곳에 높이 솟은 시추탑이 있어 원유를 캐내고 있다. 검은색은 모든 색을 수렴한 것이므로 이 색 저 색을 모두 섞다 보면 점차 검은색으로 변한다. 수렴이 오래 많이 된 물질일수록 화학변화를 할 때 발산이 크고 길어진다. 검은색은 사색하게 한다. 숯은 일차적으로 탈 것이 다 타버린 마지막 물질이라서 숯은 탄소가 주성분이다. 이 탄소 숯은 오래오래 타고 화력이 강하다. 석유(원유)도 검은색이라 수렴이 많이 되어 있다.

이 석유는 정유하면 여러 종류의 물질이 단계적으로 나온다. 현대 과학문명은 수만 년 역사가 스며있는 검은 원유를 정유하여 분류하고 추출하며 화학적인 변화를 유도하여 새로운 물질을 만들어 내는 역사였다. 검은 석유 유전에서 맑고 밝은 LPG, LNG 같은 가스가 나오고 제일 먼저 휘발유, 등유, 경유, 중유, 벙커C유, 아스팔트 등이 추출되어 나온다. 위에서 나온 것들은 밝은 '빛'이 된다. 아래서 나온 것들은 뜨겁게 데우는 '불'이 되며 아래에서 나온 무거운 '물질'들은 여러 가지 셀 수없이 많은 공업용 원료가 된다. 여기서 나온 것이 Oil Money이다. 때 빼고 광내는데 오일머니만큼 효과적인 것은 없다. 가장 교환가치가 빛나고 가격이 보장되는 것이 검은 노다지이다. 기름은 마찰이 없고 미끄러워 활력을 불러일으킨다. 이 검은 노다지는 죽음의 사막에 활력을 불러일으키고 있다. 이 도로도 오일머니로 만든 인공혈관이다.

이슬람 사제들의 음료, 커피

커피는 지옥처럼 검고, 죽음처럼 강하며, 사랑만큼 달콤하다.

— 터키 속담

세계 4번째 교역품

차가 종교(불교)적이라면, 커피 또한 종교(이슬람교, 기독교)적이다. 커피가 석유 자동차 컴퓨터에 이어 4번째로 거래가 활발한 교역품이라고 하니 우선 놀 라울 뿐이다. 세계 교역상품 베스트 5(2009년 기준)에 원유 1위, 중소형자동차 2 위, 컴퓨터 3위에 이어 커피 담배 주류가 4위를 차지하고 있다. 커피의 국제 적인 교역은 브라질을 중심으로 한 자연건조한 아라비카(arbica)종, 인도네시 아를 중심으로 한 로부스타(robusta)종, 콜롬비아를 중심으로 아라비카와 로

브스타를 교배해서 마일드한 맛을 내는 아라부스타(Arabusta)종 등 크게 3가지가 거래되고 있다.

이러한 원두를 기본으로 로스팅 단계, 블렌딩 종류, 추출방법 등 인간의 다양한 욕구에 맞춘 커피의 종류와 메뉴는 수백 가지가 넘는다. 유럽인들은 에스프레소, 카푸치노, 카페오레, 카페라떼 등 커피를 다양하게 변형하여 즐겼다. 커피에 우유를 타거나 설탕, 아니스, 계피, 향료 등을 넣기도 했다. 커피의 발견을 둘러싸고 많은 이야기가 있지만 '양치기 소년 칼디(Kaldi)'와 아라비아의 사제 '오마르(Omar)'의 전설이 있다.

에티오피아 칼디의 전설, 염소들을 따라서

6~7세기경 에티오피아의 아비시니아 고원에서 염소를 키우는 목동 칼디가 있었다. 어느 날 염소를 몰고 관목 덤불로 가자 염소들이 잘 익은 빨간 열매를 맛있게 따 먹었다. 그런데 이 열매를 따 먹은 염소들은 힘이 솟고 흥분하여 이리저리 날뛰면서 소리를 지르고 잠을 자려 하지 않았다. 호기심이 발동한 칼디는 잘 익은 빨간 열매를 따 먹어보니 달달하고 기분이 상쾌해지고 흥얼흥얼 노래가 나오며 흥분이 되는 것을 느끼면서 '춤추는 염소'들을를 이해할 수 있었다. 후에 칼디는 이슬람 사원에 가서 자초지종을 설명하고 어느 사제에게 이 열매를 주었다. 그 사제는 이 열매를 동료들과 나누어 먹으니 정신이 맑아지고 졸리지 않고 각성작용이 있는 것을 확인했다. 그 뒤로 커피는 곧 여러 이슬람 사원으로 퍼져서 기도할 때 마셨다. 커피는 이렇게 종교적으로 시작되었다.

아라비아의 사제 오마르(Omar), 커피를 전파하다

1258년 아라비아의 수도승 '셰이크 오마르'는 예멘의 모카 항에 갔을 때 전염병이 나돌았다. 모카 왕의 딸도 전염병에 걸려 오마르는 정성껏 공주의 병을 치료해 주면서 사랑에 빠졌다. 그러나 곧 왕에게 발각되어 오우삽(Ousab)이란 곳으로 추방(누군가의 모함으로 추방당했다는 설도 있음)당했다. 산속을 헤매다가 어떤 새 한 마리가 빨간 열매를 쪼아 먹는 것을 보고 그 열매를 따 먹었다. 기진맥진 휘청거려 제대로 서 있기도 어려웠던 오마르는 이 달달한 열매를 따 먹고 갑자기 힘이 솟았다. 그는 이 열매가 정신을 맑게 하고 피로를 풀어주며 몸에 활력을 준다는 사실을 확인했다. 기회가 있을 때마다 이 열매를 따 먹으면서 똑같은 경험을 하자 다른 사람들에게도 이 열매를 권했다. 다른 사람들 역시 심신이 맑아지고 활력이 넘치는 것을 느낄 수 있었다. 오마르는 이것을 약제로 활용하여 많은 사람을 치료하였다. 후에 왕으로부터 죄를 용서받고 모카로 돌아온 후 커피를 전파했다고 한다.

커피의 어원

역사적으로 커피의 기원은 에티오피아의 카파(Kaffa)라는 곳에서 자라던 야생 나무에서 열린 열매로 체리라고 부르는 과육은 초록색에서 붉은색을 거쳐 검붉은 색으로 익어가는데 잘 익으면 달달하다. 이 검붉은 체리 안에 두 개의 씨앗인 생두(Bean)가 있다. 세월이 가면서 Kaffa란 지명이 그 나무의 이름이 되어 버렸다. 그리고 사람들이 이 생두를 먹으면서 온몸으로 느꼈던

뜨겁고 건조한 사막에서 커피든 물이든 액체는 신진대사에 절대적으로 필요하다.

이미지가 이입되어 Kaffa가 '온몸에 힘이 솟는다'는 의미가 되었다. 아랍어
까훼(ვიგი)는 오스만투르크로 전해졌고 유럽인들도 이 단어를 썼다. 학명은
카파(Kaffa)이고 영어는 coffee, 이탈리아어는 caffe, 프랑스어는 cafe, 독일어
는 kaffee 라고 부른다. 이 명칭은 모두 원산지 '카파'라는 지명에서 유래됐
다. 흥미로운 것은 원산지인 에티오피아에서는 커피를 '분나(Bunna)'라고 부
른다.

커피 향기는 아프리카에서 소아시아와 유럽으로

6~7세기 '양치기 소년 칼디(Kaldi)의 전설'에서 13세기 '아라비아 오마르(Omar)

의 전설'로 이어지면서 커피의 효능은 세월 따라 향기를 타고 널리 알려졌다. 처음에는 야생을 채집하여 충당하다가 양이 부족해지면서 재배를 하게 되었다. 10세기 이후까지 이슬람 사제들이 기도할 때 사용했다.

11세기경 홍해를 건너온 커피나무는 아라비아의 예멘에서 처음으로 재배하기 시작했다. 에티오피아에서는 야생 커피를 채집해 그대로 먹거나 끓여서 먹기도 했다. 그러나 예멘 사람들은 오늘날처럼 커피 열매(Bean)를 맛과 향기가 풍성해지도록 볶은 다음 원두를 갈아서 뜨거운 물에 탄 후 잘 우러나면 마셨다.

12~16세기 무렵엔 차츰 사우디아라비아의 메카, 이집트의 카이로는 물론 오스만투르크의 이스탄불, 그리고 페르시아의 여러 나라로 전해졌다. 13세기 이전까지는 이슬람의 성직자들만 마시다가 이후에 일반인들에게 보급되었다. 12~13세기 십자군전쟁 때 유럽의 군사들은 커피를 처음 맛보았다. 이 커피에 매료된 사람들이 늘어나면서 아무나 커피 재배를 못 하도록 독점권을 행사했다. 15세기에 아랍 상인들은 밀반출을 막기 위해 커피 원두를 끓는 물에 익히고 수출항을 예멘의 모카항으로 제한하여 다른 지역으로 반출을 엄금했다. 그러나 '커피의 문익점'인 이슬람 순례자 바바 부단(Baba Budan)은 커피 씨앗 7개를 허리띠 끈 속에 넣어가서 16세기부터 인도 남부인 마이소르(Mysore)의 산악지대에서 경작하는 데 성공했다. 1575년 이스탄불에 첫 커피숍인 키브 한(Kiv Han)이 생겼다.

이슬람 커피가 기독교로 개종

브라질 커피는 금지된 사랑, 불륜의 선물

커피라는 말은 아랍어에서 기원이 되었다. 이 커피는 이슬람 세계를 거쳐 차츰 유럽으로 퍼져가기 시작했다. 16세기 말 베네치아 상인들은 커피를 유럽에 도입하여 제일 먼저 교황에게 바쳤다. 교황 클레멘트8세(1592~1605)가 커피를 '기독교 음료(!)'로 선포하면서 커피는 곧 유럽 성직자와 중산층들의 특별한 기호품으로 자리 잡았다.

네덜란드는 1616년 인도에서 커피 묘목을 들여와 유럽의 식물원에 옮겨 심는 데 성공했다. 한편 커피를 식민지인 인도네시아 자바 섬으로 가져가 재배에 성공했다. 이후 에 예멘의 '모카커피'와 인도네시아의 '자바커피'가 양대 산맥을 이루게 되었다. 수요가 급증하면서 유럽의 제국주의자들은 이 커피 묘목과 씨들을 식민지에 옮겨 재배하는 데 성공하면서 커피는 차츰

커피나무에 달린 풍성한 열매. 잘 익은 열매의 과육 체리는 달달해서 먹을 만하다.

커피 원두를 로스팅하면 이런 아름다운 진한 갈색이 나온다.

세계에 널리 재배되고 각지에서 생산하게 되었다. 18세기 브라질에서 노예들을 동원하여 커피를 재배하기 시작된다.

커피가 브라질에 전해진 과정은 드라마틱하다. 1727년경 프랑스와 네덜란드 식민지 간 국경분쟁이 생겼는데 그 중재자로 간 포르투갈 출신 브라질 관리 '빨레따'가 있었다. 그는 분쟁의 중재보다 프랑스령 가이아나 총독 부인과 은밀한 사랑에 빠졌다. 영화같이 금지된 사랑을 나누고 떠나는 빨레따에게 총독부인은 평생 잊을 수 없는 사랑의 선물을 전해준다. 그녀가 보내준 꽃다발(부케) 속에 커피나무가 숨겨져 있었다. 빨레따가 뿌린 사랑의 씨앗은 커피나무로 돌아왔다. 사랑의 선물인 이 나무를 잘 심고 가꾸어서 브라질을 세계 최대의 커피 생산국이 되게 했다. 인간이 뿌린 씨앗의 무서운 번식력을 새삼 사색해 본다.

영국 식민지 시절 홍차가 미국에 전해졌다. 1773년 영국이 홍차에 너무 높은 세금을 부과하자 이에 반발한 미국인들은 보스턴 항구에 홍차를 선적한 배를 불태워버렸다. 그리고 터무니없이 비싼 차 대신 커피를 선택하였다. 그 후로 영국은 지금도 홍차를 선호하지만 미국은 커피를 선호하여 현재 세계 소비량 1위인 나라가 되었다.

3대 커피나무 가문, 각성을 통해서 소통을 꿈꾼다!

커피 속(屬)의 식물은 아프리카와 아시아 열대지방에 약 40여 종이 자라고 있다고 한다. 아라비카(arabica), 로부스타(robusta), 리베리카(liberica) 3종이 주종이고 다양한 교배종이나 잡종도 만들어졌다. 전 세계 산출량 중에 아라비카종이 70%를 차지하고 로부스타종이 30% 정도이며 리베리카종은 2~3%로 추정된다. 현재 커피 생산용으로 재배되는 식물의 90%가 이 3종이고 재배가 가능한 지역은 남북 공히 위도 25°까지의 열대와 아열대 지역으로 연강수량이 1,500mm 이상 되는 곳이다.

아라비카(Coffee Arabica)는 에티오피아 고원이 원산지로 대부분 중남미 브라질, 콜롬비아 등지에서 생산된다. 브라질은 가장 큰 아라비카 생산지다. 아라비카종은 단맛, 신맛, 감칠맛과 향기가 뛰어나 대체로 가격이 비싼 편이다. 성장 속도는 느리지만 향미가 풍부하고 카페인 함유량도 로부스타에 비해 적다.

커피를 너무 좋아한 음악의 아버지 요한 세바스티안 바하 〈라이프치히〉

로부스타(Coffee Robusta)는 서아프리카 콩고가 원산지로 대부분 인도네시아, 베
트남, 인도 등 동남아시아에서 주로 생산된다. 가장 큰 로부스타 생산지가
인도네시아고 그 다음 2위가 브라질이다. 인도네시아산 커피의 85%가 로
부스타종이다. 최근 베트남이 범국가적으로 커피 재배를 하면서 인도네시
아와 브라질의 생산량을 위협하고 있다. 로부스타는 병충해와 질병에 대한
저항력이 아라비카종보다 훨씬 강한 장점이 있지만 쓴맛이 강하고 향기도
아라비카종보다 떨어져 가격이 저렴하므로 다른 커피와 배합하거나 인스
턴트커피 제조에 많이 쓰인다. 그러나 품질과 맛이 뛰어난 일부 로부스타
종 생두는 아라비카종보다 비싼 가격에 유통되기도 한다.
리베리카(Coffee liberica)는 변종인 모카(var. mokka)나 로부스타종보다 훨씬 크고 튼
튼하다. 그러나 커피콩의 향기가 떨어지므로 다른 종류와 섞어서 사용한다.

아라부스타(Arabusta)는 이름에서 짐작할 수 있듯이 아라비카와 로브스타를 교배해서 만든 대표적인 개량종으로 콜롬비아를 중심으로 많이 재배되고 있다. 이 종자는 마일드한 맛을 내는 것으로 아라비카종의 맛과 로부스타종의 병충해(커피잎 녹병, 커피열매병)와 가뭄에 대한 저항력이 강한 장점을 취하고 있는 것으로 세계 교역량의 3위를 차지하고 있다.

세상에 불통한 일이 있으면 '소통'을 꿈꾼다. 소통의 열망이 커지면 커피의 수요도 많아진다. 주위에 소통을 시켜주는 커피 전문점들이 속속들이 생기고 있다면 지금은 불통의 시대가 아닐까?

1732년 음악의 아버지로 불리는 바흐(Bach)는 커피를 무척 좋아해서 〈커피 칸타타(Coffee Cantata)〉라는 아리아(Aria)를 작곡했다. 가사에 "커피는 수천 번의 입맞춤보다 더 달콤하고, 맛좋은 포도주보다 더 순하다"라는 내용이 있지만, 호소력으로 보면 "커피는 지옥처럼 검고, 죽음처럼 강하며, 사랑만큼 달콤하다"는 터키속담이 더 강하게 가슴에 와 닿는다.

세월이 켜켜이 쌓인 사막의 나이테

우리가 모두 떠난 뒤,

내 영혼이 당신 옆을 스치면,

설마라도 봄 나뭇가지 흔드는,

바람이라고 생각지는 마

나 오늘 그대 알았던,

땅 그림자 한 모서리에,

꽃나무 하나 심어놓으려니,

그 나무 자라서 꽃피우면,

우리가 알아서 얻은 모든 괴로움이,

꽃잎 되어서 날아가 버릴 거야

꽃잎 되어서 날아가 버린다.

참을 수 없게 아득하고 헛된 일이지만,

어쩌면 세상의 모든 일을,

지척의 자로만 재고 살 건가

가끔 바람 부는 쪽으로 귀 기울이면,

착한 당신 피곤해져도 잊지 마,

아득하게 멀리서 오는 바람의 말을.

— 마종기, 〈바람의 말〉

이 시는 아동 문학가 마해송과 한국 최초 여성 서양 무용가인 박외선 사이에서 태어난 시인이자 의사인 마종기의 시이다. 마종기는 6.3 한일회담반대 데모를 했다가 군사정권에게 호된 고문을 당하고 조국을 등지고 미국으로 휘이휘이 떠난다. 김희갑이 곡을 만들어 조용필이 노래로 불렀다. 잠시 머물고 가는 수정방 78호 집을 떠나면서 '착한 당신'들에게 딱 어울리는 시와 노랫말을 기억해 본다. 바람과 벗하는 라이더들이여! 바람이 부는 쪽으로 귀 기울이고 들어보라. 아득하게 멀리서 오는 바람의 말을!

분노하고 저항하라!

지금은 분노하고 저항할 때! 무관심이야말로 최악의 태도다. 창조, 그것은 저항이며 저항 그것은 창조다.

— 슈테판 에셀

방년 94세에 『분노하라(Indignez-vous)』는 책을 써서 전 세계를 감동시킨 프랑스

레지스탕스 출신 투사(鬪士)의 가시 돋친 말(箴言)은 의미심장하다. 사랑의 반대가 증오가 아닌 무관심임이라고 한다. 무관심은 증오보다 훨씬 나쁘고 최악의 태도라고 한다. 사랑이 있기에 분노하기도 하고, 우정이 있기에 저항하기도 한다. 분노하고 저항하는 것을 두려워해서는 안 된다. 중력은 수직적 저항과 수평적 저항을 만들어낸다.

바이크는 지구의 저항(수직적 저항과 수평적 저항)과 싸우면서 공간의 이동을 추구한다. 저항은 라이더들의 가장 큰 적이자 친구이다. 저항이 없는 라이딩은 무의미하다. 오르막을 오르고 험한 길을 가는 저항이 라이더들에게 존재의 의미를 부여한다. 저항하면서 창조가 이루어진다. 또한, 창조하기 위해서 부단히 현실에 저항해야 한다.

사막은 명상하기 좋은 곳

오전 내내 지나가는 차량이 거의 없어 사막은 그지없이 고요하다. 생텍쥐페리를 사로잡았던 사막은 광란의 사막이 아닌 '침묵의 사막'이었다. 침묵의 사막은 그를 명상의 세계로 이끌었다. 하얀 여백의 도화지에 그림을 그릴 수 있듯이, 침묵하는 텅 빈 허무(虛無)에서 깨달음을 얻을 수 있었기 때문이리라. 사막의 외경(外境)은 정말 고요하고 단정하며 깨끗해 보여서 더욱 외경(畏敬)스럽다. 그러나 다만 이 순간 '지금 여기(now & here)'의 고요와 침묵일 뿐이다.

라이딩은 침묵에 빠져 묵묵히 가고 있는데 앞에서 4WD가 멈춘다. 홍콩 가까운 중국 광동지방의 광동대학병원 외과의사라고 밝힌 남자가 자신의 어

오랜만에 주위 사람들이 모두 모여 화기애애한 기념촬영

여쁜 대학생 따님과 여행 중이라고 소개한다. 중국에서 나름대로 성공한
사람으로 딸과 함께 티베트 오지와 신장웨이우얼 같은 서역 변방을 기사
를 대동하고 여행하고 있었다. 안식년인 아버지가 대학생 딸을 데리고 함
께 여행하는 모습이 부럽다. 그들은 광동에서 티베트의 라사로 들어갔다가
신짱공로를 넘어서 서역남로인 '예청'까지 왔다. 다시 서역남로를 동진하여
민펑에 와서 사막공로로 들어와 여기까지 왔다고 한다.

이 길은 이미 나의 Bike원정 목록에 들어 있는 코스라서 그들의 얘기를 토
대로 다시 정리를 해 보았다. 총연장 3,100km인 이 국도는 거대한 쿤룬 산
맥의 10개 가까운 고개를 넘어야 하는 험로로 해발 4,000m 이상 구간이
915km이고 5,000m 이상 도로만 130km에 이르는 '세계 최고(最高)의 도로

(High way)'라고 평한다.

라싸에서 시가체를 지나 라체를 거친 다음 '락파라'를 오르기 전 직진하면 장무 네팔이 나오고 우측 길로 가면 '카일라스(Kailas)'의 관문인 다르첸으로 향한다. 세계의 중심이라고 하는 성산(聖山) 카일라스는 인더스 강, 수틀레지 강, 갠지스 강, 브라마푸트라 강, 얄룽창포 강의 시원(始原)이 된다. 이 성스러운 산을 도는 것을 코라(Kora)라고 한다. 짝이 되는 성스러운 호수 마나사로바(Manasarova)도 있다. 카일라스 아래 다르첸에서 이미 박제가 되어버린 본교(Bon教)가 융성한 '샹슝 왕국', '구게[古格, Guge] 왕국'을 다녀올 수도 있다.

아리 지구는 해발 고도가 평균 4500m로 서부 티베트의 정치 경제 중심인 시촨허[獅泉河, Indus 강 상류]로 가서 시짱[西藏]과 신장[新疆]의 경계인 쿤룬 산맥의 하늘 높은 고개 제산따판[界山 大坂, 6,700m로 적혀있지만 실재 5,200m]을 넘어서면 서역 남로 예청이 나온다.

이 길은 군사도로로 인도의 라다크와 접하고 있는 분쟁지역(악사이친 지역)인 티베트 서부 아리[阿里, Ali]지구에 생필품과 군수물자를 보급하는 수송로이다. 이 아리지구는 라싸에서 접근하는 것보다는 신장에서 접근하는 것이 훨씬 더 빠르고 쉽다. 나중에 내가 간다면 '예청' 버스정류소에서 아리행 버스를 타고 제산따판을 넘어 갈 것이다.

그들은 차를 타고 앞서서 횅하니 떠나자 우리는 다시 그 길을 따라서 천천히 페달을 밟으면서 다시 침묵을 향하여 라이딩하기 시작했다. 사막은 광란과 침묵, 흥망성쇠, 영고성쇠를 그대로 간직하고 있다. 카라보란(검은 폭풍)을 걱정했지만 내내 아무 바람도 없어 평화를 음미하면서 고요한 사막을 달리고 있다. 지금처럼 평화롭고 깨끗한 사막은 우리의 깊숙이 잠재된 감성을 끌어내서 햇볕과 바람을 쒼 다음 다시 빨아들인다. 맑게 정화된 부드러운 감성은 다시 액체처럼 사막에 스며들어버린다. 아름다움이 빨아들인 다는 것이 이런 것일까? 생텍쥐페리는 사막은 명상하게 한다는 데 명상(瞑想)이 아닌 망상(妄想)을 하는지 모르겠다. 망상(妄想)은 아니고 망상(望想)이라고 해야 할 것 같다!

바그다드 카페, 대막풍정원

바람이 만든 오래된 기억들이 켜켜이 쌓여서 무덤이 된 것이 바로 사구(沙丘)들이다. 무덤은 사람을 묻기도 하지만 기억을 묻는 곳이기도 하다. 묻힌 기억은 잊힐 수 있지만 영영 지워지지는 않는다. 묻힌 기억은 세월을 따라 커가는 나이테처럼, 오래된 유물이 몸으로 쓴 '방사성탄소연대(radio-carbon dating)'를 간직하고 있다. 'DNA 고고학'은 유골이나 화석은 물론이고 유물, 유적 등의 DNA를 분석해 그 사람의 정보를 복원해 내는 학문이다. 문명의 이기를 이용해 고고학자들이 지나간 세월을 한 꺼풀씩 벗겨내면 역사학자들은 금은 세공하듯 정교하게 과거의 흔적을 세공해 나간다. 그러면 오래전에 죽어버린 화석들이 희미한 윤곽을 드러내고 숨을 쉬기 시작하면서 예술과의 만남이 이루어진다.

시와 소설 같은 문학으로, 노래나 기악 같은 음악으로, 그림·조각·건축·공예 같은 미술로 부활하기도 한다. 그림과 조각과 건축 같은 조형(造型)예술, 무용이나 연극 같은 표정(表情)예술, 성악과 기악으로 대표되는 음향(音響) 예술, 시 소설 희곡 평론 같은 문자를 쓰는 언어(言語) 예술 등이 이런 흘러간 세월의 흔적을 어루만지고 찬미한다. 가장 강렬하고 적극적인 종합예술인 드라

탑중청진쾌찬청(塔中淸眞快餐廳). 타쭝에 있는 이슬람 식당

타쭝식숙성(塔中食宿城)은 시설이 제일 크고 낫다.

마 연극 영화 뮤지컬 오페라 등이 지나간 역사를 화려하게 재현시키면 이미 죽어버린 과거가 오늘 새로운 판타지가 되어 우리의 영혼을 충동질하기도 한다.

그 옛날 사막 주위에 살던 민초들의 삶과 여러 왕국이 흥망성쇠(興亡盛衰)를 거듭한 기록들이 모래 속에 묻혀 있다. 끝없이 황량한 사막에 대한 동경은 '말하지 못하는 것'과의 대화를 꿈꾸게 한다. 그런 잊혀진 추억이 묻혀있는 사막은 사람들에게 알 수 없는 막연한 동경을 자아내게 하는 모양이다. 사막은 독특한 개성을 허락하지 않는다. 모든 것을 허물고 깎아버리며, 닳고 헤지게 하며, 지워버리고 결국 묻어 버린다. 바다에 자연의 가장 큰 역사가 묻혀있는 것처럼 사막에도 지나간 세월과 흔적들이 바람과 한기와 햇볕에 삭고 닳아서, 무너지고 균열이 나서, 모래가 되고 그 나머지는 그 모래 속에 묻혀서 막막한 어둠 속으로 사라졌다가 어느 시절 인연이 될 때 다시 빛을 발하고 복원되기도 한다. 사막은 그렇게 조금씩 남하하면서 인간의 삶과 흔적들을 덮어가고 있다.

점심때쯤 사막공로 남쪽에서 1/3지점인 타쭝[塔中]에 도착한다. 이곳은 유전지대에 가까워 노동자들이 많아서 중국식당과 이슬람 식당들이 성업 중이며 사천성에서 온 노동자들이 좋아하는 단고기집도 있다고 한다. 우리는 '바그다드 카페'를 연상시키는 청진대막풍정원(清眞大漠風情園)이라는 거창한 이름을 한 위구르 식당에 들어가서 서역의 국수나 스파게티로 부를 수 있는 비벼 먹는 굵은 면발로 된 '라툐우즈'로 점심을 먹었다. 사실 라툐우즈가 스파게티의 원조라는 설이 있다. 라툐우즈는 수타면으로 손으로 뽑은 굵은 면발 위에 양고기와 양파 마늘 피망 파 등 볶은 소스를 부어 비벼 먹는 것으로 중국에서는 반미옌[拌麵]이라고 한다. 이 반미옌은 쿤제랍패스를 넘은 후

국경도시 타시쿠르칸의 타지크 식당에서 52도 대륙술과 함께 먹었던 가장 시원한 서역음식으로 기억된다.

그리고 실크로드 중앙아시아 전역에 퍼져있는 '기르다'는 맨 밀가루를 오래 잘 반죽해서 얇고 넓게 펴서 화덕의 안쪽 벽에 붙여 굽는 '짜파티'나 '낭'을 말한다. 이 기르다는 우리의 밥과 같은 주식이다. 중국 파키스탄 네팔 인도 신장 등 중앙아시아 전역에서 맛볼 수 있는 쫄깃쫄깃 구수하고 담백한 맨 빵이다. 천천히 느리게 음식을 음미하고 반주로 빠이주[白酒] 2, 3잔 정도 하면서 청진(淸眞, 이슬람)식당의 음식과 분위기를 느껴보고 싶었다. 그러나 여유를 부릴 상황이 아닌지라 바로 서둘러 자전거에 올라 떠나야 했다.

사막은 평화와 광기가 공존한다. 빛과 그림자, 명과 암, 추위와 더위, 생성과 소멸 등 콘트라스트가 분명한 곳이다. 지금처럼 깨끗한 때가 있는 반면 한치 앞을 가릴 수 없는 카라보란(검은 폭풍)으로 온 세상이 시커멓게 될 때도 있다. 그래서 사막은 평면 같으면서도 사실 아주 입체적인 육감이 풍성하게 느껴지는 곳이다.

사막을 사랑한 사람들

비행사이자 행동주의 작가인 생텍쥐페리의 『어린 왕자』나 『바람과 모래와 별(인간의 대지)』을 비롯한 소설의 배경은 프랑스 남쪽 지중해 건너 척박한 이슬람의 땅 사하라이다. 사하라 사막은 생텍쥐페리의 『어린 왕자』의 무대이다. 사하라는 불시착한 '나'와 소행성 B612를 떠나온 어린 왕자가 만나서 우정을 나눴던 곳이다. 그래서인지 알제리, 모로코, 튀니지 등 북아프리카 사

생텍쥐페리는 대머리에 두꺼비를 닮은 못생긴 남자임에도 가장 많은 사랑을 받고 있다.

하라 사막은 프랑스인들에게 친숙하다. '동화'는 살인적인 더위와 갈증 척박하고 메마른 모래바람으로 특징 지어진 사막의 현실을 잊게 하고 낭만적인 상상을 불러일으킨다. 그는 공군에 자그마치 4번이나 입대했다고 한다. 종전 1년을 앞두고 1944년 7월 31일 코르시카 비행장을 이륙했다. 그리고 『어린 왕자』가 머나먼 나라로 사라진 것처럼 그도 사라져버렸다. 앙드레지드는 그의 사라짐을 일컬어 "생명보다 영속적인 그 무엇을 꾸준히 찾으러 떠나갔다"고 했다.

1998년 마르세이 동남쪽 바다에서 어부들의 그물에 그가 탄 비행기 잔해와 팔찌 하나가 걸려 올라왔다. 팔찌 안쪽에 '콘수엘로'라고 새겨져 있었다. 콘수엘로의 도화살이 3번째 남편인 생텍쥐페리를 잡아먹은 것으로 추정된다. 그러나 37세의 콘수엘로는 더 이상 재혼하지 않고 35년을 혼자 살다가

갔다. 당시 독일공군이었던 노인이 프랑스 한 언론과 인터뷰하며 자신이 그 비행기를 격추했다고 고백했다.

아프리카 대륙 북부를 뒤덮은 세계 최대의 사막인 사하라 사막은 연평균 일조량 4,300시간으로 세계에서 가장 많은 햇살이 내리비추는 곳이다. 면적은 860만㎢의 면적에 동서 길이는 5,600㎞이다. 사하라 일대에 사는 주민은 약 250만 명으로 추정된다.

사하라는 프랑스의 자유분방한 캐릭터들의 독무대인 것 같다. 사하라 사막을 종단하는 세계 최고의 권위가 있는 다카르 랠리는 3주간 사막, 계곡, 산길 등 길 없는 길 오지의 비포장도로를 1만 km 전후를 달려야 하는 자동차 경주대회이다. 이 대회의 명성만큼이나 최악의 난 코스로 '죽음의 랠리' 또는 '지옥의 랠리'로 불린다.

프랑스의 모험가 티에르 사빈이 만든 '죽음의 랠리'로 불리는 다카르랠리는 삶과 죽음의 극한 상황을 넘나드는 강렬한 모험의 매력으로 사람들을 열광케 했다. 1970년 중반 모터바이크로 사하라 사막 횡단에 도전했다가 목숨을 잃을 뻔한 사빈은 사하라 사막을 횡단하는 자동차 경주를 계획했다. 1979년 파리를 출발해서 지중해를 건너서 사하라의 주변국가인 알제리, 니제르, 말리를 거쳐 세네갈의 다카르(Dakar)에 도착하는 노정이었다. 그래서 처음 이름이 "파리 오아시스 다카르 랠리"였다. 여러 나라를 거치는 만큼 각국의 정치적 상황에 따라 출발지, 경유지, 도착지가 조금씩 바뀌면서 대회 명칭도 약간씩 달라졌지만 사하라 사막을 통과하는 것은 빠짐없이 하다가 최근에는 사하라 국가들 간 분쟁과 정국이 불안해져서 남미의 아타카마 사막을 통과하는 남미 코스로 변경하였다.

'문명의 때가 묻지 않은 오지를 달린다'는 다카르랠리의 신조와는 달리 현

다카르 랠리 사막구간을 달리고 있는 자동차

실적으로 출전한 고성능차량과 거대한 인원과 지원부대들이 아프리카 대
륙을 달리면서 엄청난 환경파괴와 생명을 희생하며 문명의 때를 입히는 이
율배반을 자행하고 있다. 그동안 다카르랠리는 매년 사망자가 나와 '지옥의
랠리'로 불린다. 창시자인 티에르 사빈도 경기 도중에 사망해서 이 대회가
'죽음의 랠리'임을 입증했다. 그를 포함해 참가자 60여 명이 대회 도중 사망
했다.

자동차, 트럭, 모터사이클 등 세 개 부문으로 대회가 치러지고 자동차는 차
량의 개조 정도에 따라 T1(개조 금지), T2(부분 개조), T3(완전 개조)로 나뉜다. 코스 폭
이 10㎞를 넘어 출전 차량들은 모두 위성항법장치(GPS)를 의무적으로 갖추
고 자동차 옆 좌석에 동승한 항법사는 GPS를 수시로 참조하면서 운전자에
게 진행방향을 알려준다. 험난한 코스로 평균 완주율이 30~50%대로 낮다
고 한다. 기록보다 완주하는 것만으로도 영광이겠다.

황량한 사막은 있어도, 황량한 인생은 없다

인생이란 느끼는 자에게는 비극, 생각하는 자에게는 희극이다!

— 라 부뤼에르

중화 엘리티즘(Elitism)

청진식당의 랴툐우즈[반미옌, 拌麵]를 기억하면서 타중을 떠난다. 바람이 불면 너무 스산하고 황량해지는 이 모래사막에 오늘은 큰바람이 불지 않는다. 타중 부근 유전 석유개발기지가 있어서인지 많은 트럭이 서 있고 식당은 사람들로 붐비고 있다. 휴게소 앞 철탑에는 사막 개발을 독려하는 문구가 크게 적혀 있다. "황량한 사막은 있어도, 황량한 인생은 없다"는 참 멋진 말이다. 그러나 한 수(手) 더 떠서 "황량한 인생은 있어도, 황량한 영혼은 없다"

이 곳 타쿵에 사는 사람들은 모래를 마시고 모래를 먹고 모래를 덮고 잔다고 한다.

라는 말이 더 실감이 날 것 같다. 고금(古今) 이래 고난 속에서 영혼이 더 빛을 발하지 않던가?

양식 있는 지식인과 환경론자들은 미국을 걱정하고, 중국에 대해서도 심각한 우려를 하고 있다. 때 묻지 않는 거대한 고원 티베트의 생태계를 파괴하고 광대한 사막과 초원 신장웨이우얼 지역의 무분별한 개발과 핵실험 등으로 고산의 빙하를 녹게 하고 기후 변화에 악영향을 끼쳐서 사막화를 재촉했다. 타클라마칸의 로프노르 핵실험장에서 1964년부터 1996년까지 총 46회 핵실험이 이루어졌다고 한다.

흑묘백묘론(검은 고양이든 흰 고양이든 쥐만 잘 잡으면 된다는 덩샤오핑식 경제이론)으로 시작된 시장경제의 성공 덕분에 중국은 G2 국가가 되었고 세계 최고의 외환보유

국가가 되었다. 그래서 중국 한족들 자부심 역시 하늘을 찌를듯해서 옆에서 지켜보기 거북할 정도이다. 이런 자부심으로 동북공정, 서남공정, 서북공정 등 변강공정을 강행하면서 '주관적으로' 한족들은 위대한 중화인민공화국의 위용을 만방에 과시했다고 믿을 것이다. 하지만 그들이 '객관적으로' 한 일은 중국인들의 비인간적이고 폭력적이며 이기적이고 야만적인 수준을 드러낸 것뿐이다.

세계 시민이 되려면 자기 모습을 냉정하게 객관화시켜 볼 줄 알아야 한다. 중국의 56개 소수민족정책에 반발하여 일어난 신장 사태, 티베트사태 등을 보면서 우리가 얻어야 할 교훈이 있다. "한족(漢族)들의 중화 Elitism"이 강조되면 될수록 소수민족들의 시선은 식고 서늘해질 수밖에 없다.

어느 사회나 어느 정도 '맹목적 국가주의'가 존재한다. 그래서 늘 지나치지 않은지 되돌아보고 경계하지 않으면 우리도 저들처럼 한심하고 저질적이며 흉악해질 수 있다. 사람이 배우고 성찰하지 않으면 너그러운 관용이 자취를 감춘다. 적자생존에만 몰두하면 안면 몰수, 아전인수가 될 수 있다.

신장웨이우얼 자치구

중국인들은 신장(新疆)의 '疆(지경 강)' 자를 다음과 같이 해석한다. 북쪽의 알타이 산맥(一)과 중간 톈산산맥(一) 남쪽 쿤룬산맥(一)을 각각 3개의 '一'로 표시한다. 그 사이에 준가리 분지는 '위쪽 田'이고, 타클라마칸 사막이 있는 타림 분지는 '아래쪽 田'이 된다. 우측 옆에 있는 '弓과 土'는 파미르 고원을 뜻한다고 한다. 의미부여가 다분히 팽창적이고 아전인수인 듯하다. 이걸 꿈보다 해몽이라고 하지! 신장은 자치구이지만 신장인들의 자치(自治)는 없고 오직 권력과 경제는 한족들의 독치(獨治)만 있다.

신장웨이우얼자치구[新疆]만 160만㎢로 중국 총면적의 6분의 1이고 우리 남한의 16배라고 한다. 신장 전체의 3분의 1이 사막이고 또 모래사막으로는 세계 최대라고 한다. 신장에는 10개가 넘는 소수민족이 살고 있다. 인구 2,200만 중 위구르족 45%, 한족 41%, 카자흐족 7%, 후이족 5%, 키르키스족 0.86%, 타지크족 0.21%라고 한다. 신장은 8개국 〈러시아, 몽골, 인도, 파키스탄, 아프가니스탄, 카자흐스탄, 키르기스스탄, 타지키스탄〉과 접경하고 있고 변경이 5,400km에 달하는 거대한 땅덩어리다. 강우량이 연 20mm이고 특히 투루판은 15mm밖에 안 된다. 투루판의 고도는 해발 -154m로 해수면보다 154m가 낮다.

신장은 바다에서 가장 멀리 떨어진 내륙으로 바다에서 가장 멀리 떨어진 지점은 준가리 분지의 거얼반퉁구터[古尔班通古特]사막으로 유라시아에서 접근하기 어려운 곳으로 꼽히고 가장 가까운 해안선에서 무려 2,648km 떨어져 있다. 천연가스와 석유는 중국 전체가 3년을 쓸 수 있는 양이고 기타 지하자원도 매우 많다.

면화, 양모, 밀, 보리 등이 많이 생산된다. 일조량이 넘쳐서 당도가 높은 과일도 많이 난다. 한국에서 생산되지 않아 수입해야 하는 한약재인 감초(甘草)나 육종용(肉蓰蓉)은 주로 신장에서 많이 생산된다.

톈산 산맥과 쿤룬 산맥의 설산에서 흘러내린 물이 모두 흘러 사막으로 사라지는 내륙하천이 많다. 가장 긴 타림 하(河)는 예얼창 하(河), 아커쑤 하(河), 호탄 하(河)에서 발원하여 타이터마허[台特马湖]로 흘러든다. 총 길이는 2,300km로 강을 따라 버드나무가 길게 늘어서 있어서 녹색의 버드나무가 흐르는 강이기도 하다.

타쭝을 지나면서 언덕이 높아진다. 내리막길에서 속도계에 찍힌 기록이 최고 53km가 나온다. 사막은 수평 같지만 사실 작은 고개가 의외로 많다. 누군가 이 사막공로의 고개를 세어 보니 200여 개가 넘는다고 한다. 작열하던 태양이 서서히 사평선(沙平線)으로 기울고 근육에서 맵고 쓴내가 풍길 때쯤 도착한 곳이 수정방(水井房, Well)27이었다. 이곳은 무인지대이므로 수정방의 번호로 지명을 대신할 수밖에 없다. 자전거에서 내리니 운전사와 오달인은 오늘 미리 30~40km를 더 달려봐야 내일 샤오탕에 도착할 수 있다고 한다. 그냥 여기에서 쉬고 마지막 구간은 차량으로 이동하자고 유혹한다. 안 될 말! 묵묵히 대꾸도 없이 그냥 물만 한 모금 마시고 다시 바이크에 오른다. 하루 종일 자전거를 타고 에너지가 다 고갈되어 온몸이 피로와 젖산으로 치즈 냄새를 풍기며 목적지에 도착했는데 다시 3~40km를 더 가야 한다면 끔찍한 일이다! 정말이지 힘들고 지겹고 괴로운 저주가 악문 이 사이로 주절주절 흘러나온다. 그러나 이런 괴로움을 감수하지 못한다면 내일 타림강을 건너지 못할 것이다. 사막에서 강(江)은 꿈에 그리는 판타지이다. 그런 신기루를 닮은 판타지를 품고 가는 것이 덜 삭막하다.

사막을 푸르게 만드는 풀과 나무들

신장 생태연구소에서는 10년 동안 50여 종의 나무를 선정해 실험 연구한 끝에 사막에서 방풍림으로 쓸 수 있는 수종 4가지를 찾았다. 호양, 홍류, 사사, 사괴조가 그들이다.

가까이서 이파리를 보면 호양이 버드나무 과라는 것을 쉽게 알 수 있다.

호양(胡楊)

사막의 중간에는 호양도 생존할 수 없다. 민펑 가까이에 그리고 샤오탕 가까이서만 호양을 볼 수 있다. 이미 사막을 2/3 이상 지나와서인지 드디어 사막의 주인 호양(胡楊)이 눈에 들어오기 시작한다. 사구 사이로 호양이 드문드문 서 있다. 호양은 사막에 자라는 희귀목이다. 이 나무는 단순하게 생겨서 아프리카 마다가스카르 섬의 바오밥 나무를 연상시킨다. 호양은 살아서천 년, 죽어서 천 년, 썩는 데 천 년 모두 3천 년을 존재한다. 덕유산의 주목(朱木)만큼이나 오래 사는 나무인가 보다.

이 나무는 키가 작고 뚱뚱하며 거친 표피를 하고 있는 몸통과 길지 않는 가지와 잎들이 뭉텅이처럼 모여 있다. 호양나무의 수지(樹脂)가 땅속에서 오랫동안 묻혀서 형성된 것이 호동루(胡桐淚)라는 한약재이다. 이 약재는 찬 성질로 풍치나 충치를 다스리고 화독과 밀가루 면독을 없애며 연주창이나 치질에 쓰이는 약이다. 땅속의 뿌리는 더 발달되어 사방으로 10여m, 수직으로 3~4m 정도 뿌리를 내린다. 그래서 호양은 건조한 사막지형에서 아주 잘 견디는 대표선수이다. 추위에 몹시 강한 자작나무는 영하 70도에서도 거뜬히

생존한다. 호양은 자작나무와 아주 대조적이다. 공통점이라면 둘 다 생명력이 매우 강하다는 점이다. 사막의 최전선 1선에서 호양이 파수꾼 역할을 한다면, 후방 2선을 지키는 것은 오아시스에서 무리를 이루는 백양나무 군단이다.

홍류(紅柳)

홍류는 붉은 체간(體幹)을 하고 약하고 기다란 가지에 녹색의 비늘처럼 생긴 작은 잎들이 수없이 달려 있다. 뿌리는 5m 정도로 매우 깊게 내리뻗는다. 사막에서 자라는 이 홍류가 바로 위성류(渭城柳) 속(屬)의 하나이다. 학명으로 Chinese tamarisk(중국 타마리스크)라고 한다. 흥미로운 것은 한 해에 2번씩이나 연분홍 꽃을 피운다. 5월에 피는 꽃은 묵은 가지에 큰 꽃이 달리지만 열매를 맺지 못하고, 8~9월에 새 가지에 피는 꽃은 작아도 열매를 맺는다. 타클라마칸 사막, 고비 사

사막공로 좌우측 방사림 중에 가장 주류를 이루는 것이 타마리스크 부대이다.

위성류는 관목이고 사사는 초본. 운 좋게 분수(噴水) 옆에 자리 잡은 사사

막 주변 사막이 끝나는 지점에 많다. 이 나무는 가뭄, 염수(鹽水)침입 등에 잘 견디어 사막지대 방풍림은 물론 바닷가에 보호림으로 많이 심는다.

사사(梭梭)

20cm 정도 작은 키에 뿌리가 깊어 모래를 많이 휘어잡고 무더기를 이루며 자생하고 있다. 대유사(大流砂)를 막아주는 임무를 띠고 사막공로에 아주 많이 심어졌다.

야생대추(沙拐棗)

야생대추나무를 사괴조라고도 부른다.

이들 4대 수종이 사막화를 막는 최전선에서 격전을 벌이고 있는 병사들이다. 중국인들은 사막공로변에 모두 2백여만 그루를 심었다고 한다. 사막의 중간 길가에 격자무늬로 심어진 갈대(蘆葦)는 거의 마른 짚 색깔을 하지만 사막의 초입인 남쪽 민펑 가까이나 북쪽 샤오탕 가까이에서는 유연하고 하늘하늘 바람에 날리는 갈대숲이 있다. 야생 호양이 보이는 지점부터는 제법 무리를 이루고 자라고 있어 보기가 좋다.

사막은 바다, 육지(?)가 가까워지고 있다!

버려야 할 것이

무엇인지를 아는 순간부터

나무는 가장 아름답게 불탄다.

제 삶의 이유였던 것

제 몸의 전부였던 것

아낌없이 버리기로 결정하면서

나무는 생의 절정에 선다.

— 도종환, 〈단풍드는 날〉

사타구니가 헤졌어도 달려야 한다!

전날 밤 매우 늦은 저녁식사, 더 늦은 잠자리로 다음 날 아침 몸은 천근만근 무겁지만 일찍 일어나 일출과 동시에 출발하였다. 차를 타고 전날 마지막 으로 도착했던 수정방 20호로 다시 이동했다.

먼동이 터오는 사막의 고요와 조용히 숨 쉬는 침묵의 소리를 들을 수 있었 다. 일상을 벗어나 내면을 향해서 걸을 때 비로소 인간은 사변적인 성찰을 하게 된다. 사막이란 일교차가 커서 낮에는 뜨겁더라도 밤과 새벽은 몹시 쌀쌀하다. 대개 일출과 일몰이 교차될 때에는 바람이 숨을 죽인다. 빛나는 하루를 맞이하는 아침과 장엄한 하루를 마무리하는 자연의 의식은 '숨죽인 고요함'이다. 얼어붙은 땅과 하늘이 붉은 햇살로 서서히 덮이면서 역동적인 라이더의 몸도 서서히 달구어진다. 태양이 떠오르면서 대지가 잠을 깨듯 우리 안에 마음(忄)이 생(生)하면서 몸도 열을 받아 눈을 뜨고 깨어나기 시작 한다. 사막의 풍경은 남쪽의 쿤룬산맥보다 톈산산맥에 더 가까워지기 시작 한다.

한 2시간 달려 날이 훤할 때 앞에 있는 본대를 만나 함께 아침식사를 했다. 식사 시간은 활기가 넘친다. 식사 후 문명인의 가장 기본적인 에티켓인 세 면과 양치질을 하고 물을 마시고 바로 출발했다.

잠시 후 동료대원이 계속 처져서 바지를 벗겨보니 사타구니가 끔찍하게 많 이 헐어있었다. 쥐가 나고 허리와 다리가 모두 다 아프다고 한다. 오랫동안 라이딩해서 생긴 문제였다. 바이크를 길가에 눕혀두고 '차고 치고 맞춰서' 틀어진 골반을 교정해주고 무릎관절 그리고 다리의 근육을 풀어준 다음 약 을 바르고 거즈를 붙여 드레싱(dressing)을 해 주었다. 그리고 응급상황에 대

여명을 알리는 호양나무

사막도 아침이 오면 흑백에서 컬러로 찬란하게 변화한다.

비해서 비장해둔 파워젤 2개를 꺼내 먹였다. 이렇게 조처를 하니 곧바로 싱싱해져서 차츰 속력을 회복하기 시작한다. 길가에는 지루한 관목과 사막성 기후에 생존력이 가장 강한 식물들만이 자리를 지키고 있다. 조금씩 초록 흔적들이 눈에 들어오기 시작한다.

우리가 부지런히 달리면 달릴수록 수정방의 넘버가 자꾸 줄어든다. 메말라서 삭막한 분위기가 부드러워지는 느낌이다. We will ride on bike as wind!

나쁜 짓도 욕하면서 배운다!

똑같은 말을 너무 오래 반복해서 들으면 지겹고 괴롭고 민망해진다. 그러나 '나쁜 짓도 욕하면서 배운다'는 말처럼 욕하다가 세뇌된 경우도 많다. 시집살이 심하게 당한 며느리가 시집살이 심하게 시키는 시어미가 되는 인지상정(人之常情)을 말한다. 북조선의 일인 세습독재에 대한 가장 큰 피해자는 북한 인민들이다. 그러나 김일성 주석과 김정일위원장의 죽음에 대해 북한 인민들이 보인 이해할 수 없는 자세와 반응은 매우 충격적이었다. 북한 TV에 나오는 남녀 앵커들의 한결 같이 높은 톤의 비장한 목소리와 억양은 지겹고 거부감이 앞섰다. 그러나 이런 소름이 끼치고 말도 안 되는 지겨운 이념도 꾸준히 반복 세뇌하면 자기화될 수 있다는 생각을 해본다. 어버이 수령을 잃고 땅을 치고 통곡하며 울부짖는 그들을 보면서 안 쓰럽고 측은한 감정을 넘어 연민을 느끼게 했다.

한편 남한에서는 그런 그들을 거품을 품으며 욕하는 대형교회 반공 목사들이 있다. '욕하면서 배운다'라는 세뇌를 그들에게서도 발견할 수 있었다. 최근 몇몇 대형 교회의 원로목사들이 '북한 왕조의 세습'을 욕하다가 자신들의 혓바닥이 세뇌 된 것으로 의심하게 하는 행동을 하고 있다. 자기 자식에게 거액을 상속하고 교회를 세습하고 있다. 아버지에 이어 아들도 목사가 될 수 있다. 정당하고 객관적인 절차와 검증을 거쳐 아버지에 이어 목사가 될 수 있다. 그러나 자격과 능력도 없는 자식을 자신이 주재하는 교회에 세습하려는 기도와 행동은 문제가 있다. 북조선을 욕하던 그들이 욕하면서 배운 것 같다. 우리도 그러한 증오를 토해내면서 그 증오에 세뇌되어 다시 증오를 자가발전하고 있는 것은 아닌지 페달을 돌리면서 성찰해 볼 필요가 있다.

오마르 카이얌과 이태백의 파격과 기행

한국 사회에서 술로 인한 아찔하고 위험한 상처와 술로 인한 지겨운 기억과 얼룩진 흔적이 없다면 지나치게 초월적이거나 반체제적인 사람이라고 한다. 그러나 커피가 석유 다음으로 교역량이 많다는 경제 지표를 보고 충격을 받았다. 술을 찬미하는 사람들보다 커피를 좋아하고 즐기는 사람들이 훨씬 더 많다는 증거인 것 같아 애주가로서 주도권이 빼앗긴 것 같아 우울했다.

그동안 술을 찬미하는 말을 하면 극소수 매니아의 환호에도 불구하고 대부분의 사람들이 고개를 절레절레 흔들며 팔매질을 했다. 특히 지근거리에서 주정(酒精)의 폭격을 맞았던 사람들의 입장에서는 더할 나위없으리라. 그러나 술의 많은 폐해에도 불구하고 일상생활의 불완전한 코스모스(Cosmos)를 다시 혼돈(Chaos)으로 복귀시켜서 순간적이고 부분적으로 태초의 해탈을 경험하게 한다. 그 해탈의 순간을 잘 다스리고 가다듬어 씨줄 날줄로 잘 짜내는 것이 중요하다. 이 작업이 제대로 안 될 때 나오는 현상을 주사(酒肆)라고 한다. 술은 그냥 일부분 현실의 부조화와 혼동 불균형을 풀어주는 역할을 한다. 풀어나갈 때 좋은 습관, 매너, 에티켓이 필요하다.

11세기 중엽 페르시아의 나이샤푸르에서 태어난 시인 오마르 카이얌의 《루바이야트(Rubaiyat)》는 술 이야기를 하기 위한 전주곡이다. '카이얌'은 '천막제조업자'라는 뜻으로 부친의 직업을 따른 것이다. 오마르는 거의 1000편의 루바이야트를 썼다는데 '루바이'가 사행시, '루바이야트'는 복수형으로 '사행시들'이란 뜻이라고 한다. 《루바이야트》를 서구에 처음 소개한 사람은 영국 런던 출신 피츠제럴드로 1859년 《루바이야트》를 처음 출간했다. 오마르 카이얌의 시 몇 수를 소개해 본다. 4줄 4행시가 기본이다.

님이여, 오늘은 잔을 채워 씻어내자
어제의 회한과 내일의 두려움을
닥쳐올 날이야 무슨 소용 있으랴
내일이면 이 몸도 7천 년 세월 속에 잊힐 것을

시집 한 권, 빵 한 덩이, 포도주 한 병,
나무 그늘 아래서 벗삼으리
그대 또한 내 곁에서 노래를 하니
오, 황야도 천국이나 다름없어라

한 가닥 진실에 사랑이 불붙거나

분노로 이 몸을 불사르거나.

알고 있노라, 술집에서 문득 본 진실이

사원에서 잃은 진실보다 귀하단 것을

오라, 와서 잔을 채워라, 봄의 열기 속에

회한의 겨울옷일랑 벗어 던져라

세월의 새는 멀리 날 수 없거늘

어느새 두 날개를 펴고 있구나.

— 오마르 카이얌, 《루바이야트》 중에서

가증스러운 오마르 카이얌은 도대체 어떤 사람인가? 그는 페르시아의 천문학자, 역사학자, 철학자, 수학자이다. 오마르 카이얌은 수피주의 시인이다. 수피즘(Sufism)은 '이슬람 신비주의'라고 한다. 이슬람교는 유대교, 기독교에서 뿌리를 두고 있으나 수피즘은 정통 이슬람주의에 반대해 일어난 운동인 데다가 힌두이즘이나 불교적 요소와도 결합하는 등 오랜 세월을 통해 다듬어진 다양한 교리와 수행을 통해 깨달은 사상가들이 출현했다. 이들은 정통인 수니파의 탄압을 받고 여러 분파와 갈등을 보이던 수피즘을 믿는 자들은 아무 갈등도 없는 사막으로 떠났다. 이들은 광야에서 거친 음식을 먹고 딱딱한 침상에서 잠을 자며 내면으로 관조해 들어가며 진리와 깨달음에 이르는 수행을 했다. 주로 짐승의 털옷(Suf)을 입고 생활했으므로 수피(Sufi)라 불렸다. 그리고 자신들이 추구하는 사상을 수피즘(Sufism)이라고 했다.

오마르 카이얌과 꼭 닮은 동양의 주객이 있었다. 이백(字 (太)白, 701~762)의 기백

넘치는 멋진 시를 소개하겠다. 이백의 여러 시가 있지만 가장 질펀하고 방만하지만 호방하여 추종을 불허하는 시 월하독작 1, 2수(首)를 소개한다. 중국인들은 그의 이름『白』을 빌려서 중국에서 가장 대표적인 술 이름에 헌정했다. 중국에서 가장 대표적인 술이 바이주[白酒]이다. 해석하자면 '이백의 술'이란 뜻이다.

화간일호주(花間一壺酒) 꽃나무 사이에 한 동이 술

독작무상친(獨酌無相親) 홀로 마신다. 서로 친한 이 없이

거배요명월(擧杯邀明月) 잔 들어 맞이 하는 밝은 달

대영성삼인(對影成三人) 그림자 대하니 세 사람 되었도다!

월기부해음(月旣不解飮) 달은 원래 음주를 해결하지 못하니

영도수아신(影徒隨我身) 그림자만 무리져 내 몸을 따르네

잠반월장영(暫伴月將影) 잠시 짝한 달은 장차 그림자라

행락수급춘(行樂須及春) 행락은 마땅히 봄에 이른다.

아가월배회(我歌月徘徊) 내가 노래하고 달이 노닐고

아무영령난(我舞影零亂) 내가 춤추니 그림자도 덩실덩실한다.

성시동교환(醒時同交歡) 깨어서는 함께 서로 기뻐하고

취후각분산(醉後各分散) 취한 뒤에는 각자 나뉘어 흩어진다.

영결무정유(永結無情游) 영원히 맺은 무정한 사귐

상기막운한(相期邈雲漢) 서로 기약한다!멀고 아득한 은하수를

— 이백(李白), 〈월하독작(月下獨酌)〉 1수

천약불애주(天若不愛酒) 하늘이 만약 술을 사랑하지 않았다면

주성부재천(酒星不在天) 주성이 없는 하늘이고

지약부애주(地若不愛酒) 땅이 만약 술을 사랑하지 않았다면

지응무주천(地應無酒泉) 땅에 응당 주천이 없으리라

천지기애주(天地旣愛酒) 천지가 이미 술을 사랑하니

애주부괴천(愛酒不愧天) 술 사랑이 하늘에 부끄럽지 않도다!

이문청비성(已聞淸比聖) 이미 듣기에 청주는 성인에 비유되고

부도탁여현(復道濁如賢) 다시 일러 탁주는 현인과 같다하니

성현기이음(聖賢旣已飮) 성현을 이미 다 마신 후에

하필구신선(何必求神仙) 하필 구하는 것이 신선인가?

삼배통대도(三杯通大道) 석 잔으로 통하는 게 대도고

일두합자연(一斗合自然) 한 말로 합하는 게 자연이다.

구득취중취(俱得醉中趣) 모두 얻음은 취한 가운데 다다르니

물위성자전(勿謂醒者傳) 술 깬 사람에게 전해진다 말할 수 없다

— 이백(李白), 〈월하독작(月下獨酌)〉 2수

술로서 호방한 기개를 자랑하는 이 두 사람을 보면 마음이 심란해진다. 저렇게 마시고도 괜찮을까? 술이 아무리 좋아도 이보다 더 진지하게 연모하고 애정할 수 있을까?

신과 소통하는 매혹적인 로스팅 향기

잠시 쉬어가면서 묽게 탄 까페라떼 한 잔을 영혼에 들이 붓는다. 젖산으로

가득한 근육에 위로가 된다. 커피를 아는 것은 이슬람과 서양문화를 이해하는 중요한 수단이 된다.

이슬람 사제들은 커피 열매를 먹으면 정신이 맑아지고 각성작용이 있다는 것을 알았다. 그래서 처음에 커피는 졸지 않고 기도하기 위한 용도로 쓰였다. 그러나 의심 많은 한 사제가 열매에 악령이 붙어있지 않을까 두려워 불속에 던져 버렸다. 열매가 불에 타면서 고소하고 향긋한 냄새가 모스크 안을 은은하게 가득 채웠다. 이런 경험을 하면서 로스팅하는 지혜를 얻었다. 단순히 맛이 없고 먹기가 불편한 식용방법에 염증을 느껴 열매를 물에 끓여도 보고 불에 볶기도 하는 등 다양한 방법을 찾았다. 나중에 향기와 약성을 최대한 간편하고 경제적으로 추출하기 위해 사제들은 그 열매를 볶아서 가루를 내고 뜨거운 물에 침출시켜 마셨다. 커피의 구수한 향은 소통을 시켜주고 영혼을 맑혀 준다. 이 열매를 복용하면서 밤낮으로 기도하기가 훨씬 더 쉬워졌다.

각성(覺醒)시키고 집중하게 해서 졸음방지 효과가 있다. 불교의 수도승들이 참선할 때 차를 마신 것과 같은 이치이다. 역사적인 사실에 비추어볼 때 커피와 차의 기원은 매우 '종교적'이었다. 커피 원두는 수분, 회분, 지방, 조섬유, 조당분, 조단백 및 카페인 등으로 이루어졌다. 커피 주성분으로 Caffeine, 클로로겐산, 칼륨 등이 있는데 카페인은 원기를 회복시키는 효력이 있고 기분을 좋게 하며 업무의 효율을 올려준다. 카페인은 무취에 쓴맛나는 흰 분말 방향족 화합물로 약간의 이뇨작용과 지방을 분해하는 등 대사활동을 활발하게 한다. 커피 한 잔에는 40~108mg의 카페인이 들어있지만 하루에 5~6잔 정도의 커피는 신체에 큰 영향을 미치지 않는다. 그러나 갑자기 많은 양의 카페인을 섭취하면 불면증, 두통, 복통이 생기기도 한다.

현대적인 로스팅은 '맛과 향미'의 변화를 8가지로 세분하여 표준화했다. 로스팅의 온도, 시간, 속도 등에 따라 커피 맛이 달라진다. 커피의 쓴맛은 카페인, 떫은맛은 타닌, 신맛은 지방산, 단맛은 당질에서 비롯되고 많이 볶을수록 쓴맛이 강해진다. 향기는 원두를 볶을 때 생기는 카페올과 에테르성으로 휘발성이 있다.

Light급은 밝고 연한 황갈색으로 신 냄새와 강한 신맛이다. Cinnamon급은 연한 황갈색으로 다소 강한 신맛 또는 약한 단맛과 쓴맛을 이른다. Medium급은 밤색으로 중간 단맛과 신맛, 약한 쓴맛, 단내가 난다. High급은 연한 갈색으로 단맛이 강, 약한 쓴맛과 신맛이 난다. City급은 갈색으로 강한 단맛과 쓴맛, 약한 신맛이 난다. Full-City급은 진한 갈색 중간 단맛과 쓴맛, 약한 신맛을 보인다. French급은 흑갈색으로 강한 쓴맛, 약한 단맛과 신맛이 난다. Italian급은 흑색이고 매우 강한 쓴맛, 약한 단맛을 보인다.

현재 세계 3대 커피가 있는데 자메이카의 블루 마운틴(Blue Mountain), 하와이의 코나(Kona), 예멘의 모카(Mocha)커피이지만 구슬이 서 말이라도 꿰어야 보배이듯이 로스팅이 매우 중요하다고 한다. 일반적으로 고급 커피는 시티 로스팅(City Roasting)이나 풀 시티 로스팅(Full city Roasting)에서 최고의 맛과 향을 내는 것으로 알려져 있다. 오래전부터 즉석에서 커피를 고객의 입맛에 맞게 전문적으로 만들어 주는 'Barista(바 안에서 만드는 사람)'라는 커피 전문가들이 대두하면서 취향과 미식과 문화는 더 풍성해지고 있다.

차가 동양에서 종교적인 음료이듯이 커피는 서양에서도 아주 종교적인 음료였다. 커피는 영혼을 맑혀 주는 매혹적인 향기가 로스팅 빈(Roasting bean)에서 나온다고 한다. 향기가 좋은 커피를 마시면 기도하는 것이 훨씬 잘되고 대인관계에서 소통도 원활하다고 한다.

버드나무 가지 꺾어 타클라마칸사막과 이별

그 사막에서 그는 너무도 외로워

때로는 뒷걸음질로 걸었다.

자기 앞에 찍힌 발자국을 보려고.

— 오르텅스 블루, 〈사막〉

절류송별(折柳送別)

중국에서는 이별의 양식이 있다. 버드나무 가지 꺾어 떠나는 이의 손에 쥐여 주는 것이다. 타클라마칸 사막 타림 분지와 이별할 시간이 돌아오고 있다. 이 이별의 장에 버드나무의 패밀리인 호양나무 숲이 보이더니 차츰 백양나무 숲이 오아시스에 넘쳐난다.

사막이 외롭지 않는 것은 샘보다는 이런 호양나무가 있어서 가 아닐까?

남쪽에서 사막공로를 따라 북행하는 길이라서 가는 거리만큼 수정방의 숫자가 줄어든다. 반(半)사막이 계속되고 오아시스 같은 마을이 나타나면서 호양이 아닌 백양나무 숲도 군데군데 나타나기 시작한다.

실크로드의 나라에서는 고래로 절양류(折楊柳)라는 이별의 노래가 있었다. 중국의 당송원의 문화를 간명하게 이야기하면 당나라의 시(唐詩), 송나라의 사(宋詞), 원나라의 곡(元曲)을 이야기한다. 절양류는 고대 악곡으로 절류(折柳)라고도 한다. 이 곡은 이별의 정서가 다분하고 곡조가 처량하다. 멀리 떠나보내는 아쉬움과 멀리 떨어져 있는 그리움이 담긴 노래이다.

이 절양류는 한나라 실크로드의 개척자 장지엔[張騫]이 서역에서 돌아올 때 따라온 〈악곡(樂曲)〉이라고 한다. 북쪽의 흉노에게 한 때 혼이 난 한나라는 진귀한 선물과 조공을 바치며 평화를 유지하고 있었다. 한무제는 오랫동안 군사훈련에 힘쓰고 전력을 증강하며 유능한 장군을 앞세워 흉노를 공격해서 고비 사막 저편까지 몰아냈다. 그래도 불안한 한무제는 흉노와 적대적인 대월지와 동맹을 맺어 함께 흉노를 막고자 특사로 장지엔을 보냈다. 그는 BC139년경 장안을 출발하였지만 도중에 흉노의 포로가 되었다 탈출하는 등 우여곡절 끝에 10년이 지난 BC129년에 대월지에 도착했다. 그러나 세월이 흘러서 이미 전의(戰意)를 상실한 대월지와 동맹에 실패하고 돌아오는 도중에 또 흉노에게 붙잡혀 포로가 되었다가 BC 126년에야 비로소 장안으로 돌아온다.

파란만장한 먼 여정이었지만 이를 계기로 서역의 여러 나라, 지리, 민족, 산물 등에 관한 지식이 중국에 알려져 동서교역과 문화교류의 물꼬를 터주었었다. 실크로드가 열리기 시작한 것이다. 장지엔이 기원전 당시 방문한 나라와 교역을 시작한 국가들을 살펴보면 대원(大遠, 중앙아시아), 강거(康居, 키르키즈스탄), 대월지(大月氏, 우즈베키스탄), 소월지(小月氏, 카자흐스탄), 대하(大夏, 아프가니스탄), 서해(西海, 아랄 해), 안식국(安式國, 페르샤), 조지(趙地, 시리아), 엄채와 염원(嚴綵 鹽遠, 현재 이스라엘 사해 지역), 신독국(新獨國, 인도) 등을 방문했다. 장지엔은 이 나라들이 한나라에 조공을 바치도록 했지만 당연히 실패했다. 그러나 이렇게 물꼬가 트인 다음 멀리 대진국(로마제국)과 교역하는 계기가 되었다. 장지엔은 서역을 다녀오면서 가져온 절양류곡은 누구보다 장지엔의 한(恨)이 서려 있을 것 같다.

양류(楊柳)에서 양(楊)은 위로 솟아오른 굵고 남성적이고 양적인 버드나무과 패밀리를 말한다. 유(柳)는 '천안삼거리 흐흐흥 능수야 버들은 휘늘어졌구나 흥'이란 가사처럼 가는 세류가 아래로 휘늘어져 있는 여성적인 버드나무 패밀리를 말한다.

고대 중국 한나라 수도 장안(長安)의 동쪽에는 패수(霸水)라는 강이 흘렀다. 이 강 위에 패교(霸橋)라는 다리가 있었고 다리 양쪽 둑에는 버드나무가 늘어서 있었다. 한나라 때 장안에 사는 사람들은 손님을 보낼 때면 이 패수의 다리에서 버들가지를 꺾어주며 이별의 정을 아쉬워했다.

버들 류(柳)와 머물 류(留)의 발음이 비슷하여 더 머물도록 붙잡고 싶은 마음을 버드나무 가지를 꺾어 주면서 표현하였다. 그리고 이 버드나무로 둥근 환(環)을 만들어 주는 것은 다시 돌아오라는 귀환(還)'을 의미한다. 사랑하는 님과 별리를 나눌 때 심정이 그대로 드러난다. 아쉬운 이별이 오면 더 머물러 가라고 애원하고 싶다. 그래도 떠난다면 꼭 다시 돌아오라는 서원(誓願)을 하는 것이 인지상정(人之常情)이라. 이 풍습은 한나라 때 시작되어 당나라 때 성행하여 이별의 의식으로 굳어졌다. 이백은 이렇게 간결하게 노래했다.

> 연년류색(年年柳色) 해마다 푸른 버들 색
> 패릉상별(霸陵傷別) 패릉의 아픈 이별

이백(李白)의 다른 시에도 이별곡(折柳曲)에 대한 이야기가 나온다.

> 수가옥적암비성(誰家玉笛暗飛聲) 뉘 집 옥피리 어둠속에 날아 간 소리
> 산입춘풍만낙성(散入春風滿洛城) 흩어져 들어온 봄바람 가득한 낙양성
> 차야곡중문절류(此夜曲中聞折柳) 이 밤 곡 중 들리는 이별가
> 하인불기고원정(何人不起故園情) 누군들 일지 않겠는가? 고향 그리는 정을
> — 이백(李白), 〈춘야낙성문적(春夜洛城聞笛), 봄밤 낙양성에서 들리는 피리 소리〉

홍랑(洪娘)은 조선 중기의 함경도 경성 출신 관기(官妓)로 미모 기예와 문장이

뛰어났다고 한다. 1573년(선조 6년) 당시 삼당시인(三唐詩人) 또는 팔문장가에다 피리를 잘 불어 음률을 잘 아는 당대의 기린아 고죽 최경창(崔慶昌)이 북도평사(北道評事)로 경성에 갔을 때 그와 함께 막중(幕中)에 머물며 연을 맺었다. 이듬해 봄 최경창이 서울로 돌아가자 함관령까지 따라가면서 '묏버들'은 꺾어 님의 '손'에 쥐어 주고, '시'는 써서 님의 '가슴'에 안겨준다. 날은 저물고, 비는 내리는데, 임은 떠나네! 기약 없는 이별 앞에 사무치는 사모의 정을 누르고 돌아서서 피눈물을 흘리는 순간이었다. 목이 멘 울음을 삼키면서 버들가지 꺾어 님의 손에 쥐어 주고 이별을 고한 한 많은 이 여인도 절양류를 읊었다. 사막이 더 이상 외롭고 슬프지 않은 것은 이런 절양류들이 있기 때문이다.

홍랑과 최경창이 버들가지 꺾고 심어 피워낸 사랑의 기적

묏버들 가려 꺾어 보내노라 임에 손데.
자시는 창 밧긔 심거 두고 보쇼셔.
밤비에 새닢 곳 나거든 날인가도 여기쇼셔

― 홍랑

사나이는 이 시를 진서[한문]로 똑같이 옮겼다.

折楊柳寄與千里人(절양류기여천리인)
爲我試向庭前種(위아시향정전종)
須知一夜新生葉(수지일야신생엽)

憔悴愁眉是妾身(초췌수미시첩신)

— 고죽 최경창

서울로 돌아온 최경창이 곧바로 병들어 1년여를 누었다는 소문을 듣고 그리움과 눈물로 지새우던 홍랑은 함경북도 경성에서 7주야(晝夜)를 달려 서울에 와서 혼신을 다해 간호하여 병을 낫게 했다. 그러나 1575년 그것이 말썽이 되어 최경창이 벼슬을 내놓고 홍랑은 다시 함경북도 경성으로 돌아가야 했다. 다시 이별의 시간은 다가오자 고죽은 여인에게 시를 한 수 지어주었다.

상간맥맥증유란(相看脈脈贈幽蘭) 서로 마주보며 맥맥이 드리는 그윽한 난
차거천애기일환(此去天涯幾日還) 이제 가면 하늘 끝 어느 날에 돌아오리
막창함관구시곡(莫唱咸關舊時曲) 부르지 마오! 함관령 옛 노래
지금운우암청산(至今雲雨暗靑山) 지금 구름비 어두운 푸른 산

호사다마, 최경창이 복직되어 함북 종성부사로 가서 1년 만에 돌아오다 45세에 객사하여 죽었다. 그녀는 최경창의 묘가 있는 파주로 가서 시묘살이를 했다. 남자들의 접근을 막으려고 얼굴에 상처를 내고 검둥을 바르며 머리를 풀고 10여 년을 지냈다고 한다. 그러나 임진왜란이 일어나서 다시 경성으로 돌아가야 했다. 전쟁이 끝난 후 최경창의 글씨와 문장을 고이 보관해오다 임진왜란이 끝난 후 해주최씨 문중에 전한 다음 다시 그의 묘 옆에서 시묘살이로 일생을 마쳤다고 한다.

홍랑이 죽자 해주 최씨 문중은 그녀를 집안사람으로 받아들여서 최경창 부

부의 묘소 바로 아래에 무덤을 마
련해 주었다고 한다. 평생 단 3번
의 만남과 6개월간 짧은 동거였지
만 사랑은 영원할 수 있다는 전설
(!)을 썼다. 이 두 사람의 신분을 초
월한 지고지순한 사랑은 오랜 세월
이 지난 지금까지 이어져 많은 사
람들 가슴에 남아 있다. 둘 사이에
아이(!)도 하나 있었다한다.

참 사막이나 고원이나 오지에 가
면 버드나무가 많다. 중국의 시에
는 버드나무가 수도 없이 등장한
다. 타클라마칸 사막을 종단할 때

送別
玉頰雙啼出鳳城
曉鶯千囀爲離情
羅衫寶馬河關外
草色迢迢送獨行

윗버들 골히 것거 보내노라 님의
손딕자시는 창밧긔심거두고보쇼셔
밤비예새닙곳나거돈나린가도너
기쇼셔
                                홍낭

옥협쌍제 출봉성(玉頰雙啼 出鳳城) 고운 뺨 두 줄기 눈물
나서는 한양/ 효앵천전 위이정(曉鶯千囀 爲離情) 새벽
꾀꼬리 천 번씩 울어 이별의 정 삼는다/ 나삼보마 하관외
(羅衫寶馬 河關外) 비단적삼 보마타고 하관밖으로/ 초색
초초 송독행(草色迢迢 送獨行) 풀빛 아득히 멀리 보내는
외로운 길 〈최경창, 송별〉

타림 분지에는 호양의 기괴한 모습을 많이 볼 수 있다. 신장웨이우얼 말로
'타림'은 '수자원이 풍부한'이란 뜻이지만 수자원이 아닌 '석유자원'이 맞을
것 같다. 타림을 중국어로 탑리목(塔里木)이라고 쓴다. 이 탑리목이 바로 호
양나무가 아닐까? 또는 '석유 시추 탑(塔)'을 상징하는 은유가 탑(塔)리목이었
지 않나 상상해 본다. 타클라마칸을 낙타와 함께 종단한 스웨덴 탐험가 스
벤 헤딘은 멀리서 호양나무가 보이면 "아~ 물이 있겠구나!"라 했다고 한다.
물은 사막의 나그네에게는 생명과 같이 절실한 것이고 이성같이 꼭 필요한
존재이다.

막막한 갈증 속에서 흐르는 강물을 꿈꾼다!

사막은 갈증의 고향이다. 늘 흐르는 강물을 꿈꾼다. 이 목마른 사막의 소원을 풀어주기 위해 타림 강은 사막을 휘돌면서 흘러가는지 모르겠다. 메마른 대지는 청수(淸水) 탁수(濁水) 오수(汚水)를 불문한다. 메마른 땅에서 모든 물은 오직 최고의 선일뿐이다. 모든 물은 사막에서는 생명의 물(Aqua Vitae)일 뿐이다. 찌들고 말라비틀어진 우리는 타림 강을 만나면 강물에 뛰어들 작정이었다.

지리학에서는 연 강수량이 250mm 이하면 사막기후라고 한다. 타림 분지의 연간 강수량은 50mm에 불과하다. 사막하면 모래사막을 연상하지만 세계 전체 사막 중 순수한 모래로 된 사막의 면적은 전체의 10% 정도밖에 되지 않는다고 한다. 나머지는 대부분 황무지 같은 암석사막이나 자갈사막이라고 한다.

남극과 함께 지구 최후의 공백 지대로 불리는 신장웨이우얼 자치구에 있는 타림 분지의 60%가 타클라마칸 사막이다. 이곳은 사하라 사막 다음 세계 2위의 면적이라고 한다. 사하라는 모래가 4분의 1 정도만 덮여 있지만 이 타클라마칸 사막은 세계에서 가장 큰 모래사막으로 좌우로 1,000km 상하로 500여 km가량 되어서 면적은 33만 8천㎢로 통일 한국의 1.5배나 된다. 사막을 횡단하는 꿈을 꾸는 이들은 사하라 사막이나 고비 사막이 오히려 쉽다. 발이 빠지고 무너지는 이 모래사막에서 정상적으로 걸어가는 것은 몹시 힘들다.

20~100m에 이르는 사구가 끊임 없이 이어지는 이 사막은 대낮 기온이 높을 때는 70℃까지 이르고 연평균 강우량은 18mm에 불과한 척박하고 메마

이 검은 파이프도 여기까지 함께 달렸다. 이 초목들이 잘 자라게 수정방에서 물을 공급해 주는 관이다.

른 죽음의 땅이다. 이 사막을 사이에 두고 남쪽의 쿤룬 산맥이 무서운 얼굴로 콧김을 세게 내뿜고, 북쪽의 톈산 산맥이 얼굴을 부라리며 입김을 세게 품으면 사막은 카라보란(검은 바람)으로 뒤덮인다. 그러나 두 산맥은 날씨가 따뜻해지고 더워지면 자비로운 얼굴로 바뀐다. 높은 산의 눈 녹은 물이 죽음의 사막 주변에서 생명을 기른다. 쿤룬과 톈산의 빙하가 녹아 범람하여 메마르고 삭막한 사막의 젖줄이 되고 생명줄이 되어 옥토로 만들어 준다. 두 산맥은 '부성애'가 무엇인지 가르쳐 준다.

카이사르(BC100~44)가 루비콘 강을 건넜듯이 우리는 타림 강을 건너야 한다. 우리에게 익숙한 '줄리어스 시저'는 영어식 발음이고 라틴어로 '율리우스 카이사르'라고 한다. 카이사르는 현재 프랑스를 중심으로 서유럽 지역에 해당하는 '갈리아 원정'을 해서 여러 곳을 평정하고 갈리아 총독을 지냈다. 갈리아를 정복하고 통치한 그는 오늘날 서유럽 역사의 막을 연 인물로 영원히 기억되게 되었다. 그가 쓴 『갈리아 전쟁기(Comentarii de Bello Gallico)』는 라틴어로 쓰였다. 카이사르는 키케로와 더불어 라틴어 2대 명문장가로 꼽힌다. 전쟁터에 나선 장수가 싸움을 잘해야 되지만 역사적 사실을 기록하고 성찰의 글을 남긴다는 것은 더 멋있어 보인다. 카이사르라는 이름이 곧 황제라는 보통명사로 통용될 정도였다. 성경에도 나오는 "카이사르 것은 카이사르에게로"가 그런 말이다.

루비콘 강을 건너다! 그리고 왔노라 보았노라 건넜노라!

Today we cross the Rubicon. There is no going back!

— J. Caesar

라이딩 경험이 많은 사람들 특히 선수들은 경기를 마칠 때 에너지가 남아 있으면 안 된다. 목적지에 도착하면 에너지가 고갈되어야 최선의 경기를 펼쳤다고 할 수 있다. 그러나 이런 불확실한 상황에서는 속도를 약간 느리게 해서 수정방을 6~7개 지나서 10시 35분에 수정방 20까지 도착했으나 그 집은 어둠 속에 잠들어 있어 아무리 불러도 대답이 없다. 이 수정방에서 신세를 지려 했지만 포기하고 다시 새로운 수정방을 찾아 이동했다. 지원차량에 자전거를 싣고 밤길을 왔다 갔다 헤매다 보니 밤 12시 35분에 겨우 Tent를 치고 식사를 하고 이것저것 다 껴입고 눕는다. 최대한 몸을 다닥다

사막공로 관문

닥 붙이고 체온과 체온을 이용해야 한다. 일교차가 심한 사막에서 오늘 밤에 얼마나 떨어야 할까? 지금 나도 남은 에너지가 고갈되어 쓰고 매운 아드레날린밖에 안 남았다. 악, 악, 악 어둡고 춥고 아득한 사막의 밤이다. 그럼에도 어김없이 아침은 밝아 오고, 우리는 오늘쯤 강을 건너야 한다.

기원전 60년에 카이사르, 크라수스(시리아 총독), 폼페이우스(스페인 총독)는 소위 삼두 정치를 펴면서 권력을 3분하여 3인의 독재 정치를 폈다. 카이사르는 집정관의 임기가 끝나고 기원전 58년 '갈리아원정'에 나서면서 삼두 정치의 균형은 서서히 깨지게 된다. 삼두의 중간 역할을 했던 크라수스가 파르티아 원정에서 전사하면서 카이사르와 폼페이우스 사이를 이어주던 끈이 끊어지면서 카이사르파와 폼페이우스파 간의 대립과 갈등으로 집정관은 물론 법무관

선출도 못 하게 되었다. 결국, 원로원은 폼페이우스를 집정관에 당선시켜서 사태를 수습하려 했다. 이에 카이사르파는 카이사르를 집정관에 당선시키거나 갈리아 총독 임기를 연장시켜 줄 것을 요구했다. 그러나 기원전 49년에 원로원과 폼페이우스는 카이사르를 '갈리아 총독에'서 해임하는 안건을 통과시켰다. 그리고 그를 무장 해제시켜서 로마의 원로원으로 소환할 것을 결정했

타리무(塔里木) 사막석유공로 0km 지점

다. 이것은 카이사르에 대한 폼페이우스의 선전포고였다. 당장 이 결정에 따를 것인지 거역할 것인지 오직 2가지 선택만 코앞에 있다.

카이사르는 기원전 58년부터 51년까지 '갈리아 원정'에 성공하여 자신의 권력 기반을 구축하고 로마제국을 서유럽까지 확대해서 민심을 얻었다. 이런 상황에서 바보가 아니라면 받아들일 수 없는 '총독 해임'과 '원로원 소환'을 카이사르 역시 받아들일 수 없었다.

루비콘 강(Rubicon)은 이탈리아 북서부의 작은 강으로 로마 시대에 이탈리아와 속주(屬州) 갈리아 키살피나의 경계를 이루고 있었다. 아리미눔(리미니)과 카이세나(체세나) 사이에서 동쪽으로 아드리아 해로 흘러드는 강이라고 알려져 있다. 루비콘 강이 현재 어느 강인지는 확실치 않고 루비코네 강(별칭은 피우미치노 강)과 동일한지 아닌지 분분하다.

고대 로마법에 따르면 '군대가 이 강을 건너 이탈리아로 들어갈 때 무장을 해제'해야 한다. 총독에 해임된 카이사르는 군대를 거느리고 이 강을 건널 수 없었다. 그러나 BC49년 1월 10일 갈리아의 총독이었던 카이사르는 이 법을 어기고 4개의 군단을 이끌고 로마를 향해서 진군했다. 이 강을 건너면서 "주사위는 이미 던져졌다(Iacta alea est)"란 말을 역사에 던졌다고 전한다.

"주사위는 이미 던져졌다"는 말은 카이사르의 말인데 그렇다면 주사위는 카이사르가 던진 것일까, 아니면 폼페이우스가 던진 것이었을까? 돌이킬 수 없는 상황에 중대한 결단을 내려서 사태에 대처할 때 "루비콘 강을 건넜다"라고 한다. 카이사르는 모든 상황이 이 강을 건널 수밖에 없게 했다. 사관(史官)에 따라서 주장은 다르지만, 주사위는 원로원을 등에 업은 폼페이우스가 던졌다는 쪽에 손을 들어 주고 싶다.

카이사르가 루비콘 강을 건넌 것은 '로마 공화정'의 종말과 '제정 로마'의 시작을 알리는 역사적인 의미가 있었다. 카이사르는 로마로 진군하여 원로원의 반대파와 폼페이우스를 제거했다. 전투에서 패한 폼페이우스는 이집트로 몸을 피했고, 카이사르는 세기적인 사랑이 그를 기다리고 있는 것을 아는지 모르는지 이집트를 향해 진격해 가고 있었다.

10세인 남동생과 8살 많은 18세인 클레오파트라가 '근친결혼(近親結婚)'을 하여 여왕 역할을 했지만 시간이 흘러가면서 동생은 커가고 있었다. 동생의 추종세력과 내분 때문에 진퇴양난이던 클레오파트라는 난국을 타개할 결심을 했다. 미모로서 역사를 바꾸려는 시도를 미인계라고 하던가?

역사가 오래되고 햇볕에 바래어 글자조차 닳아 희미하고 모호한 곳은 신화적인 요소와 상상력이 찾아가서 자리를 잡는다. 기회를 엿보던 그녀는 궁녀들을 시켜 고급스러운 카펫으로 자신을 몸을 둘둘 말게 한 다음 카이사르에게 보내게 했다. 카이사르(당시 53세)가 카펫을 풀어보니 반라의 아름다운 여왕 클레오파트라(당시 21세)가 속에서 나왔다. 이 상황이 얼마나 자극적이고 뜨거웠을까? 그날 밤 이후 10개월 만에 시저와 클레오파트라 사이에 Ptolemy Caesar 혹은 Caesarion(BC47~30)이라고 불리는 예쁜 아이가 태어났다.

당시 대제국 로마가 이집트를 압박하는 상황이라서 클레오파트라에게는 카이사르와 같이 든든한 후견인이 필요했다면, 카이사르 입장에서도 이집트를 로마의 속주로 삼을 수 있어 손해 볼 일도 아니었다. 정치란 모름지기 실사구시(實事求是)를 중시하는 리얼리티이기 때문이다.

카이사르의 힘을 등에 업고 2년여에 걸친 전쟁과 우여곡절 끝에 반대파를 모두 물리치고 클레오파트라는 정치적인 안정을 찾는다. 그러나 이 전쟁에서 세계 7대불가사의 하나인 장서 10만 권이 소장된 당대 최고의 '알렉산드리아 도서관'과 온갖 파피루스 책들이 완전히 잿더미가 되었다. 오호통재라! BC47년 크라수스가 시리아 총독으로 있었던 소아시아 메소포타미아의 젤라에서 반란을 일으킨 폰투스 왕국의 투파르나케스 2세(미트리다테스 왕의 아들) 군대를 5일 만에 격파하고 나서 원로원에 전한 승전보가 그 유명한 "왔노라 보았노라 이겼노라(VENI VIDI VICI)"란 말이었다.

남은 폼페이우스 잔당들을 소탕하고 기원전 46년에 로마로 승승장구 개선한 카이사르는 딕타토르(독재자)에 등극하여 로마의 모든 권력을 휘어잡고 제정(帝政)로마는 시작되었다. 그러나 그의 독재에 위기감을 느낀 원로원의 카시우스, 브루투스 같은 공화정(共和政)파들에 의해서 암살당했다. BC44년 아이러니하게 카이사르는 옛 애인이던 세르빌라의 아들로 자식과 진배없는 '믿는 도끼' 브루투스에게 발등을 찍혔다. 칼이 찔린 자국만 무려 23곳이나

강물은 흘러흘러 어디로 가는가? 이 물은 모두 다 땅에 스미고 증발되어 사라진다.

塔克拉瑪干 沙漠公路를 관리하는 사무실

될 정도로 처참했다고 역사는 전한다. 위대한 명문장가 명연설가 카이사르의 마지막 언어는 "Et Tu, Brute(너마저도, 브루투스여)!"라는 처절한 절규였다.

한 인간의 역사적 막이 내렸으니 후일담으로 패륜을 저지른 브루투스의 달변을 들어보자. 그는 로마시민에게 역사에 길이 남을 명연설로 사람들을 호도(糊塗)한다. 절세(絶世)의 셰익스피어의 문장으로 들어보자. "내가 카이사르를 덜 사랑한 것이 아니라 로마를 더 사랑했기 때문입니다(Not that I loved Caesar less but that I loved Rome more)." 구구절절 명문이다. 그러나 이 말이 과연 맞는 말일까? 나는 도끼는 믿을지언정 이런 말은 믿지 않는다!

시저는 위대한 장군이었지만 명문장가이기도 했다. 먼 훗날 교황 '알렉산데르 6세'의 아들이었던 잘 생긴 '체사레 보르히아'가 가장 존경하는 사람이 시저였다. 마키아벨리는 그를 가장 이상적인 전제군주로 꼽았다. 혹자는 보르히아 가문을 이탈리아 마피아의 전신이라고 한다.

아무튼 지금은 오직 솔직하게 바퀴를 돌려 동중정(動中靜)을 실천시켜줄 나의 심장과 폐와 다리만 생각하며 달려야 한다.

"주사위는 이미 던져졌다", "루비콘 강을 건넜다", "왔노라 보았노라 이겼노라!" 이 말들은 우리가 가는 과정과 함께했다.

타림 강을 건너 포정해우(庖丁解牛)

쿤룬 산맥과 파미르고원의 남쪽과 북쪽을 나누는 분수령 중 북쪽으로 흘러가는 것과 톈산 산맥의 산악지대 분수령에서 남쪽으로 흘러가는 물은 모두 타림 강이 된다. 쿤룬 산맥에서 발원하는 호탄하[和田河]과 예얼창하[葉爾光河]

착하고 왜소해 보이는 위구르 숙수(熟手)에게서 포정해우에 백정에 버금가는 잔인한 미학(美學)을 느낄 수 있었다.

과 톈산 산맥에서 발원하는 카스거얼하[喀什噶爾河], 퉈스한하[托什罕河] 등 4강이 퉈리커[托里克] 부근에서 합류하여 타림 강이 되어서 동쪽으로 흘러 뤄부포허[羅布泊湖]로 유입된다. 세계 최장의 내륙하천으로 건조지역(타림 분지 연강수량 50mm)을 흐르기 때문에 물길이 말라버리거나 바뀌는 일이 잦다. 9개의 수계와 144개의 하천으로 이루어진 타림 강은 사막을 뱀처럼 구불구불 다양한 모습을 보이면서 흘러간다. 넓은 강폭에 물을 가득히 채우고 흘러가다가 가늘어지고 갑자기 모습을 감추고 지하로 흘러들어 복류천이 되었다 다시 흘러가기도 한다.

타림 강이 가까워지고 있는 것 같다. 강물을 바라보면 어린 시절 동요가 생각난다.

냇물아 흘러흘러 어디로 가나?

강물따라 가고 싶어 강으로 간다.

강물아 흘러흘러 어디로 가나?

넓은 세상 보고 싶어 바다로 간다.

노래처럼 모든 강물은 바다로 흘러간다. 타림 강도 바다로 흘러간다. 그러나 그 바다는 죽음의 바다 '사막'이다. 중국에서 장강, 황하 다음 큰 강으로 2,179km를 계속 여행하지만 '죽음의 바다'를 방황하다가 산화한다. 이 강물이 흐르는 곳에서는 많은 생명이 목숨을 이어주는 모든 생물에게 '생명의 강'인 것이다. 이 강에 인접한 모든 생명체는 강을 따라가면서 다양한 풍경을 만들어 낸다.

사막공로 기점(0km)을 지나서 페달링 속도를 늦추어 천천히 타림 강을 건넌다. 다리를 건너고 나니 먼저 온 두 대원이 우리를 열렬히 환영해 준다. 미처 강물에 뛰어들 시간을 주지 않는다. 양고기 맛이 세계 최고라고 하는 검은 레닌 모자를 쓴 솜씨가 뛰어난 위구르인 숙수가 양고기를 발라내는 모습은 신기에 가까웠다. 장자(莊子)에 "포정해우(庖丁解牛)"라는 말이 나온다. 백정이 소의 뼈와 살을 발라낸다는 말로 신기(神技)에 가까운 솜씨를 비유하여 칭찬할 때 쓰는 말이다. '포정(庖丁)'은 소를 잡아 뼈와 살을 발라내는 솜씨가 아주 뛰어난 숙수를 말하고, 해우(解牛)는 소를 잡아 뼈와 살을 발라내는 것을 말한다. 위구르 식당에서 일단 맥주로 축배를 들었다.

검은 석유로 불을 밝힌 쿠얼러

이제 사막을 벗어나 룬타이[輪台]로 가야 한다. 가는 길은 키 작은 뚱뚱한 고목나무, 바오밥 나무를 닮은 호양들이 싱싱해 보인다. 룬타이에서 좌측으로 가면 오래된 왕국 쿠차[庫车]가 나오고 우측으로 가면 쿠얼러[库尔勒]가 나온다. 쿠얼러는 중화인민공화국 신장 웨이우얼 자치구(自治區)에 위치한 중소도시이다. 쿠얼러는 바잉궈렁 몽골 자치주(自治州)의 주도로, 면적은 프랑스보다 크며 중국에서 가장 큰 주이다.

쿠얼러에서 우리는 우선 우루무치행 장거리 침대 버스를 예약하고 다시 한번 만찬을 하기로 했다.

쿠얼러는 옛날부터 실크로드의 유서 깊은 오아시스 도시였지만, 최근에는 타림 분지에서 유전이 개발되면서 새로운 활력을 찾고 있다. 돈에 관한 한 탁월한 중국인들은 검은 황금을 찾아 대거 유입되면서 대다수를 차지하던 위구르족들은 터전을 잃고 있다. '굴러온 돌이 박힌 돌을 빼내는 이석제석(以石制石)' 현상이 일어나고 있다. 한족 인구비율은 70%를 차지하고 있다고 한다.

타클라마칸 사막 북동쪽 좌우로 톈산남로(天山南路)에 있다. 톈산 산맥을 넘어 우루무치[烏魯木齊]가 있다. 쿠얼러 북쪽에 한청[漢城]이 있고, 남쪽에 후이청[回城]이 있으며 도시 중심으로 쿵췌허[孔雀河]가 관류하고 있다. 도시 북쪽 7km 지점에 톄먼관[鐵門關]은 얀키국[焉耆國, Karashar]으로 가는 길목이다. 이제 쿠얼러는 석유 자본으로 초현대식 인프라를 갖춘 신도시가 만들어져 숙박과 음식 등이 깨끗하고 밤문화가 발달하였다. 석유 덕분에 카라샤르보다 더 개발되고 인구도 많아졌다. 인근에 신장 최대인 보스텅[博斯騰] 호수에는 내륙

타클라마칸 사막 주변도

의 피서지로 유명한 '금사탄 해수욕장'이 있다. 해발 1,048m에 위치하고 수심이 평균 8m나 되는 중국 최대의 담수호수(1,400㎢)라 풍부한 민물고기, 진주조개 등 수산물이 풍부하다. 쌀·보리·옥수수·면화 등이 생산되고 쿠얼러산 배인 향리(香梨)는 예로부터 유명하다. 목축도 행해져서 양모·양피를 생산한다.

실크로드의 개척자 반초가 서기 91년 카라샤르 왕국과 호수드, 쿠얼러, 샨구오 등의 왕국을 정벌하기 위해 군사를 파견했다.

포정해우가 빛나던 타림강 위구르 식당에서 양고기를 포식했다. 중국식 향미가 강한 음식으로 다시 한 번 만찬을 하기로 했다. 시시케밥의 진수를 맛보고 향미가 강하고 독한 대륙술도 조금 마셨다. 지금까지 우리의 짐과 에스코트를 책임져준 한족 운전사와 뜨거운 술잔을 나눈 후 헤어졌다. 이별과 헤어짐은 늘 아쉽고 짠하다. 그는 우리가 며칠에 걸려 왔던 사막공로의 길을 단숨에 지나서 돌아갈 것이다. 중국석유가 운영하는 유전의 가장 중

아랍 속담에 '알라를 믿되 낙타의 고삐는 단단히 메어두라'는 말이 있다. 신강 국제 대바자르 표지판 피라미드가
모스크와 미나레트(첨탑) 사이에 있다.

요한 인프라가 사막공로라는 대동맥이다. 이 길을 따라가면 드물지만 주유

소가 있고 식당도 있다.

우리는 이제 각자 길을 가야 한다. 그는 남쪽으로 가고 우리는 북쪽으로 간

다. 쿠얼러에서 우루무치에 가는 장거리 야간 침대버스를 타고 가기로 했

다. 2층 침대에 누워 버스는 달린다. 밤은 깊어가고 가물가물한 잠속에 좌

측 우측 완급에 따른 관성의 법칙에 몸을 맞기고 점점 더 깊은 잠 속에 빠져

들어가는 것은 그동안 고달픈 피로를 풀어내는 것이다. 그러나 깊은 숙면

에 빠질 수는 없는 것은 순간순간을 팽팽하게 몸과 마음을 지배하던 아드

레날린이 찌들어 있기 때문인 것 같다. 원정의 피날레지만 완전히 평상의

심신으로 돌아오지 않았다. 나태한 이완은 아직 이르고 익숙하지 않다.

늦은 야간 버스를 타고 아침에 우루무치에 도착하니 햇빛이 찬란하다. 우리는 괜찮은 빈관(償館)을 찾아갔다. 방주빈관(Ark Hotel)에서 1박 2일로 지내면서 우루무치를 돌아보고 귀국할 예정이었다.

북정도호부였던 고원의 도시, 우루무치

우루무치는 인구 3백만이 넘는 신장웨이우얼 자치구의 성도이다. 톈산 산맥의 북쪽 기슭 우루무치 강변 해발고도 915m의 고원에 위치한다. 우루무치라는 말은 '투쟁' 또는 '넓은 초원'이라는 뜻이라고도 한다. 7세기 당나라 때는 정주(庭州)라 하여 북정도호부(北庭都護府)를 두어 톈산북로를 관할하게 했다. 그 후 오랫동안 몽골 투르크 족 등으로 주인이 거쳐 갔다.

18세기 중엽 무렵 청나라의 건륭제(乾隆帝)가 준가리[准噶尔] 분지에 이슬람세력을 평정하고 북쪽에 새로이 한청[漢城]을 축조하였다. 준가리 분지는 알타이 산맥과 톈산 산맥 사이에 끼어 있는 분지(盆地)로 동고서저의 지형이다. 동부는 해발 1,000m, 서부는 해발 500m이다. 19세기 말에 러시아와 조약으로 시장이 열렸고 한때 러시아의 세력권에 들어가기도 했지만 1882년 신장성의 성도(省都)가 되어 오랫동안 디화[迪化]현으로 불리다가 원래 지명인 우루무치로 돌아왔다. 지리적으로도 우루무치는 거대한 중앙아시아 대륙의 내륙 중심에 있는 교통의 요지로 높은 빌딩 마천루가 올라가고 있는 중국 서부 신장 개발의 중추도시이다.

우루무치 시 전체를 내려다볼 수 있고 햇빛을 받으면 붉게 보여서 홍산(紅山)이라 한다. 이 산은 해발 1,391m의 높은 산이지만 우루무치가 해발 915m이므로 상대적으로 크게 높지 않아 보인다. 정상부근에 원조루(遠眺樓)가 있어 멀리 조망할 수 있다. 아편을 유통하던 영국 상인들로부터 2만 상자 분량의 아편을 몰수하여 태워버리며 아편전쟁(1839~1842)을 촉발시켜 제국주의와 맞서다 패하여 이곳으로 유배를 온 청나라의 대신 임칙서(林則徐, 1785~1850)의 석상이 있다.

시내에는 신장의 국제 대시장[巴扎, bazzar], 야시장, 신장박물관, 인민공원, 천산 천지(天池), 남산목장 등을 돌아볼 수 있다. 우루무치의 남쪽 톈산 산맥의 기슭에 드넓은 초원이 있고 더 높은 곳에 설산이 있다. 산록에 양 염소 말 등이 한가로이 풀을 뜯고 있는 초원은 카자흐족이 대대로 터를 지켜온 방목지이다. 이 아름다운 천연 목장이 난산무창[南山牧场]이다. 19세기 스벤 헤딘의 중앙아시아 탐험대의 본부가 있었다고 한다. 우루무치는 신장웨이우얼의 성도(省都)로 문화 경제 교통 군사의 중심지이다. 게으른 휴식을 취하며 느린 걸음으로 도시를 돌아본다.

다시 추억의 시간으로

실크로드는 이미 추억이 되어 버렸지만 나의 의지미래형 꿈이기도 하다. 늘 미완성인 이 꿈을 조금씩 실천하고 싶다. 불철주야로 서역남로를 달리고 사막공로를 달렸던 일도 과거가 되었다. 애초에 정보가 없어서 막막하고 고민스러웠다. 미리 여러 권을 책을 꼼꼼하게 읽으면서 공부하고 부족한 정보를 축적했다. 실크로드는 내 가슴을 뛰게 했지만 이슬람 문명은 낯설었다. 나에게 사막은 오직 상상 속에서만 존재했다. 그래서 직접 뛰어들어 사막으로 들어갔다. 서역에 가면 말과 글이 통하지 않아 많이 답답하다. 위구르 문자는 더욱더 낯 설었지만 중국어가 있어서 그래도 조금 나았다.

사막공로는 뜻이 있으면 누구나 자전거로 종단할 수 있다. 그러나 숙소가 없으니 텐트 슬리핑백 물과 식량 등을 기본적으로 지참해야 한다. 우리는 텐트, 슬리핑백, 압력밥솥, 휘발유 스토브, 코펠 등과 상온에서 상하지 않는 밑반찬을 준비해서 굶지 않고 마칠 수 있었다. 물과 연료, 쌀과 채소 등 부식은 현지에서 조달했다.

카라보란이란 검은 바람이 불면 숨을 쉴 수 없었다. 신속하게 텐트를 치고 미세먼지를 필터링해도 천으로 코를 둘둘말고 기다려야한다. 숨 쉬고 살아만 있다면 길고 지겹고 지루한 고통도 시간이 지나면 기억에 남는 그리움이 된다. 그 흔적은 그냥 메말라 있지 않고 시간이 가면서 화학변화와 물리적 변화를 거듭하면서 절차탁마 된다. 팽팽한 원정 기간 내내 고통이 있었으나, 시간이 흘러가면서 말 그대로 정말 '잠시(暫時)'의 추억으로 현신(顯身)한다. 다가올 고통에게 이렇게 말해야 한다. 두려워 말라, 앞에선 고통 그대도 잠시일지니!

나의 호기심과 관심이 원정에 불을 붙였다. 원정 중에도 많은 것을 느끼고 배웠다. 그리고 원정이 끝나면 모든 과정을 다시 복기(復記)하면서 글을 썼다. 미시적인 집중을 지향하는 Climbing보다는 거시적인 확장된 세계의 또 다른 면을 체험하면서 운명적으로 '실크로드의 문명'에 빠져들었다.

길은 마약처럼 빨아들여서 라이더를 중독시키는 경향이 있다. 등산은 집중하면서 수직적인 상승과 하강이란 고도의 극복이 중요하지만, Bike는 발산하면서 수평적인 저변을 확대해 갈 수 있는 특징이 있다.

실크로드, 스텝로드 등 사막과 초원의 길을 따라서 형성된 고대 유목민 국가 연합을 생각해 보았다. 이 길을 따라서 불교가 오갔고 이슬람교가 오갔으며 문화가 오가고 문명이 오갔으며 사람과 물건이 왕래했다. 시원의 가물가물한 기록과 유적들이 긴 세월이 흘러오면서 바래고 낡고 닳아서 아득한 고대사의 흔적을 찾아보고 싶었다. 매년 Bike를 타고 오지를 여행하면서 과거로 떠나는 실크로드 순례(pilgrim)를 조금씩 계속 이어가고 있다. 행동하는 동중정(動中靜)의 느낌과 조용한 정중동(靜中動)의 느낌을 조합해서 글과

2011년 안나푸르나 남벽에서 별이 된 세 남자(박영석, 신동민, 강기석)의 가슴 저린 추도사를 한겨레신문에 썼었다.

길을 이어갔다. 동적(動的)인 원정에 정적(靜的)인 사유(思惟)를 실어 달렸고, 정적(靜的)인 사유(思惟)에 동적(動的)인 원정(遠征)을 꿈꿨다. 바이크는 원래 전위적(前衛的)이고 진보적(進步的)이다. 그러나 이렇게 자전거를 타고 아득한 시원으로 돌아가는 여행도 가능하다.

이 서역남로 타클라마칸 글을 마치고 스페인의 순례자길(Camino de Santiago)을 갔다. 약 1,000km가 약간 안 된 비포장 길을 달리고 다음해에 또 달렸다. 군은살이 박히고 냄새나고 아픈 발병 난 순례자들을 치료하는 지독한 의료봉사를 하면서 푸른 이끼가 낀 흔적들, 청동 녹이 슨 문명들, 인간의 땀 냄새와 애환이 묻은 문화를 체험하면서 갔다.

그 가을에 가슴 아픈 이별이 너무 많았다. 속 많이 썩혀 드렸던 장인, 노모님과 가슴 저리는 마지막 이별! 안나푸르나에서 박영석 신동민 강기석은 사라져 버리고, 촐라체에서 김형일 장지명도 떠났다. 산이 좋아 산에 간 이들은 가족들의 간절한 바람에도 돌아오지 않고 그대로 산이 되어버렸다. 그리고 별이 뜨는 어두운 하늘에 사랑하는 이들의 바람과 달리 아주 가끔 희미한 환영(幻影)만 드러냈다 순식간에 사라져 버리곤 했다.

더 나이가 들어 기력이 쇠진할 때까지 멀고 그리운 신세계(Another world)를 향한 순례를 계속하고 싶다.

사별이탄성(死別已吞聲) 죽어 이별은 이미 소리조차 삼켜버리고,

생별상측측(生別常惻惻) 살아 이별은 언제나 슬프기만 하다.

— 두보(杜甫)

버드나무 가지 꺾어(折柳) 둥글게 환(環)을 만들어 환생(還生)하기를 기원한다. 둥글 환(環)이 돌아올 환(還)이 되기를 염원하며 절류송별(折柳送別)을 고한다. '부디부디 극락왕생(極樂往生)하시길 빈다'는 말로 그들을 보낸다. 그들을 보내고 난 후 해가 몇 번이나 바뀌고 또 바뀌었다. 이제야 구체적인 활자로 환생하게 되었다.

중앙아시아의 오래된 미래는 언어학과 역사학, 풍습과 샤머니즘 등을 모르면 이해가 어렵다. Before Christ(예수 이전) 유목민 시절에 스텝로드나 실크로드를 따라 이동하던 유목민 연합 국가들의 흔적을 따라서 느리지만 꾸준히

312

순례하고 싶다.

이 글은 Bike를 타고 달린 순례기이다. 원정에 대한 서술은 '길의 글'이었다면 이 순례를 모티브 삼아서 쓴 다양한 주제의 서술은 '글의 길'이었다. 이런 좌충우돌하는 Bike에 실려서 덜컹거리는 글을 읽어주신 독자들에게도 감사드리면서 서역남로 타클라마칸 사막 순례(Pilgrim)의 길과 글을 마친다. 마지막까지 살아 숨 쉬는 동안 나는 멀고 그리운 신세계(Another world)를 향하는 순례를 계속할 것이다. 그리고 사라지고 싶다!

바람과 빛과 모래의 고향, 타클라마칸

●

초판 1쇄 발행   2018년 11월 20일
초판 1쇄 발행   2018년 11월 25일

●

글쓴이   김규만

펴낸이   김왕기
주간   맹한승
편집부   원선화, 이민형, 김한솔
디자인   푸른영토 디자인실

펴낸곳   **푸른영토**
            주소   경기도 고양시 일산동구 장항동 865 코오롱레이크폴리스1차 A동 908호
            전화   (대표)031-925-2327, 070-7477-0386~9 · 팩스 | 031-925-2328
            등록번호   제2005-24호.(2005년 4월 15일)
            홈페이지   www.blueterritory.com
            전자우편   designkwk@me.com

●

ISBN 979-11-88292-73-8   03810
ⓒ김규만, 2018